허슬러

The Hustler

허슬러

월터 테비스 지음 | 나현진 옮김

언느날
갑자기

1

검은색 머리의 구부정한 남자, 헨리가 커다란 금속 고리에 달린 열쇠로 문을 열었다. 막 엘리베이터를 타고 올라오는 길이었다. 오전 9시. 현란한 조각으로 장식된 참나무 원목의 묵직한 문, 그 문은 한때는 마호가니 원목으로 보였겠지만 지금은 지난 60년간 온갖 연기와 먼지에 찌들어 새까매졌다. 헨리는 문을 쓱 민 다음 절름발로 도어 스톱을 밀어젖히고 절뚝대며 안으로 들어갔다.

벽을 따라 이어지는 거대한 3개의 창문 사이로 고개를 내민 아침 해가 스며들어 왔다. 불을 켤 필요가 없었다. 창문 밖에 화사한 아침 햇살과 시카고 시내가 펼쳐져 있었다. 헨리가 두꺼운 커튼을 가르는 끈을 잡아당겨 창문 가장자리로 정갈하게 모았다. 창밖으로 잿빛 건물들의 전경이 모습을 드러냈다. 건물들 사이로 때 묻지 않은 파란 하늘 조각이 보였다. 바닥과 거의 맞닿아 있는 창문을 활짝 열어젖혔다. 바깥 공기가 불쑥 들이닥치자 먼지 뭉치가 작은 회오리를 일으키고 4시간 동안 쌓인 담배 연기가 빙빙 돌더니 이내 사라지기 시작했다. 그곳은 오후가 되면 늘 창문이 닫히고 커튼이 빽빽하게 쳐졌다. 담배에 짓눌린 공기는 오직 아침에만 신선한 공기에게 자리를 허락했다.

　오전 시간대의 당구장은 낯선 공간이다. 당구장은 시간대에 따라 무늬가 있는 허물을 벗듯 변태한다. 오전 9시, 당구장의 모습은 마치 커다란 교회와 같다. 스테인드글라스 창문 사이로 스며든 햇빛이 당구장과 영원히 변치 않을 거대한 마호가니 테이블, 그리고 깔개 아래 조신하게 숨어 있는 초록색 천을 감쌌다. 뚱뚱한 청동 타구들이 양쪽 벽을 따라 천연 가죽 시트의 키 큰 의자들 사이에 줄지어 있고, 의자의 엉덩이가 닿는 부분은 반들반들 윤이 났다. 저 위 아치형의 높은 천장에는 멋진 샹들리에 4개와 판유리로 된 채광창이 나 있었다. 오래되고 유서 깊은 건물의 꼭대기 층이라 가능한 것들이었다. 땅딸막하고 볼품없는 이 8층 건물은 시카고의 별 볼 일 없는 시내 한구석에 자리 잡고 있었다. 22개의 당구대마다 등받이 높은 구경용 의자들이 경건하게 무리 지어 있는 이 큼직한 공간은 교회나 허름한 성당처럼 보였다.

그러나 잠시 뒤에 당구공을 삼각틀에 세팅하는 래크 담당 직원들과 출납원이 들어오면, 그리고 머리 위의 팬이 작동되기 시작하면, 당구장 매니저 고든이 라디오를 틀면, 그러면 이곳에는 오직 밤에만 진정한 활기가 완연한 장소들, 나이트클럽이나 바 같은 곳의 낮 시간대에 감도는 특유의 분위기가 내려앉곤 했다. 낮에는 사람이 얼마 없는 이 커다란 당구장 내부에 신발을 질질 끄는 소리가 울리고, 이따금 유리잔이나 금속 잔이 부딪히는 소리, 비질하는 소리, 걸레질 소리, 가구 옮기는 소리가 들렸다. 그리고 라디오에서 희미한 음악도 흘렀다. 지금은 아직 활기가 돌지 않았지만 이제 얼마 뒤면 저녁의 부활이 시작될 것이었다.

그렇게 오후가 되어 선수들이 본격적으로 들어오기 시작하면, 담배 연기가 피어나고 윤기 나는 공들이 서로 탁탁 부딪히며 네모난 초크가 단단한 가죽 재질 큐팁을 끽끽 문지르는 소리가 들리면, 분위기가 완전히 바뀌는 마지막 단계가 시작된다. 평범한 선수들과 술 취한 이들이 다 돌아가고 은밀한 의도를 가진 자들만 남아 돈을 걸고 당구 경기를 지켜보는 늦은 밤의 분위기로 바뀌는 마지막 단계. 그 은밀한 자들은, 칙칙한 옷을 입은 사내들이 서로 이미 아는 사이임에도 말 한마디 없이 가장 구석에 있는 당구대에서 치열하게 경기하는 모습을 구경했다. 그때가 되면 이 베닝턴 당구장은 다른 곳과는 뚜렷하게 구별되어 활기가 넘쳤다. 헨리가 문 근처에 있는 벽장에서 널찍한 빗자루를 꺼내고 절룩대며 바닥을 쓸었다. 비질이 끝나기 전에 출납원이 들어와 작은 라디오를 켜고 금전등록기에 있는 돈을 세기 시작했다. 열쇠를 금전등록기에 찔러 넣자 종소리가 쩌렁쩌렁 울려 퍼졌고, 라디오에서는 모두에게 좋은 아침을 보내길 바란다는 목소리가 흘러나왔다.

헨리가 바닥 쓸기를 마치고 빗자루를 내려놓은 다음 당구대 커버를 걷어 내자 밝은 초록색 베이즈가 드러났다. 베이즈는 파란색 초크가 얼룩덜룩 칠해져 지저분했다. 지난밤 판매원들과 회사원들이 게임을 했던 당구대 위에 하얀 텔컴파우더*가 여기저기 묻어 있었다. 헨리는 테이블마다 깔개를 걸어서 개고 벽장 선반에 올려놓은 뒤 솔을 집어 들고 목재 당구대 레일이 따뜻한 갈색으로 반짝일 때까지 계속 문질렀다. 그런 다음 초크 자국과 파우더 자국, 먼지가 사라지고 초록색 천이 밝아질 때까지 쉬지 않고 솔질을 했다.

---

* 과거 당구를 칠 때 큐대를 잡는 손의 땀을 흡수하고 과한 피부 마찰을 방지하기 위해 쓰이던 파우더. 현재는 거의 사용되지 않는다.

2

어느 이른 오후, 스포츠 티셔츠에 초록색 멜빵을 맨 차림새의 덩치가 거대한 남자가 앞쪽 당구대에서 연습 중이었다. 그는 생각에 잠긴 듯 골똘히 연습하는 중이었다. 그는 천천히, 소가 되새김질하듯 시가를 입에 문 채 시가 끝부분이 습기로 인해 어떻게 변형되든 상관하지 않고 진중한 표정이었다. 시가 끝은 거의 다 닳아 있었다. 그는 평소와 다름없는 속도로 포켓을 향해 진득하게 공을 쳤고, 공은 언제나처럼 부드럽고 군더더기 없이 구멍 속으로 떨어졌다. 그는 기쁨도 불만도 내비치지 않았다. 벌써 20년째 그런 식으로 연습 삼아 당구공을 쳐 대고 있었다.

전도사 같은 인상의 삐쩍 마른 한 젊은 남자가 그를 지켜보고 있었다. 젊은 남자는 여름인데도 검은색 정장으로 옷을 쫙

빼입었다. 그리고 뭔가 심란한 듯 계속 혼란스러운 표정을 지었고, 슬픔에 빠진 것처럼 종종 안절부절못하며 손가락을 비틀거나 집게손가락을 코에 대고 킁킁대기도 했다. 어떨 때는 그의 불안한 표정이 눈에 띄는 긴장감과 한층 더 커진 동공 덕에 더욱 두드러지곤 했다. 그럴 때 그는 코를 킁킁거리는 대신 혼자 피식 웃었는데, 전날 밤 당구 경기에서 운이 좋았거나 또는 코카인을 샀을 때만 그랬다. 그는 당구 선수는 아니었지만 가끔 사이드 내기를 통해 근근이 생활비 정도를 벌었고, 당구장 내에서 '전도사'라고 불렸다.

잠시 후 전도사가 코를 킁킁대며 원숭이같이 목소리를 낮추고 징징거리기 시작했다. 그가 약을 했을 때의 습관이었다. "빅 존." 전도사가 진득하게 연습 중인 남자에게 말을 걸었다. "내 생각엔 새로운 물건이 나타난 것 같아."

빅 존이라는 그 덩치 큰 남자는 그의 훼방에도 전혀 방해받지 않고 살집이 두둑한 팔을 흔들림 없이 움직이며 스트로크*를 마쳤다. 그는 3번 공이 당구대 위를 구르다가 레일에 부딪히더니 코너 포켓으로 굴러가는 모습을 가만히 지켜보고 있었다. 그러고는 돌아서서 전도사를 바라보며 입에서 시가를 뗀 다음 말했다. "새로운 물건이 나타난 것 같다고? 뭔 소리야?"

---

* 큐볼을 큐대로 타격하는 일련의 동작

그의 떨떠름한 반응에 전도사는 주눅이 들어 시무룩한 표정을 지었다. "내가 들었는데, 어젯밤에 루돌프 하우스에서 말이야, 게임에서 무승부한 놈이 그러는데 누가 한판 하려고 핫스프링스에서 여기로 올라오고 있다고……." 전도사의 목소리가 경직되었고, 원숭이처럼 끽끽대는 목소리는 빅 존의 반응에 불쾌해져서 더욱 날카로워졌다. 전도사가 집게손가락으로 코 아래를 마구 문질렀다. "……그놈이 그러는데, 에디 펠슨이 거기에 있었대. 핫스프링스에. 그 에디 펠슨이 여기로 올 거라고 그놈한테 말했다던데? 아마 내일이면 도착할 거래. 빅 존?"

빅 존은 한참 전부터 다시 시가를 물고 있었다. 시가를 또한 번 입에서 떼더니 가만히 살폈다. 무척 부드러웠다. 그는 기분이 좋은지 미소를 지었다. "그 패스트(fast) 에디 말이야?" 두꺼운 눈썹을 올리며 반문했다.

"놈이 그렇게 말했다니까. 포커 카드를 나눠주면서 자기가 패스트 에디 펠슨을 핫스프링스에서 봤다면서, 게임이 끝나면 이쪽으로 올라올 수도 있다고 했대." 전도사가 코를 쓱쓱 문질렀다. "그러면서 핫스프링스에서는 에디가 포켓 당구를 잘 못 쳤다고 하더라고."

"꽤 잘한다고 들었는데." 빅 존이 말했다.

"다들 에디가 최고라고들 하지. 재능이 대단하다고…….

그의 경기를 본 사람들은 모두 그가 최고라고 해."

"나도 들어 본 적 있어. 그리고 급 떨어지는 허슬러에 대해서도 많이 들어 봤지."

"그럼, 물론이지." 전도사는 자기 귀에 집중하면서, 마치 자신의 지성을 약하게나마 드러내려 뭔가를 가늠하는 것처럼 귀를 잡아당기기 시작했다. "다들 그가 LA에서 조니 베르게스를 넘어뜨렸다고 하더라고. 그자의 코를 납작하게 만들었대." 그는 본인의 말에 힘을 싣기 위해, 그리고 또다시 무표정해진 빅 존 때문에 다시 귀를 잡아당기면서 말했다. "고속도로 껌딱지처럼. 아주 납작하게."

"조니 베르게스가 술에 취했었나 보군. 그 게임 직접 봤어?"

"아니, 그치만……."

"누가 봤대?" 갑자기 빅 존의 얼굴에 생기가 돌았다. 그가 입에 물린 시가를 홱 낚아채더니 전도사 쪽으로 몸을 숙이고 빤히 응시했다. "패스트 에디 펠슨이 포켓 당구 치는 걸 구경한 사람 말야. 그게 누구든 진짜로 봤냐는 말이야."

전도사의 두 눈이 앞뒤를 재빠르게 훑었다. 숨을 구멍을 찾는 사람처럼. 그러나 결국 구멍을 찾지 못한 채 입을 열었다. "음……."

"음, 뭐?" 빅 존은 계속 그를 노려보았다. 아주 강렬하게, 눈하나 깜빡이지 않고.

"음, 그건 아니지만."

"제기랄, 아니잖아. 젠장, 아니면서 뭘." 빅 존이 상체를 벌떡 세우더니 팔을 양쪽으로 뻗고 신을 들먹였다. "거룩한 신의 이름으로, 그자를 한 번이라도 본 사람이 있습니까? 제가 묻습니다. 아무도 없습니다. 그게 제 답입니다. 아무도 없습니다." 그러고는 당구대를 빙 돌아가서 코너 포켓에 있는 3번 공을 가져오더니 초록 천 위에 내려놓고, 이제 대화를 끝내겠다는 듯 큐대 끝에 초크 칠을 하기 시작했다.

전도사가 혹사당한 정신머리를 가다듬고 평정을 되찾기까지는 시간이 조금 걸렸다. 마침내 그가 입을 열었다. "애비 파인맨이라고 들어 봤을 거야. 그놈이 뭐라고 했냐면, 사람들이 서부의 패스트 에디에 대해 그렇게 이야기를 한다더라고. 텍사코 키드하고, 베르게스, 빌리 커티스, 그밖에 에디와 겨뤘던 사람들 얘기도 많이 하고. 그리고 어제 루돌프 하우스에 있던 그놈이 그러는데, 요새 핫스프링스에서는 패스트 애디 펠슨 얘기 말고는 다른 말은 아예 안 한다더라고."

"그래서?" 빅 존이 3번 공을 그대로 둔 채 가소롭다는 듯 몸을 돌리고 입에서 시가를 뗐다. "그래서 핫스프링스 출신인 그 대단한 놈은 에디가 포켓 당구 치는 걸 봤대?"

"음…… 내가 보기엔 그놈이 당구 경기로 사기를 치는 뭐 그런 일을 하는 것 같더라고. 아마 출장 게임을 다니면서 당구를 치는 것 같아. 고객이 너무 많아서 바쁘다나 뭐라나. 그리고 또 이런 말도 했는데…….”

“알아, 알아. 나도 들었어. 네가 말했잖아.” 빅 존은 3번 공을 다시 치기 위해 당구대로 돌아가서 스트로크를 했다. 공이 통통 굴러가다가 코너 포켓으로 쏙 들어갔다. 다시 자세를 잡고 공을 탁 치자 또 퐁당 들어갔다.

전도사는 빅 존이 언제 실수하나 기다리며 가만히 지켜보고 있었다. 빅 존이 3번 공을 테이블 이리저리로 굴려 또 포켓 안으로 넣었다. 공이 포켓 안으로 들어갈 때마다 전도사는 코를 킁킁댔다. 그리고 마침내 공이 평소보다 당구대 레일 옆으로 더 가까이, 거의 감지할 수 없을 만큼의 틈을 두고 데구루루 굴러가더니 코너 포켓 앞에 도착해 부르르 흔들리다가 멈춰 섰다. 빅 존은 공을 집어 들고 두툼한 오른쪽 손에 쥔 채 못마땅한 눈으로 공을 뚫어지게 쏘아보았다. 사실 빅 존은 지난 20년간 수도 없이 공을 제대로 못 쳐 왔다. 3번 공을 포켓 속으로 쿵 떨어뜨리더니 전도사에게 돌아서서 말했다. “그 패스트 에디가 누군데? 여섯 달 전에 패스트 에디에 대해 들어 본 사람이 누구 있대?”

전도사는 순간 깜짝 놀랐다. “그걸 왜 물어봐?”

“아니, 다들 패스트 에디 얘기를 한다며. 그래서 그자가 누구냐고.”

전도사가 귀를 잡아당겼다. "음…… 아까 말했던 그놈이 말하기를, 패스트 에디가 해안 쪽에서 허슬 당구를 좀 하고 다녔대. 포켓 당구로 사기를 좀 치고 다녔다나 봐. 캘리포니아에서. 두세 달 전쯤부터 계속 올라오고 있다더라고. 아직 시카고에서는 게임을 해 본 적이 없대."

빅 존이 시가를 입에서 떼고 불쾌한 표정으로 노려보더니 파우더 홀더 옆 바닥에 있는 청동 타구 안으로 휙 던졌다. 시가가 타구 안으로 툭 떨어지자 쉬익 소리가 났고, 두 사람은 무슨 일이 일어나길 기다리는 듯 한동안 타구를 바라보았다. 아무 일도 벌어지지 않자 빅 존이 전도사에게 눈을 돌렸다. 시가와 3번 공이 눈앞에 없으니 그의 집중력이 이제야 완전하게 갖춰진 듯했다. 전도사는 빅 존의 강렬한 집중력에 눈에 띄게 의기소침해진 것 같았다.

"30년 전에," 빅 존이 입을 열었다. "나도 그런 엄청난 명성을 얻었었지. 패스트 에디처럼. 재능이 있었어. 30년 전 나는 허리까지 오는 장화를 신고 다녔고 오하이오 콜럼버스에 살았어. 당구장까지 택시를 타고 다녔다고. 공장에서 일하는 사내들과 게임을 했고, 큐대질 좀 해 본 거물급에 가까운 남자들과도 게임을 했지. 오 세상에, 25센트짜리 시가도 피웠네, 그때. 그러고 나서 시카고로 왔지." 그는 잠시 말을 멈추고 호흡을 가다듬었다. 그러나 강렬한 두 눈은 수그러들지 않았다.

"이 빌어먹을 대도시로 오고 나서 이름을 어마어마하게 날렸어. 여기 이 당구장에 처음 발을 내디뎠을 땐 사람들이 수군댔었지. 그들은 나를 콜럼버스에서 온 빅 존이라고 콕 집어 말하고는 늙은 베닝턴에게 데리고 갔어. 그 양반 이름이 지금도 여전히 이 음침한 당구장 문 밖 간판에 적혀 있잖아. 당시 간판은 지금처럼 네온사인이 아니라 나무판이었지만. 나는 정말 유명한, 말도 마, 혜성처럼 등장한 유망주였어. 이 동네 출신이 아닌 오하이오 콜럼버스에서 온 남자였다고. 베닝턴, 그 사람과 3번 당구대에서 포켓 당구 경기를 했을 때 무슨 일이 일어났는지 알아?" 그가 견고하고 내구성 좋은 마호가니 당구대를 가리켰다. "저기 저 당구대에서 20달러를 걸고 한 게임에서 말야, 무슨 일이 있었는지 알아?"

전도사가 불안해하며 체중을 다른 발로 옮겼다. "어…… 아는 것 같은데. 그러니까……."

빅 존이 허공으로 손을 툭 내밀었다. 거인 같은 몸짓이었다. "그러니까, 라니. 이럴 수가. 진짜 아무것도 몰라?"

전도사는 자신을 집어삼킨 이유 모를 분노 한가운데서 은근슬쩍 억울함을 내비쳤다. "알겠어." 그가 입을 뗐다. "당신이 졌겠지. 베닝턴이 이겼을 것 같은데."

빅 존은 그 말을 받아들이는 듯했다. 그가 거대한 손을 아래로 내려 엉덩이 위에 단단히 받친 채 몸을 앞으로 숙였다.

"이봐 전도사," 그가 부드럽게 말했다. "내가 그 뚱땡이 새끼를 이겼어. 이겨 버렸다고."

잠시 동안 둘 사이에서는 아무 말도 들리지 않았다. 전도사는 바닥만 바라보았다. 빅 존이 테이블로 돌아가 포켓에서 공 3개를 집어 손에 쥐고 생각에 잠겼다.

이윽고 전도사가 고개를 들고 말을 꺼냈다. "어쨌든 당신은 여전히 허슬러잖아. 이 동네에서는 당신이 최고라고, 빅 존. 그 말은 그러니까, 패스트 에디가……."

"이런 젠장할. 아니야. 30년 전 저 문지방을 넘어 들어온 이후로 그런 소리는 단 한 번도 들어 본 적이 없어. 하지만 이 동네 밖 출신 거물급이라는 말은 들었지. 가끔 핫스프링스나 애틀랜틱 시티에서 온 실력파들과 게임을 하기도 했는데, 그자들한테 내 주머니를 완전히 털려 버렸어. 나는 절대로 최고 허슬러가 아니었어. 앞으로도 그럴 거고. 그리고 그자들은 미시시피나 텍사스, 캘리포니아에서 이리로 오지 않아. 굳이 여기까지 와서 시카고 최고의 허슬러와 게임을 치를 리 없어. 들어올 때보다 나갈 때 엉덩이를 더 두둑하게 만들어서 빠져나갈 수가 없거든. 그런 일은 일어나지 않아. 절대로 있을 수 없는 일이지."

전도사가 코를 킁킁댔다. "에이, 이런. 빅 존," 그가 말했다. "그래도 어쩌면 누군가 해낼지도……. 아니, 내기 포켓 당구가 어떤지 당신도 잘 알잖아?"

빅 존이 셔츠 주머니에서 버진 시가를 홱 꺼냈다. "내기 포켓 당구가 뭔지는 내가 잘 알지." 그가 말을 이었다. "알고말고." 그는 시가 포장지를 뜯어 셀로판지를 손으로 꽉 쥐었다. "오 이런. 안 그래도 내가 말해 주려 했어. 내기 포켓볼을 잘 안다고 말이지. 아무도……." 그가 허리를 숙였다. "아—무—도 여기에 오지 않을 거야. 여기에 와서 조지 더 페어러나 재키 프렌치, 미네소타 뚱보를 절대 이길 수 없을 테니까. 여기에서는 그 누구도 알려 주지 않아. 누군가 큐대를 집어 들지 않는다면, 조지 더 페어러나 재키 프렌치, 미네소타 뚱보가 큐대를 집어 들지 않는다면, 우다나 고든이 공을 래크하지 않는다면, 그 거물들이 어떤 포켓 당구도 치지 않는다면, 너나 나 또는 윌리 호피는 거룩하신 하느님의 도움으로 겨우 추측하거나 상상할 수 있을 거야. 만일 누군가 핸디캡을 내밀거나 조지 더 페어러나 재키 프렌치가 스폿 볼을 두기 시작한다면, 그건 쌍방으로 진행되는 경기일 거라고. 하지만 오하이오의 콜럼버스 또는 캘리포니아에서 온 아주 잘나가는 사람이라도 시카고의 최고 허슬러를 이기진 못할 거야." 그는 목을 축이지도 않고 시가를 꽉 깨물었다. "자, 그래서 패스트 에디 팰슨이 어떻다고?" 그가 말했다. "캘리포니아에서 온 그가 뭐라고?"

전도사가 코를 킁킁댔다. "알겠어. 알겠다고. 그가 여기로 올 때까지 기다려 보지 뭐." 그러고는 거의 알아들을 수 없는 목소리로 덧붙였다. "아무튼 그는 조니 베르게스를 꺾었어. 핫스프링스였지만 어쨌든 조니의 코를 납작하게 했다고."

빅 존에게는 그 말이 들리지 않는 것 같았다. 이번에는 3번 공을 내내 쥐고 있다가 당구대의 스폿에 도로 내려놓았다. 그리고 그 뒤에 큐볼을 두었다. 그가 큐팁에 초크 칠을 시작했다. 그러고는 나지막이 말했다. "그자가 미네소타 뚱보를 어떻게 처리하는지 보면 되겠군." 3번 공을 부드럽게 치자 공이 자기 움직임의 작은 패턴과 궤도에 맞춰 초록 천을 가로지르더니 코너 포켓으로 들어갔다. 빅 존이 주머니로 손을 뻗어 꼬깃꼬깃한 달러를 꺼내 레일 위에 내려놓았다. "가서 마리화나나 좀 사." 그가 말했다. "그 염병할 코 문지르는 꼴 더는 못 봐 주겠으니까."

3

그즈음, 남자 둘이 스모커 안으로 들어왔다. 스모커는 일리노이 왓킨스에 있는 당구장이자 스태그 바이자 그릴 가게였다. 두 사람은 지쳐 보였다. 둘 모두 캐주얼 셔츠의 목 칼라 단추를 열었는데도 땀을 흘리고 있었다. 그들은 바에 앉았고, 더 젊은 남자가—짙은 색 머리의 잘생긴 남자가—위스키를 주문했다. 목소리도 상냥하고 매너도 무척 좋았다. 그가 버번을 달라고 했다. 그곳은 조용했고, 가게 안에는 바텐더와 딱 붙는 청바지를 입고 비질을 하는 젊은 흑인 빼고는 아무도 없었다.

술이 나오자 젊은 남자가 바 안에 있는 남자에게 20달러를 건네며 미소를 지었다. "오늘은 좀 덥네요." 그의 미소는 남달랐지만 웃는 표정이 어쩐지 불편한 듯한 인상이었다. 기분은 좋아 보였지만 어딘가에 아주 단단히 묶여 있는 듯 긴장한 얼굴이었다. 그의 어두운 색 눈동자는 총명하고 어린아이처럼 진지했다. 반면 미소는 환하며 편안했으며 역설적으로 자연스러웠다.

"네." 바텐더가 답했다. "언젠가는 에어컨을 사야죠." 그러면서 남자에게 잔돈을 주었다. "어디 가는 길에 들르신 것 같은데 맞나요?"

젊은 남자가 술잔을 기울이며 또다시 비범한 미소를 싱긋 지었다. "맞습니다." 그는 스물다섯도 안 되어 보였고, 단정하게 옷을 차려입었다.

"시카고로 가시나요?"

"네." 그가 반쯤 남은 잔을 내려놓고, 가게 내부의 3분의 2를 차지하고 있는 당구대 4개를 흥미롭다는 듯한 시선으로 흘긋거리며 물을 홀짝였다.

바텐더는 젊은 사내가 마음에 들었다. 세련되어 보이면서도 아주 소탈한 면모도 있었다. "쳐 볼래요?" 바텐더가 물었다.

"가야 해요. 내일 시카고에 도착해야 하거든요." 그가 또 미소 지었다. "세일즈 컨벤션이 있어서요."

"흠, 내가 생각엔 시간은 충분할 것 같아요. 2시간 아니면 3시간 정도면 가니까요."

"듣고 보니 그렇네요." 젊은 남자가 신이 나서 답했다. 그러고는 동행자를 바라보며 말했다. "찰리, 당구 어때요. 열 좀 식히자고요."

머리가 벗어지기 시작한, 키가 작고 통통한 남자가 고지식한 코미디언 같은 표정으로 고개를 저었다. "이런, 에디," 그가 말했다. "알잖아. 자네는 날 이길 수 없다는 걸."

젊은 남자가 웃었다. "좋아요. 내가 지면 10달러 줄게요." 그는 바 위에 있는 거스름돈 뭉치에서 10달러를 집어 들고 의기양양하게 웃었다.

동행자는 무척 애석하다는 듯 고개를 흔들고 바 의자에서 앉은 자세를 흐트러뜨리며 말했다. "자네 돈만 낭비하게 될 거야. 늘 그렇잖아." 그는 주머니에서 가죽 담배 케이스를 꺼내고 뭉툭하지만 잽싼 엄지로 커버를 획 뒤집었다. 그러고는 바텐더에게 근엄하게 눈을 찡긋했다. "이 청년이 돈이 부족해서 다행입니다." 그의 목소리는 거칠고 건조했다. "이 젊은이는 지난달에 약사들에게 물건을 17,000달러어치나 팔았습니다. 우리 지역에서 가장 빠른 사람이죠. 일단 내일 있을 컨벤션에서 상도 받을 거고요."

젊은 청년, 에디가 먼저 당구대로 다가가서 알록달록한 공들을 세모 모양으로 고정하는 원목 삼각틀을 집어 들었다. "찰리, 큐대 잡아요." 그의 목소리는 가벼웠다. "그만 피하시고."

찰리가 뒤뚱뒤뚱 걸어갔다. 여전히 얼굴에 표정을 드러내지 않은 채 거치대에서 큐대를 꺼냈다. 에디의 큐대와 똑같이 500그램도 나가지 않는 큐대였다. 당구 실력이 꽤나 좋은 바텐더는 그들의 큐대 선택을 의식하고 있었다. 당구를 잘 아는 선수들은 대개 묵직한 큐대를 쓰기 마련이었다.

에디가 브레이크*를 했다. 브레이크 샷을 칠 때 그는 오른손으로 큐대 끝부분을 단단하게 잡았다. 왼손가락과 엄지로 동그랗게 만든 브리지가 뻣뻣하고 어색했다. 스트로크가 덜컥댔고, 큐대는 큐볼**을 쿡 찌르려는 것처럼 공을 향해 매섭게 나아갔다. 큐볼이 래크된 공들을 빗나가면서 브레이크 샷의 상당 부분이 소실되었고 결국 래크된 공들은 넓게 흩어지지 못했다. 그가 흩어진 공들을 바라보더니 찰리를 향해 싱긋 웃었다. "치세요."

찰리의 게임도 별반 다를 바 없었다. 그는 자신이 특별히 잘하지도 못하지도 않는 실력이라는 티를 여실히 드러내고 있었다. 그의 브리지는 에디의 어색한 브리지보다 더 심각했고, 공을 치려고 앞으로 나섰을 때도 발을 정확히 어디에 둬야 하는지 잘 모르는 눈치였다. 똥 마려운 강아지처럼 발을 여기저기로 움직였다. 스트로크 역시 매우 불안정했다. 그럼에도 불구하고 샷은 제법 괜찮았다. 바텐더는 그 모든 걸 눈

---

* 공이 모아진 형태를 처음으로 깨뜨리는 샷
** 경기자가 쳐야 하는 공. 수구라고도 불림

에 담고 있었다. 두 사람이 게임이 끝날 때마다 돈을 주고받는 모습까지도 지켜보았다. 찰리가 세 경기를 내리 이겼고, 경기가 하나씩 종료될 때마다 둘은 술을 한 잔씩 마셨으며, 에디는 두툼한 지갑에서 10달러 지폐를 꺼내 찰리에게 건넸다.

그들 게임은 로테이션으로, '61'이라고도 불리는 게임이었다. 또는 '보스턴'이라 하기도 하며 '스트레이트'라고 잘못 불리기도 했다. 로테이션은 대학생들이나 회사원들이 가장 즐겨하고 보편적으로 많이들 하는 아마추어 경기였다. 전문적으로 경기를 치르는 사람들도 간혹 있었지만 얼마 되지 않았다. 나인 볼*, 뱅크폴**, 스트레이트 풀***, 원 포켓****은 허슬러들이 하는 게임이었다. 그 게임들 중 일부는 영리한 허슬러에게 확실한 승리를 가져다주었지만, 로테이션은 순전히 운에 달려 있었다. 최고의 허슬러들이 경기를 치를 때만 제외하고 말이다.

그러나 마지막 하이라이트는 바텐더의 시야 너머에 있었다. 그는 그걸 아마추어들이 즐겨 하는 게임으로만 알았다. 그의 주변에 있는 꽤 실력 있는 선수들은 대부분 나인 볼을 했다. 예전에 이 동네 선수들 중 어느 선수가 나인 볼을 쳤었

---

* 흰색 큐볼을 쳐서 9개의 색깔 있는 당구공을 포켓에 넣는 경기
** 쿠션에서 뱅크 볼을 쳐서 뱅크 포켓에 넣으면 득점하는 경기
*** 두 명의 선수가 파울 없이 최대한 많은 적구를 포켓에 넣는 경기
**** 각 선수당 하나의 포켓만 사용되는 경기. 플레이어가 지정된 포켓에 적구를 넣으면 득점한다

는데, 단 한 샷도 놓치지 않고 스트레이트로 네 경기나 내달린 적이 있었다.

바텐더는 두 남자를 계속 흥미롭게 지켜보았다. 작은 동네의 당구장에서 10달러를 건 내기 게임은 흔하지 않았기에 단골손님 몇몇이 모여들기 시작했다. 잠시 후 두 남자는 20달러를 걸고 게임을 다시 시작했다. 시간은 어느새 늦은 오후로 넘어가고 있었지만 둘은 게임이 끝날 때마다 여전히 술을 한 잔씩 마셨고, 젊은 남자는 점점 취해 갔다. 얼마 후 드디어 젊은 남자에게 운이 따르기 시작했다. 게임에 열중했거나 힘을 내기 시작한 거일 수도 있었다. 그는 서서히 승기를 잡으면서 어깨를 쭉 펴고 우쭐대며 본격적으로 상대에게 야유를 해 댔다. 사람들이 당구대 주위를 둘러싸고 경기를 구경했다.

그 뒤 게임이 끝날 무렵 14번 공이 어려운 위치에 놓였다. 양쪽 포켓 사이, 사이드 레일에서 3 또는 4인치 떨어진 곳에, 큐볼과 60센티미터 정도 떨어진 그 지점에 놓여 있었다. 에디가 샷을 치러 앞으로 나서서 자세를 잡고 큐대를 뒤로 빼며 공을 세게 쳤다. 이런 포지션에서 반드시 해야 할 샷은 뱅크 샷*으로 14번 공을 쳐서 테이블을 가로지르게 한 다음 코너 포켓으로 넣는 것이었다. 그러나 그는 큐볼에 회전을 충분히

---

* 당구대 사각면을 맞힌 후 적구를 맞히는 샷의 통칭

줘서 큐볼이 레일에 먼저 부딪히고 색깔 공 뒤로 미끄러지듯 들어가게 한 다음, 14번 공을 정확하게 밀어내면서 코너 포켓으로 쏙 집어넣었다.

에디가 큐대 아랫부분을 바닥으로 쿵 내리치더니 찰리에게 돌아서서 말했다. "내놔요, 루저 양반."

찰리가 20달러를 내밀며 말했다. "자네는 도박을 한 거야, 에디."

에디가 그를 보고 싱긋 웃었다. "그게 뭔 소리예요?"

"무슨 말인지 알잖아. 원래는 뱅크 샷을 치려 했지." 그가 고개를 돌렸다. "그런데 운이 더럽게 좋아서 큐볼이 레일에서 튕겨 나온 거야."

에디의 얼굴에 웃음기가 싹 사라졌다. 그가 알코올 중독자들처럼 인상을 구겼다. "기다려요, 찰리." 목소리에 날이 서 있었다. "기다리라고요." 바텐더는 바에 몸을 기대고 그 상황을 잠자코 지켜보고 있었다.

"기다리라니, 무슨 뜻이지? 공이나 래크하자고." 찰리가 포켓에서 공을 꺼내 당구대 아래쪽으로 굴리기 시작했다.

갑자기 에디가 찰리의 팔을 움켜잡더니 그를 멈춰 세웠다. 그리고 공들을 포켓으로 다시 넣고 14번 공과 큐볼만 꺼내 찰리의 앞쪽 테이블 위에 내려놓았다. "자," 그가 말했다. "자, 찰리. 공을 아까처럼 그대로 놔 봐요."

찰리가 눈을 끔뻑였다. "왜?"

"세팅하라고요." 에디가 내뱉었다. "아까 그대로 놔요. 조금 전에 쳤던 샷 그대로 친다는 거에 20달러 겁니다."

찰리가 또 눈을 끔뻑였다. "바보 같은 짓 하지 마, 에디." 그가 진지하게 말렸다. "자네 취했어. 그 샷을 그대로 할 수 있는 사람은 없어. 자네도 알잖아. 포켓볼이나 계속 치자고."

에디가 그를 차갑게 쏘아보았다. 에디는 조금 전과 똑같이 테이블에 공을 세팅하기 시작했다. 그러고는 이 상황에 무척 집중하고 있는 구경꾼들을 둘러보았다. "어때요?" 그의 목소리는 진지했고, 얼굴에는 취기가 어려 있었다. "이거 맞죠?"

다들 어깨만 으쓱거렸고, 몇몇 사람이 애매하게 "맞는 거 같네요."라고 중얼댔다. 에디가 찰리를 바라보았다. "당신은 어때요? 괜찮죠, 찰리?"

찰리의 목소리는 완전히 메말라 있었다. "물론, 괜찮지."

"20달러 걸죠?"

찰리가 어깨를 들어 올렸다. "어차피 자네 돈인데 뭘."

"걸 거예요?"

"좋아. 쳐 봐."

에디는 몹시 흡족해하는 얼굴이었다. "알았어요. 잘 봐요." 그는 아주 세심하게 큐팁에 초크 칠을 시작했다. 탤컴파우더 홀더로 다가가서 파우더를 손에 아주 많이 푹푹 쏟아 냈다.

뿌옇고 하얀 가루 구름이 피어났다. 에디는 손을 바지에 슥슥 문지른 다음 테이블로 돌아가 큐대를 집어 들고 자세히 내려 다본 다음 허리를 구부려 스트로크를 했다. 상체를 조금 세우 고 큐대를 확인한 뒤 다시 허리를 숙이고 공을 쳤다. 그러나 빗나갔다.

"이런, 제기랄." 그가 내뱉었다.

구경꾼 중 한 사람이 킥킥 웃었다.

"좋아." 에디가 말했다. "돈 다시 걸어요." 그리고는 보란 듯 이 지갑에서 20달러를 꺼내고 아직도 두둑한 지갑을 당구대 레일 위에 툭 올려 두었다.

"찰리, 돈 걸라고요."

찰리가 거치대로 다가가 큐대를 내려놓고 말했다. "에디, 자네 취했어. 더는 자네와 내기 안 해." 그는 걷어 올렸던 소 매를 내리고 소매 단추를 잠갔다. "다시 가던 길 가지. 아침에 는 컨벤션에 도착해야 하네."

"아침이라니, 젠장. 난 당신과 내기를 할 거라고요. 돈이 아 직 당구대 위에 있다니까."

찰리는 더 이상 그를 쳐다보지도 않았다. "난 하고 싶지 않아."

그때, 다른 목소리가 끼어들었다. 바에 있던 바텐더였다. "내가 해 보죠." 그가 부드럽게 제안했다.

에디가 돌아서서 눈을 크게 뜨고는 교활하게 씨익 웃었다.

"그러죠, 지금 합시다."

"얼빠진 소리 하지 마." 찰리가 그를 막았다. "이런 형편없는 포켓 당구 내기에 더 이상 돈 걸지 말라고, 에디. 이 샷을 칠 수 있는 사람은 없어."

에디는 계속 바텐더를 응시하고 있었다. "지금 합시다." 그가 재촉했다. "할 거예요? 그냥 푼돈 내기인데, 그래도 할 거요?"

"합시다." 바텐더가 답했다.

"당신은 내가 취했다고, 그러니까 내가 꽐라가 됐다고 생각해서 내기를 하겠다는 거겠지. 내 돈이 아직 허공에 떠돌고 있으니까." 에디는 구경꾼들을 둘러보았고 그 즉시 그들이 바텐더의 편이라는 걸 눈치챘다. 그건 아주 중요한 문제였다. 그가 말했다. "알겠습니다. 받아들이죠. 먼저 세팅해요." 그가 당구대에 공 2개를 올렸다. "어서요. 세팅하라고요."

"알겠어요." 바텐더가 바에서 나와 당구대에 공 2개를 올렸다. 살짝 조심스럽게. 공의 위치는 아까보다 더 난해했다.

에디의 지갑은 아직도 테이블 레일 위에 있었다. 그가 지갑을 들어 올렸다. "오호라." 그가 내뱉었다. "돈 한번 쉽게 벌어보시겠다." 지갑에서 돈을 열 장, 스무 장을 세고 테이블 가운데에 턱 올렸다. "여기 200달러. 일주일 동안 따고 잃은 후 남은 돈 전부입니다." 그가 바텐더를 보며 빙긋 웃었다. "나한테 200달러 거시죠. 그러면 쉽게 돈을 벌 수 있는 기회를 얻을 수 있어요. 어때요?"

바텐더는 침착해 보이려 애썼다. 주변의 구경꾼들을 흘긋하자 다들 그를 바라보고 있었다. 그는 에디에게 가져다준 술이 얼마나 되는지 곰곰이 떠올려 보았다. 못해도 다섯 잔. 안심이 되었다.

게다가 청년의 얼굴에는 그가 마신 술의 양이 선명하게 드러나 있었다. "계산대에서 꺼내 오죠." 바텐더가 말했다.

1분 뒤 그가 돈을 가져왔고, 당구대 아래쪽에, 샷에 영향을 미치지 않는 곳에 이제 400달러가 놓여 있었다. 에디가 탤컴파우더 홀더로 다시 다가갔다. 그다음 몸을 낮추고 어정쩡하게 목표물을 겨냥하며 큐볼을 향해 스트로크를 했다. 저녁 내내 했던 스트로크와 이번 스트로크 사이에는 아주 미세한 차이만 있을 뿐이었다. 그의 움직임에는 아주 미약한, 감지하기 어려운 규칙성과 부드러움이 있었다. 그러나 딱 한 사람만 그걸 알아챘다. 오직 찰리만 유일하게. 당구장 내의 모든 눈들이 고요하게 큐볼에 집중하고 있을 때, 찰리의 둥글넓적한 얼굴에 어떤 놀라움이 파도처럼 번졌다. 그는 점잖고 조용히 미소 지었다. 재능 있는 아들을 바라보는 아버지처럼.

큐볼이 레일에서 멀어지며 굴러오더니 14번 공을 톡 때렸다. 그리고 14번 공은 당구대 위를 부드럽게 구르며 코너 포켓으로 스르르 들어갔다……

4

두 사람은 차에 올라탔고, 에디는 치아 사이로 휘파람을 불었다. 에디가 신이 나서 코트를 뒷좌석으로 벗어던지고 운전대 뒤로 미끄러지듯 들어간 다음 구깃구깃한 돈을 꺼내기 시작했다. 바지 주머니에서 나오는 돈들은 대부분 5달러나 10달러짜리였다. 그는 무릎 위에 지폐들을 가지런히 펴 놓고 크게 소리 내어 세었다.

찰리의 얼굴과 목소리에는 늘 그렇듯 감정이 드러나지 않았다. "어이," 그가 입을 뗐다. "200달러 벌었잖아. 이미 알고 있으면서 뭘. 그러니까 이제 출발하자고."

에디가 찰리를 보고 특별히 더 환한 미소를 지었다. 그는 자신의 매력적인 미소가 찰리에게 그럴싸한 영향을 미치지 않는다는 걸 알면서도 그런 표정을 즐겨 짓곤 했다. "지금 서

둘러야 하는 사람이 누군데요?" 그가 승리의 기쁨을 만끽했다. "이게 얼마나 흥분되는지 알아요? 돈 세는 거 말이에요."

에디의 차는 말도 못 하게 지저분하고 연식이 오래된 패커드 세단이었다. 그는 돈을 지겹도록 만지작대고 나서야 가지런히 접어 돌돌 만 다음 주머니에 넣고 시동을 걸었다. "쯧쯧, 불쌍한 바텐더." 그가 싱긋 웃었다. "그 바텐더 양반은 이 빌어먹을 일이 어쩌다 일어났는지 사장에게 설명해야겠죠?"

"자업자득이지 뭐." 찰리가 답했다.

"그럼요. 우리 전부 자업자득이죠. 모두 다요. 우리한테 그런 일이 안 생겨서 진짜 더럽게 다행이에요."

"그자가 욕심을 부렸어." 찰리가 거들었다. "가게에 들어갈 때부터 얼굴에서 욕심 많은 타입이라는 게 빤히 보이던데 뭐."

두 사람은 1시간 정도 고속도로를 달렸다. 에디가 치아 사이로 휘파람을 부는 소리 외엔 아무 소리도 들리지 않았다. 이동하는 동안 라디오를 틀었는데 아주 형편없는 노래가 흘러나왔고, 모건 데이비드 콩코드를 마시라는, 주말 내내 안전하게 운전하라는, 로열 크라운 콜라를 마시라는, 그리고 채권을 사라는 조언도 나왔다. 조금 전 포켓 당구에서 허슬을 한 에디가 라디오를 탁 끄고 말했다. "이제 우리 어쩔 거예요?"

찰리는 담배 케이스를 꺼내 담배에 불을 붙이기 전에 자연스럽게 에디에게 먼저 담배를 건넸다. "이제 6,000달러 정도 벌었어."

에디는 괜히 기분이 좋아졌다. 딴 돈이 얼마나 되는지 당연히 잘 알고 있으면서도. "꽤 괜찮네요." 그가 계속 말했다. "입문자치고는요. 오클랜드 밖에서 넉 달간 6,000달러라……. 그런데 손해도 봤잖아요. 제길," 그가 한 손으로 핸들을 잡은 채 다른 손으로 담배에 불을 붙이면서 덧붙였다. "내가 병신같이 굴지 않았다면, 그리고 핫스프링스에서 800달러를 잃지 않았다면 지금 우리 손에 7,000달러가 있었겠네. 찰리, 당신이 말한 대로 그때 그자가 그만두게 놔둬야 했어요. 뱅크풀에서는 공 2개가 남았을 때 고개를 들면 끝내주는 샷을 절대 칠 수 없어요."

"그렇지." 찰리가 담배에 불을 붙였다.

에디가 웃었다. "이렇게 또 배우는 거죠." 그가 말했다. "나는 꽤 잘하는 편이지만, 또 엄청 잘하지는 못하잖아요." 그리고는 갑자기 가속 페달에 발을 밀어넣고 핸들을 홱 꺾더니, 한 10분 째 한 차선에서 계속 어슬렁대던 차들을 지나쳐 총알처럼 내달리기 시작했다. 그렇게 차 네 대를 추월한 다음 트럭이 다가오는 걸 발견하고는 브레이크를 끼익 밟으며 원래 차선으로 다시 돌아갔다.

"엄청 잘하지는 않지." 찰리가 말하자 에디가 웃었다.

"그래도 이 차는 괜찮아요." 그가 싱긋 웃으며 말했다. "상당히 거칠게 달리죠. 찰리, 있죠, 우리가 다 끝낸 뒤에, 내가 15,000달러를, 그러니까 집에 돌아갈 수 있을 만큼 충분히 따고 나면 이 차 줄게요."

"고맙네." 찰리가 진지하게 답했다. "그리고 10퍼센트도."

"그리고 10퍼센트도요." 에디가 웃으며 핸들을 꺾어 추월 차선으로 또 들어갔다. 오래된 패커드는 단단히 각오한 듯 차량 행렬을 쏜살같이 지나쳤다. 에디는 주행 차선으로 다시 돌아와 시속 110킬로미터로 안정감 있게 운전했다.

잠시 후 찰리가 입을 열었다. "왜 이리 서두르나?"

"얼른 가고 싶어서요. 베닝턴으로요. 아주 중요한 문제예요. 예전부터 베닝턴이 어떤 곳인지 보고 싶었거든요."

찰리는 그 말을 곱씹는 것 같더니 이내 말했다. "이봐, 에디. 내가 자네한테 시카고는 피하라고 했던 거 기억해? 시카고 전부를."

에디는 얼굴에 성가신 기색이 드러나지 않게 하려고 애써 표정을 감추고, 잠시 동안 아무 말도 하지 않다가 입을 열었다. "왜요?"

찰리의 목소리는 여느 때처럼 단조로웠다. "한 방 먹을 거야."

에디는 두 눈을 차도에 고정했다. "그래서 일단 처음엔 내기를 하지 말아야 할 것 같아요. 한 방 먹을 테니까요. 그런데 내가 판매원이라면. 예를 들어 약 판매상이나……."

찰리가 뭉툭해진 담배를 창밖으로 휙 던졌다. "아마 그쪽이 자네는 맞을 거야."

"그게 무슨 뜻이에요?"

"내 말은, 자네는 상대를 속이는 허슬러 타입이다, 이 말이야. 말 그대로 친절함을 갖춘 일류 사기꾼 타입이지. 처음에 자네가 고향으로 돌아와서 내가 있는 곳으로 왔을 때, 자네는 열여섯 살도 안 됐지. 그런데도 나를 속여 먹었잖아."

에디가 웃었다. "나는 나에게 유리한 쪽으로 게임을 세팅하는 법을 잘 알고 있어요. 그런데 그게 뭐? 그게 나쁜 거예요?"

"이봐, 에디. 베닝턴에서 거물급들 선수들 중 하나와 게임을 해 보고 싶다고? 시시껄렁한 허슬 따위 그만두고 큰 건 하나 해 보겠다는 건가?"

"대체 어떤 대단한 인간이 내가 하룻밤에 1만 달러를 딸 수 있게 할지 궁금한데요?"

"에디," 찰리가 그에게 고개를 돌렸다. 그의 얼굴은 여전히 무표정이었다. "그런 걸로는 시카고 남자들을 홀리지 못할 거야. 핫스프링스에서처럼. 시카고는 거기보다 더 안 좋아. 자네는 당구대가 어떻게 돌아가는지 잘 아는 사람들이랑 경기를 치르게 될 거네."

"핫스프링스에서는 잘못된 선택을 했었어요. 그때 뭘 좀 배웠죠. 시카고에서는 절대 잘못된 선택을 하지 않을 거예요."

"베닝턴으로 들어가면 사람들이 자네 보고 형편없는 경기를 치를 거라고 숙덕대는 말이 내 귀에 들리겠지."

에디가 갑자기 웃었다. "찰리, 만약 당신이 내 지인이 아니었다면, 당장 차에서 내려서 걸어오게 했을 거예요."

두 사람은 한동안 아무 말도 하지 않았다. 날이 오후로 접어들고 있었다. 바람이 차가워지고 점차 그늘이 드리우기 시작했다. 빌딩 숲을 지나 한층 더 복잡한 지역으로 들어섰다. 반대 방향에도 교통량이 계속 증가했고, 도시에서 탈출하려는 주말 행렬이 시작되었다. 시선을 끌어당기는 호프집과 주유소 옥외 광고판이 점점 자주 나타났다.

마침내 찰리가 말문을 열었다. 사실 에디는 찰리의 마음이 정확히 어떤지 궁금했고 그래서 그의 말을 기다리고 있었다. "에디, 자네는 베닝턴에 갈 필요가 전혀 없어. 굳이 왜 위험을 자처하지? 작은 동네에서도 실컷 게임을 할 수 있고, 1,000달러 정도는 우습게 딸 수 있다고. 패배할 일도 없을 거고. 그러니까 집으로 다시 돌아가. 거기에서 여태 우리가 했던 방식 그대로 15,000달러를 벌어들이자고."

에디는 그의 말을 전부 이해하려 노력하다가 결국 애원하다시피 말했다. "찰리, 당신은 내 사기를 꺾고 있어요. 알다시피 나는 베닝턴에서 게임을 하기 위해 이렇게 움직이고 있다고요. 그리고 알다시피 내 인생 전부를 바쳐 당구를 쳤어요.

서부 지역 출신 풋내기인 내가요. 조니 베르게스를 이겼을 때, 찰리, 원 포켓을 발명한 그 조니 베르게스 말이에요, 그때 그자가 나더러 자기가 본 선수 중에 최고라고 했어요. 그리고 고향으로 돌아갔더니 내가 우리 지역에서 최고라고 하는 사람들도 있었어요. 우리 지역에서 최고라고요, 찰리."

"그래, 맞아." 찰리는 동의했다. "그리고 자네는 핫스프링스에서 우디 플레밍이라는, 무명의 뱅크 샷 허슬러에게 800달러나 내 줬었지."

"찰리," 에디가 말했다. "내가 그 사람에게 공 8개 중 2개를 내 줬었는데요? 말이 심하시네. 캘리포니아 오클랜드를 떠난 이후 처음으로 잃은 돈이었잖아요."

"그래. 그 말은 취소하지. 나는 자네에게 그 사실을 상기시켜 주고 싶었어. 사람들은 가끔 지기도 한다는 걸."

에디의 목소리에 여전히 상처가 남아 있었다. "이봐요, 찰리. 나보다 잘하는 포켓볼 선수 본 적 있어요? 20년간 당구장을 운영하면서 본 적 있냐고요. 지난 일주일 중 단 하루도 내가 이길 수 없는, 앞설 수조차 없는 사람 본 적 있냐고요. 자기 이름을 딴 포켓 당구 게임이 있는 사람 말이에요."

"알았어, 알았다고. 찰리의 목소리에 짜증이 묻어 있었다. "아무도 자네를 이길 수 없지."

둘은 교외를 지나 다른 동네를 지나갔다. 에디는 끊임없이 담배를 피웠고, 전에도 여러 번 이런 느낌을 받은 적이 있다고 생각했다. 그러니까 전기가 오르듯이 성큼 다가오는 자의식과 정교하고 기민한 긴장감을. 그러나 그 느낌은 결코 예전만큼 강하지는 않았다. 에디는 불안을 느꼈지만 한편으론 기대감도 있었다. 그런 느낌이 좋았다. 그리고 초조했다. 배 속이 뒤틀렸지만 나쁘지 않았다.

5

에디는 잠에서 깨어나 값비싼 반바지만 입은 채 침대 끄트머리에 앉아 있었다. 침대 옆 창문 밖으로 오후 햇살과 이리저리 얽힌 빌딩들의 옆모습을 내다보았다. 찰리는 뒤편에서 아직 자고 있었다. 숙면 중에도 무표정인 그의 얼굴은 조금 우스워 보였다.

에디는 평소보다 더 느긋하게 담배에 불을 붙였다. 기분이 괜찮았다. 지난밤 꽤 긴 시간 동안 가볍게 술을 마시고 취한 채 잠에 들었다가 막 깨어난 것치고는 곧바로 정신이 맑아졌다. 현재의 시간과 장소가 즉시 파악되었다.

호텔방을 빙 둘러보았다. 방은 정말 깔끔했다. 밝은 갈색 가구들과 파스텔 톤 벽으로 꾸며진 모던한 스타일이었다. 에디는 치아 사이로 휘파람을 불었다.

그리고 그는 욕실로 가서 따뜻한 물로 샤워하고 머리를 감고 면도 도구 키트에 넣어 다니던 분홍색 나일론 브러시로 손톱 손질을 했다. 그런 다음 욕조에 걸터앉아 구두를 닦기 시작했다.

찰리가 잠옷 차림으로 욕실로 조용히 걸어 들어와 변기에 앉았다. 그는 잠시 에디를 쳐다보고 눈을 끔뻑이더니 한참 있다가 입을 뗐다. "이런 젠장, 누가, 대체 누가 신이 창조한 이 아침에 실오라기 하나 걸치지 않고 갈비뼈를 드러낸 채 욕조에 앉아 신발에 광을 내고 있단 말인가!" 그러더니 무릎 위에 팔꿈치를 대고 명상 자세를 취했다.

에디는 구두 광내기를 마쳤다. "나요. 그리고 지금 오후거든요? 오후 2시."

"그래," 찰리가 말했다. "그래 맞아. 오후 맞지. 발가벗고 욕조에서 구두를 닦아도 뭐, 괜찮은 시간이지. 그러니까 이제 좀 나가. 나도 프라이버시가 있으니."

에디는 신발을 집어 들고 욕실 밖으로 나가면서 일부러 문을 닫지 않았다. 찰리는 아무 말도 하지 않았지만, 두툼한 발을 자신의 왕좌에서 꽤 멀리 떨어진 욕실 문까지 겨우 쭉 뻗어서 문을 쾅 닫았다.

에디는 깨끗한 바지를 입고 침대에 다시 앉았다. 그리고 최대한 가볍게 농담 삼아 이렇게 외쳤다. "오늘 내가 얼마 딸 거 같아요, 찰리?"

답을 기대한 건 아니었지만 잠깐 기다렸다. 그가 다시 더
크게 물었다. "누가 날 이길 것 같아요?"

이번에도 역시 답이 없었다. 저기 저 부처가 앉아 있는 곳
에서는 아무 말도 들리지 않았다. 그러거나 말거나 에디는 기
분이 좋았고, 바늘로 찌르듯 찰리를 말로 쿡쿡 찌르고 싶었
다. 자기가 이미 말을 너무 많이 했다는 걸 알면서도 말을 더
하고 싶었고, 찰리가 자존심을 건드려 주길 바랐다. 또, 찰리
를 비웃고 싶었고, 전날 저녁 찰리가 그에 대해 말한 모든 게
옳다는 것도 확인하고 싶었다.

"베닝턴 남자들이 날 보면 어떻게 할 거 같아요?" 에디는 몸
을 뒤로 기대고 웃었다. 그러나 그의 미소는 약간 경직되어
있었다.

찰리가 문을 열고 뒤뚱뒤뚱 걸어 나와 짐 가방 안을 뒤지기
시작했다. "베닝턴을 어떻게 생각하는지 이미 말해 줬잖아."
그가 답했다.

"물론이죠. 하지만 베닝턴의 남자들은요? 조지 더 페어리
는요? 뚱보는요? 그들이 내 이야기를 못 들었을 리 없어요. 그
리고 그들과 딱 마주쳤을 때 날 못 알아보면 누군가 내 쪽으
로 손가락질을 할 거라고요. 그러면 무슨 일이 일어날까요?"

찰리는 가방에서 칫솔을 찾아 꺼내고 솔 끝에 묻은 솜 부스

러기를 떼어 냈다. "이봐, 자네도 나만큼 잘 알고 있어. 게다가 나보다 허슬에 대해 더 잘 알잖아."

"그렇죠. 하지만……."

"에디," 찰리가 칫솔을 들고 자리에서 일어났다. 잠옷 차림에 칫솔을 든 그의 모습은 광고 속의 어린아이 같아 우스꽝스러웠다. "이건 전부 자네 생각이야. 나는 자네와 이곳저곳을 돌아다닐 거라고 말했었지. 왜냐면 나도 그렇게 하는 중이었으니까. 그리고 작은 당구장에서 어떻게 활보하면 되는지에 대해 내가 아는 모든 걸 가르쳐 주었어. 다 가르치는 데 일주일도 걸리지 않았지. 하지만 내가 이 동네에서 자네를 이끌어 줄 수 있을 거라고 말하진 않았어. 지난 15년 동안 미네소타 뚱보에 대해 숱하게 들어왔지. 15년간 이 지역 최고의 스트레이트 풀 선수 자리를 차지하고 있다고 말이야. 그렇지만 그 뚱보를 길에서 마주친 데도 나는 알아보지 못해. 그리고 그가 얼마나 잘하는지도 몰라. 내가 아는 건 그의 명성뿐이야. 오이런, 제길." 그가 다시 욕실로 향하기 시작했다. "그리고 또, 자네가 얼마나 대단한지도 난 모른다고."

에디는 그가 욕실로 걸어가 문을 여는 모습을 지켜보았다. 그러고는 부드럽게 말했다. "음, 나도 몰라요, 찰리."

6

그들은 8층으로 가는 엘리베이터를 타야만 했다. 청동 문의 엘리베이터가 휙 움직였다. 안에는 다섯 사람이 탑승해 있었다. 당구장으로 가기 위해 엘리베이터를 탄다는 것이 어쩐지 이상하게 느껴졌다. 베닝턴 당구장이 이런 식으로 되어 있을 줄이야. 아무도 그에게 엘리베이터에 대해 말해 주지 않았다. 엘리베이터에서 내렸더니 아주 높고 거대한 출입구가 떡하니 있고 그 위에는 희미한 형광빛의 작은 글자들이 적혀 있었다. **베닝턴 당구장.** 에디가 찰리를 바라보았고, 두 사람은 안으로 걸어 들어갔다.

에디는 가죽 재질의 작은 원통 케이스를 가지고 왔다. 지름은 팔뚝 두께 정도, 길이는 75센티미터였다. 그 안에 상감세공 기술로 정교하게 만들어진, 끝부분이 아이보리색이며 팁이 프랑스산 가죽으로 마무리된, 섬세한 균형을 이룬 큐대가 들어 있었다. 그의 큐대는 사실 상대와 하대 두 부분으로 나뉘어 있는데, 두 부분을 나사로 조여서 결합해 사용하는 방식이고, 규격화된 청동 연결 부위에 단풍나무 원목의 상대와 하대를 연결해 고정한 모양새였다.

당구장은 상상했던 것보다 훨씬 더 컸다. 당구장의 냄새와 느낌은 어느 곳이나 똑같기 때문에 그래도 분위기만큼은 친숙했다. 그러나 상당히 많이 다르고 새로운 부분도 있었는데, 빅토리아풍의 묵직한 가죽 의자들과 세밀한 황동 샹들리에들, 두툼한 커튼이 쳐진 높은 창문 3개, 널찍하고 우아한 느낌이 그랬다.

당구장 안은 거의 비어 있는 거나 마찬가지였다. 원래 늦은 오후에 당구를 치는 사람이 없긴 했다. 보통 당구장에서는 오후 시간대에 바에서 술을 마시려는 이들 이외의 몇몇 사람이 와서 당구를 치거나 핀볼 머신을 하곤 했지만, 베닝턴에는 그런 시설이 전혀 없었다. 그 당구장은 상당히 독특했다. 당구장사만 할 뿐 그 외의 용도로는 사용하지 않는 것 같았다.

앞쪽 당구대에서 한 남자가 연습 중이었다. 덩치가 큰 그는 시가를 피우고 있었다. 또 그 뒤 다른 당구대에서는 청바지와 재킷 차림의 키 큰 청년 둘이 나인 볼을 하는 중이었다. 당구장 한가운데에 두꺼운 뿔테 안경을 쓴 아주 우람한 남자가 마치 광고 담당자처럼 금전 등록기 옆 참나무 원목의 회전의자에 앉아서 신문을 읽고 있었다. 에디와 찰리가 들어서자 그는 잠시 두 사람을 흘긋 쳐다보다가 에디의 팔에 들린 가죽 케이스를 보고, 얼마간 그의 얼굴을 응시하고 다시 신문으로 눈길을 돌렸다. 그 너머 저 뒤쪽에서는 평상복 차림의 허리가 굽은 흑인이 절뚝이며 비질을 하는 중이었다.

둘은 당구대를 고르고 뒤쪽으로 향했다. 나인 볼 게임 중인 청년들에서 몇 테이블 떨어진 곳이었고, 연습을 시작했다. 에디는 가죽 케이스를 열지 않고 그냥 벽에 기대어 놓기만 했다. 대신 거치대에서 비치용 큐대를 가져왔다.

두 사람은 45분 동안 번갈아가며 여유 있게 공을 쳤다. 당구대 크기는 대체로 120×240센티미터인데 반해 이 당구대는 137×275센티미터로 크기가 더 컸기 때문에 에디는 그 느낌에 익숙해지기 위해, 그리고 쿠션의 탄력을 익히기 위해 거듭 노력했다. 쿠션도 조금 더 부드러운 편이고 당구대에 깔린 녹색 천도 보들보들해서 길게 치기와 회전 넣기가 어려웠다. 그러나 이 당구대에도 좋은 점이 있었는데, 테이블이 전체적으로 고르게 편평하고 포켓도 깔끔했다. 에디는 그 느낌이 마음에 들었다.

시가를 피우는 덩치 큰 남자가 느긋하게 걸어와 의자에 앉더니 그들을 지켜보았다. 그들이 게임을 끝내자 그가 시가를 입에서 떼고 에디를 뚫어지게 쳐다보더니, 벽에 기대어 있는 가죽 케이스를 확인한 다음 다시 에디에게 눈을 돌려 조심스럽게 물었다. "게임 상대를 찾습니까?"

에디가 그를 보고 미소 지었다. "뭐 그럴 수도. 한 게임 할래요?"

덩치가 에디를 노려보았다. "그럴 리가요. 절대 안 하죠." 그리고 이어 물었다. "당신이 에디 펠슨인가요?"

에디가 빙긋 웃었다. "그게 누구죠?" 셔츠 주머니에서 담배를 꺼내며 반문했다.

덩치가 시가를 다시 물었다. "그럼 당신 이름이 뭡니까? 어떤 게임을 하죠?"

에디는 담배에 불을 붙였다. "미스터라고 부르시죠. 한 게임 합시다."

덩치가 입에서 시가를 홱 뺐다. "이봐요, 나는 허슬을 할 생각이 없소. 당구장에 가죽으로 된 큐대 케이스를 가지고 오는 사람과는 절대 내기 당구를 치지 않으니까." 그의 목소리는 꽤 컸고 명령조였지만, 한편으로는 크게 낙담한 듯 지친 느낌이었다. "내가 당신에게 정중하게 물었으면, 당신은 약삭빠르게 게임을 시작했겠죠."

"맞아요." 에디가 미소 지었다. "감이 꽤 좋으시네. 나는 스트레이트 풀을 쳐요. 이 당구장 주변의 스트레이트 풀 선수들 중 누구 아는 사람 있어요?"

"어떤 종류의 스트레이트 풀을 선호하는지?"

에디는 그를 가만히 쳐다보다가 그의 눈이 깜빡이는 걸 알아채고 입을 열었다. "돈이 많이 드는 쪽이요."

덩치는 얼마간 시가 끝을 자근자근 씹어댔다. 그리고는 의자에 앉은 채 몸을 앞으로 기울였다. "미네소타 뚱보와 스트레이트 풀을 치려고 여기에 온 거요?"

에디는 이 남자가 마음에 들었다. 그는 무척 독특했다. 마치 금방이라도 폭발할 것처럼. "네." 에디가 답했다.

덩치가 시가를 잘근대며 에디를 응시했다. 그리고 말했다. "안 됩니다. 돌아가요."

"왜죠?"

"이유를 말해 주죠. 내 말을 믿는 게 나을 거요. 뚱보는 당신 돈이 필요하지 않아요. 게다가 당신이 그를 이길 방법 또한 전혀 없고. 그는 이 지역의 일인자거든요." 덩치가 의자에 등을 대고 연기를 뿜어냈다.

에디는 계속 미소를 유지했다. "나도 그렇게 생각합니다. 아무튼 그 사람 지금 어디에 있는데요?"

덩치의 얼굴에 급격하게 생기가 돌았다. "이런, 맙소사." 그가 내뱉었다. 절망적인 톤의 큰 소리로. "당신, 정말 일류급 허슬러처럼 말하는군. 본인이 험프리 보가트라도 된다고 생각해요? 그렇다면 실제로는 아주 끝내주는 큐대를 등 뒤에 숨긴 채, 겉으로는 레인코트 차림에 막대기나 하나 들고 있는 척했겠지요. 캘리포니아든 아이다호든 또는 다른 어디에서든 간에. 내가 장담하는데, 당신은 서부 해안에서 여기까지 오면서 했던 모든 나인 볼 게임에서 그 지역 사람들을 다 이겼을 거요. 좋소. 자, 미네소타 뚱보에 대해 내가 하고 싶은 말은 다 했소. 이제 바로 그와 한판 붙으러 가시든가."

에디가 웃었다. 깔보는 웃음이 아니라 즐거워하는 웃음이었다. 그 덩치 큰 남자에 대한, 그리고 자기 자신에 대한 즐거움. "좋습니다." 에디가 웃으며 말했다. "어디로 가야 그 뚱보를 만날 수 있죠?"

덩치가 꽤 힘을 들이며 의자에서 몸을 일으켰다. "그냥 여기에서 기다려요." 그가 말했다. "뚱보는 매일 밤 8시에 이곳으로 옵니다." 그러고는 시가를 입에 꽉 물고 앞쪽 테이블로 다시 돌아갔다.

"고마워요." 에디가 그의 등에 대고 말했다. 남자는 답하지 않았고, 에디는 다시 연습을 시작했다. 3번 공을 사이드 레일 방향으로 쳤다.

에디와 찰리는 하던 게임으로 다시 돌아갔다. 덩치 큰 남자와의 대화가 그의 마음을 조금 들쑤셔 놓긴 했지만, 초조한 감정을 완화하는 효과도 있었다. 그는 게임에 집중하며 스트로크를 더 세밀하게 조정하고 작은 공들이 무리 지어 있는 쪽으로 샷을 쳐서 의도적으로 빗맞게 했다. 정체가 드러나는 것에 대한 두려움 때문이라기보다는 오랜 습관 때문이었다. 두 사람은 계속 공을 쳤고, 얼마 뒤 다른 테이블에도 남자들과 담배 연기가, 그리고 탁탁 부딪히는 당구공 소리가 채워지기 시작했다. 에디는 당구장의 거대한 출입문을 흘긋대며 은근하게 누가 들어오는지 확인했다.

당구공 몇 개를 치고 난 뒤 고개를 들었을 때, 옆 당구대에 몸을 기대고 있는, 검은색 곱슬머리의 몹시 뚱뚱한 남자가 눈에 들어왔다. 그 남자는 작고 까만 눈으로 에디의 샷을 지켜보고 있었다.

에디는 초크를 들고 큐팁에 천천히 초크 칠을 하며 그 남자를 바라보았다. 저 정도의 체격과 권위 있는 표정, 그리고 저런 작고 날카로운 눈이라면 다른 사람일 수가 없었다.

그 남자는 실크 소재의 연한 초록색 셔츠를 입고 있었다. 목 단추는 풀어져 있고, 넙데데하고 푹신해 보이는 배를 셔츠가 헐렁하게 덮고 있었다. 그의 얼굴은 밀가루 반죽, 공짜 달력에 그려진 보름달, 혹은 벌겋게 부풀어 오른 에스키모 얼굴 같았다. 자그마한 귀가 얼굴 양옆에 붙어 있었으며 번들대는 곱슬머리는 세심하게 빗질되어 있고, 안색은 깨끗하고 발그레했다. 그는 허리 벨트의 보석 박힌 작은 버클 위로 툭 불거진 널찍한 배에 두 손을 얹고 있었다. 환하게 반짝이는 보석 반지들이 손가락 4개를 차지했고, 손톱도 깔끔하게 손질되어 있었다.

10초에 한 번씩 남자의 머리가 발작적으로 움찔댔다. 턱을 왼쪽 쇄골 쪽으로 내리는 행동이었다. 굉장히 갑작스러운 움직임이었고, 그 행동으로 인해 그의 입가가 저절로 찡그려졌다. 틱인 것 같았다. 그것 말고는 얼굴에 별다른 표정이 없었다.

남자가 에디를 돌아보더니 이렇게 말했다. "꽤 잘 치는군요." 그는 목소리에도 감정을 싣지 않았다. 무척 중후한 목소리였다.

에디는 어쩐지 미소를 지을 기분이 아니었다. "고맙습니다." 그가 답했다.

에디는 다시 당구대로 시선을 돌리고 공을 세팅했다. 뿔테 안경을 쓴 출납원이 래크를 마무리하자 에디가 뚱뚱한 남자에게 돌아서서 웃으며 말했다. "스트레이트 풀 치세요?"

남자의 턱이 갑자기 움찔 움직였다. "가끔 칩니다." 그가 답했다. "무슨 말인지 알죠?" 그의 목소리는 마치 우물 밑바닥에서 말하는 느낌이었다.

에디는 계속 큐에 초크 칠을 했다. "당신이 미네소타 뚱보시군요, 맞죠?"

남자는 조용했지만, 재밌어 하거나 또는 즐거워 보이려 노력하는 듯 애써 두 눈을 깜빡였다.

에디는 미소를 유지했으나, 손끝이 바들바들 떨리는 게 느껴져서 서둘러 한 손을 바지 주머니에 넣고 다른 한 손으로 큐대를 잡았다. "사람들이 말하길, 미네소타 뚱보가 이 지역 최고 선수라던데요. 내 구역 밖에서는." 그가 말했다. "그게 사실인가요?"

남자의 얼굴이 다시 움찔 움직였다.

에디가 말했다. "사람들이 미네소타 뚱보가 눈으로 당구를 친다고들 하더군요."

남자는 잠시 침묵했다가 물었다. "당신은 캘리포니아에서 왔나 보군요?"

"맞습니다."

"이름이 펠슨, 에디 펠슨이고?" 남자가 조심스럽지만 분명하게 발음했다. 그의 목소리에는 따스함도 악의도 없었다.

"그것도 맞습니다."

더는 할 말이 없는 것 같았다. 에디는 찰리와 함께 다시 게임으로 돌아갔다. 뚱보가 자기를 보고 있다는 걸, 실력을 가늠하고 있다는 걸, 그리고 경기 운영의 위험성을 계산하고 있다는 걸 에디는 알고 있었고 문득 긴장되었다. 하지만 큐대를 잡고 있는 손은 안정적이었고, 긴장감은 그를 기민하고 생기 있게 만들었으며, 지금 진행 중인 게임에서의 공의 느낌과 움직임, 큐 스윙에 대한 감각을 날카롭게 해 줄 뿐이었다. 그는 자신을 약해 보이게 만드는 평소의 습관을 제쳐 둔 채 15개의 공이 당구대에서 전부 사라질 때까지 깔끔하고 잘 제어된 샷을 연달아 쳐 냈고, 다 마무리를 한 후 조심스레 큐대를 내려놓았다.

그러고는 돌아서서 뚱보를 쳐다보았다. 뚱보는 그를 보고 있는 것 같지 않았다. 그는 턱을 틱 움찔하더니 옆에 서서 구경하고 있던 키 작은 남자에게 돌아서서 말했다. "저자가 스트레이트를 치는군. 자네 저 사람이 허슬러라고 생각하는가?" 그렇게 묻고는 다시 에디에게 돌아섰다. 그의 표정은 텅 비어 있었지만 작은 눈만큼은 예리했다. "당신 도박꾼인가, 에디?" 그가 물었다. "내기 당구 게임을 즐기는 편인가?"

에디가 그의 얼굴을 가만히 뜯어보더니 갑자기 활짝 웃었다. "어이, 뚱보 씨," 그가 좋은 기분을 느끼며 여전히 미소를 남겨 둔 채 말했다. "당신과 나, 우리 스트레이트 풀 한판 합시다."

뚱보가 그를 휙 쳐다보았다. "50달러?"

에디가 웃으며 찰리 쪽으로 눈을 돌렸다가 다시 제자리로 돌렸다. "그게 무슨 소리죠?" 그가 계속했다. "당신은 당구계의 대스타예요. 다들 당신을 당구계의 신이라고 부르죠. 도망치지 말자고요." 에디는 뚱보 옆에 있는 남자들을 쳐다보았다. 두 남자 모두 너무 놀라서 눈을 휘둥그레 떴다. *신 같은*

존재인 저 뚱보에게 이렇게 말한 사람이 여태 한 명도 없었구먼. 그가 생각했다. 그러고는 다시 활짝 웃으며 말했다. "100달러로 합시다."

뚱보는 미동도 없는 표정으로 에디를 뚫어지게 쳐다보았다. 잠시 후, 얼굴 살이 흔들리더니 옅은 미소가 번졌다. "사람들이 당신을 패스트 에디라고 부르더군, 맞소?"

"맞아요." 에디는 계속 미소 짓고 있었다.

"음, 패스트 에디. 당신 말하는 방식이 내 스타일이군. 자, 동전을 던져서 누가 먼저 시작할지 봅시다." 에디는 벽에 기대어 있는 가죽 케이스를 집어 들었다.

누군가 50센트 동전을 휙 던졌다. 에디가 동전 던지기에서 졌고, 그래서 브레이크 샷을 쳐야 했다. 그는 일반적인 샷을 선보였다. 래크된 공들 중 2개가 밖으로 나왔다가 다시 되돌아오고, 큐볼은 레일 세 군데에 부딪힌 다음 풋 레일로 향했다. 큐볼이 풋 레일 옆에 딱 붙었다. 래크된 공들 뒤편 코너 포켓 쪽 공과의 틈이 거의 없었다. 뚱보가 느릿느릿 아주 천천히 걸어서 금속 소재의 초록색 사물함이 있는 앞쪽으로 가더니 사물함을 열고 큐대를 꺼냈다. 에디의 큐대처럼 그 큐대에도 중간에 청동으로 된 연결 부위가 있었다. 그는 앞쪽 당구대에서 큐브 모양의 초크를 집어 들고 초크 칠을 하며 되돌아왔다. 당구대 위 공들의 위치조차 보지 않는 듯했지만 그는 이렇게 말했다. "5번 공. 코너 포켓." 그러더니 큐볼 뒤에서 자세를 잡았다.

에디는 그를 가만히 지켜보았다. 그는 짧고 빠른 잔걸음으로 당구대로 다가가 옆쪽에서 큐대를 올리고 조금 전과 같은 자세를 취했다. 왼손은 그의 거대한 배 너머로 이미 브리지를 잡아 놓았고, 오른손은 바이올리니스트가 채를 잡고 있는 것보다 훨씬 더 섬세하게, 우아하지만 확실하게 큐대 아래 부분을 잡고 있었다. 그리고 왼손 브리지가 초록 천 위로 내려앉자마자—마치 당구대의 어프로치 과정에서 필수적이고 계속 이어져야 할 한 동작인 것처럼—곧바로 큐대의 부드럽고 흔들림 없는 움직임이, 극히 자연스러운 그 움직임이 시작되었다. 큐볼이 당구대 아래쪽으로 빠르게 내려가서 5번 공 모서리를 툭 쳤고, 그러자 5번 공이 당구대를 가로질러 코너 포켓 안으로 쏙 들어갔다. 그다음 큐볼은 남아 있던 래크 형태의 공들을 사방으로 흩어뜨렸다.

그 뒤 뚱보는 테이블 주변을 돌아다니며 연이어 공을 쳐 내기 시작했고, 이전에 있던 그의 중후함은 이제 사라지고 없었다. 그의 움직임은 발레리노처럼 가볍고 확실했으며, 충분한 연습으로 갖춰진 것이었다. 예상한 대로 왼손 브리지가 알맞은 곳에 자리를 잡았고 큐대의 하대를 잡고 있는, 보석 반지가 끼워진 그 두툼한 손이 얇은 막대기를 부드럽게 밀었다 당기며 큐볼을 탁 쳤다. 그는 공들의 배치에서 절대 눈을 떼지 않았다. 다음 스트로크를 준비하거나 고민하는 모습 또한 절대 내비치지 않았다. 그리고 샷을 다섯 번 칠 때마다 큐대의 팁에 초크 칠을 했는데, 초크 칠에 꽤 오랜 시간을 썼다. 하지만 초크 칠 중에 그는 당구대를 보지 않았다. 오로지 그 순간 본인이 하고 있는 것만 볼 뿐이었다.

뚱보는 테이블 위 15개의 공들 중에서 14개를 아주 빠르게 성공시킨 다음, 남겨진 공을 브레이크 샷을 위한 최적의 위치에 두었다.

에디가 래크를 하고, 뚱보가 브레이크 샷을 쳤다. 브레이크 샷에 힘이 전혀 실려 있지 않은 것 같았지만, 큐볼은 래크된 공들 쪽으로 힘차게 굴러가 공들을 사방으로 흩어 뜨렸다. 뚱보가 공을 포켓에 집어넣기 시작했다. 대단했다. 기가 막힌 실력이었다. 공 8개를 포켓에 넣고 나서야 뚱보는 발이 묶였고, 에디를 수비하기 시작했다. 에디는 뚱보보다 공을 더 많이, 뚱보보다 훨씬 더 많이 넣은 사람을 본 적도 있고 본인도 그렇게 한 적이 있었지만, 저 섬세하고 뚱뚱한 남자처럼 샷을 수월하고 침착하게, 그리고 확실하게 치는 사람은 한 번도 본 적이 없었다.

높은 의자에 앉아 있는 찰리를 바라보자 찰리는 얼굴에 아무런 감정도 드러내지 않은 채 어깨만 으쓱거렸다. 에디는 샷을 신중하게 살펴보았다. 괜찮은 수비였지만, 돌아나갈 방법이 아예 없진 않았다. 큐볼을 풋 레일 가까이에 밀착시켜서 상대가 샷을 칠 수 있는 공간을 남기지 않으면 되었다. 두 사람은 서로 사이좋게 수비를 하면서 상대가 오픈 샷을 할 수 있는 공간을 절대 내어 주지 않았다. 에디가 작은 실수를 하는 바람에 뚱보의 숨통이 트였을 때까지는. 뚱보가 당구대로 조금씩 다가가더니 다시 공을 치기 시작했다. 에디는 의자에 앉았다. 주변을 둘러보았다. 열몇 명 정도 되는 사람들이 벌써 당구대 주변에 모여 있었다. 볼이 발그레한, 안경을 낀 말쑥한 남자가 구경꾼들 사이를 돌아다니며 돈내기를 하고 있었다. 에디는 그들이 돈을 어디에 걸었을지 궁금했다. 출입문위 벽에 걸린 시계를 바라보았다. 8시 30분. 그는 숨을 깊게 들이마시고 천천히 내뱉었다.

에디는 이제 자신이 밀리기 시작할 거란 걸 알고 있었다. 당연한 일이었다. 대단한 선수와 게임 중이었기에, 그것도 상대가 게임을 자주 했던 당구대에서, 게다가 상대의 당구장에서 경기 중이었기 때문에 앞으로 몇 시간 동안 계속 돈을 잃게 되리란 걸 잘 알았다. 하지만 그렇게 나쁘진 않았다. 두 게임 모두 뚱보가 125 대 0으로 이겼고, 세 번째 게임에서 드디어 에디가 오픈 샷을 얻어내 50점을 득점했다. 지는 건 유쾌한 일이 아니지만, 어쨌거나 그는 크게 낙담하지 않았고 상대 선수의 찬란한 경기 운영 방식에도 길을 잃지 않았으며 초조해하거나 당황하지도 않았다. 그는 게임 중 대부분 앉아서 시간을 보냈고, 뚱보가 이길 때마다 환하게 웃으며 그에게 100달러를 건넸다. 뚱보는 아무 말도 하지 않았다.

여섯 게임을 지고 난 후 11시, 찰리가 다가와 에디를 보며 말했다. "그만해."

에디는 식은땀을 흘리는 듯한 찰리를 바라보았다. "내가 꺾을 겁니다. 기다려요."

"너무 확신하지 마." 찰리는 당구대 반대편에 있는 의자로 다시 돌아갔다.

마침내 에디가 승기를 잡기 시작했다. 게임 중반쯤 승리의 기운이 들어오더니 가끔 자신이 당구대의 일부가, 공과 큐대의 한 부분이 된 듯한 느낌이 마음에 스몄다. 팔에서 뿜어져 나오는 스트로크는 기름칠된 베어링 위를 미끄러지는 것처럼 움직였다. 또한 몸의 근육들이 저마다 게임과 공의 움직임에 기민하고 민감하게 반응했고, 모든 공과 모든 샷이 어떤 방식으로, 정확히 어떻게 굴러가거나 만들어질지 예리하게 인식했다. 뚱보는 그 게임에서도 에디를 이겼지만, 에디는 승리가 점차 다가오고 있다는 걸 느꼈다. 그리고 다음 게임에서 드디어 에디가 승리를 거머쥐었다.

그다음 게임에서도, 다음에도, 또 그다음 게임에서도 에디가 이겼다. 누군가 두 사람이 경기 중인 당구대 위 조명만 빼고 불을 전부 끄자, 당구대 주변에 모인 구경꾼들의 얼굴과 테이블의 녹색 천 그리고 당구공의 검은 그림자가 초록색에 반사되어 더 선명해지고 날카로워진 모습만 남겨졌고, 그 외 베닝턴 당구장의 모든 배경이 사라졌다. 당구공의 가장자리가 예리하게 반짝였다. 큐볼은 우윳빛 보석 같았고, 공이 굴러가는 모습을 지켜보는 것과 어디로 굴러가는지 미리 짐작할 수 있다는 건 무척 아름다운 일이었다. 그 무엇도 이처럼 뚜렷하고 간결하고 훌륭할 수는 없었다. 게다가 당구공으로 만들어 낼 수 있는 샷에는 아무런 제약이 없었다.

뚱보의 경기 운영은 변하지 않았다. 대단하고 기가 막히게 훌륭했지만, 이제는 에디 역시 믿어지지 않을 만큼 멋진 경기로 그를 제압하고 있었다. 아주 멋진, 사람의 마음을 완전히 사로잡는 경기였다. 에디가 평생 동안 알고 있다고 느꼈던 경기 방식, 때가 되면 꼭 그렇게 운영할 거라 다짐했던 그 경기 방식이었다. 이보다 더 좋을 수는 없었다.

게임이 끝나자 앞쪽에서 알 수 없는 소음이 일었고, 에디는 돌아서서 시계가 12시를 가리키는 걸 확인했다. 누군가 육중한 참나무 문에 자물쇠를 채우고 있었다. 에디가 뚱보를 쳐다보자 뚱보가 말했다. "걱정 마쇼, 패스트 에디. 우린 계속 여기에 있을 거니까."

그리고는 주머니에서 10달러를 꺼내 초조해 보이고 비쩍 마른 검은 정장 차림의 남자에게 건넸다. 뚱보는 경기를 지켜보다가 이렇게 말했다. "전도사, 화이트 홀스 위스키 좀 줘. 얼음도. 한 잔만. 그리고 가서 약이나 좀 하고 와. 대신 나한테 위스키 갖다주고 나서."

에디는 싱긋 웃으며 속으로 자신이 취할 행동을 준비했고, 그러면서 그 느낌을 즐겼다. 그가 지갑에서 10달러를 꺼냈다. "J. T. S. 브라운 버번이요." 마른 남자에게 툭 내뱉었다. 그리고는 큐대를 당구대에 기대어 놓은 다음 소매 단추를 풀고 팔위로 걷었다. 팔을 쭉 뻗어 근육을 푸는 한편 안정적이고 통제된 근육의 차분한 감각을 즐기며 입을 열었다. "자, 뚱보 양반. 브레이크하시죠."

에디는 그를 또 이겼다. 기쁨이 격렬하게 몰아쳤다. 말라깽이가 위스키를 가져왔을 때 에디는 냉장고에서 물을 꺼내 위스키와 섞어서 하이볼을 만들어 마셨다. 온몸과 뇌로 기쁨이, 각성과 활기가 퍼지는 것 같았다. 그리고 뚱보를 쳐다보았다. 뚱보의 셔츠 목깃 부분이 땀과 때로 얼룩져서 꼬질꼬질했다. 손질된 손톱도 지저분해졌다. 그의 얼굴엔 여전히 감정이 드러나지 않았다. 그도 에디와 마찬가지로 위스키 한 잔을 들고 조용히 홀짝이고 있었다.

갑자기 에디가 그를 보고 씩 웃었다. "1,000달러 걸고 합시다, 뚱보 양반." 그가 말했다.

구경꾼들이 웅성댔다.

뚱보는 위스키를 한 모금 마시고 입속에서 천천히 굴리다가 삼켰다. 예리한 검정색 눈동자가 에디의 얼굴에 고정되어 흔들림 없이 면밀하게 살폈다. 무언가 마음을 안정시킬 것을 찾는 모양이었다. 그러더니 조금 아까 게임 결과에 돈을 걸던 안경 낀 말쑥한 남자를 흘긋 바라보았다. 남자가 고개를 끄덕이고 입술을 오므렸다. "알겠소." 그가 말했다.

전에 이런 스트레이트 풀 경기를 본 사람이 아무도 없다는 걸 에디는 느낄 수 있고 알 수 있었다. 뚱보의 경기는 그 자체만으로도 놀라웠고, 한결같이 아름다우며 정확했고, 스트로크 역시 능숙하고 재빠르면서 실수가 거의 없었다. 그런데 에디가 게임을 이겼다니. 지구상의 그 무엇도 그의 승리를 막을 수 없었다. 그 이유는, 당구는 에디가 꼭 이기고 싶어 하는 그 뚱보의 샷에 영향을 미칠 방법을 구경꾼들에게 조금도, 아니 전혀 알려 주지 않는 스포츠이기 때문이다. 그럼에도 에디는 전에 그 누구도 하지 않았던 기술들로—즉 칼로 베듯이 공 내보내기, 체계적인 포지션 플레이, 큐볼이 레일에 닿지 않게 하면서 래크된 공들 굴리기, 공들을 포켓 한가운데로, 모든 포켓의 심장 속으로 연속해서 집어넣기—뚱보를 제압했다. 스트로크를 하는 그의 팔은 마치 별도의 의식이 있는 존재 같았고, 그 의식은 큐대에까지 확장되어 있었다. 큐대의 나무 막대기에 신경 세포가 있어서 가죽 팁이 저절로 톡톡 움직이는 게 느껴졌고 공이 부드럽게 굴러가는 것이 느껴졌다. 공이 포켓의 아랫부분에 부딪힐 때 나는 강렬한 소리가 당구대에서도, 그리고 그의 가슴속 영혼의 한가운데에서도 울려 퍼졌다.

두 사람은 오랜 시간, 아주 오랫동안 경기를 했다. 에디는 초록 천에 드리운 당구공 그림자의 테두리가 뭉개져 한층 부드러워졌다는 걸 알아챘다. 고개를 들어 창문 커튼 사이로 스며든 엷은 빛을 보고 나서 시계를 올려다봤다. 아침 7시 반이었다. 다들 면도기가 필요해 보였다. 스스로의 얼굴을 만져보자 사포 같았다. 고개를 숙여 차림새를 확인했다. 셔츠 앞이 초크 자국으로 뒤덮여 바지 밖으로 삐져나와 있으며 그대로 자고 일어난 것처럼 잔뜩 구겨진 상태였다. 그리고 뚱보를 바라보았다. 그는 전혀 흩어짐이 없는 모습이었다.

찰리가 다가왔다. 그의 모습도 엉망이긴 마찬가지였다. 그가 에디를 보고 눈을 끔뻑였다. "아침은?"

에디는 당구대 옆, 이제 비어 있는 의자들 중 하나에 털썩 앉았다. "네, 먹죠." 주머니에 손을 집어넣고 5달러를 꺼냈다.

"고맙지만," 찰리가 말했다. "그 돈 필요 없네. 나한테도 돈이 좀 있거든, 기억나?"

에디가 작게 웃었다. "그렇겠네요. 지금 얼마나 돼요?"

찰리가 그를 응시했다. "자네는 몰라?"

"잊어버렸어요." 에디가 주머니에서 흐물흐물한 담배를 꺼내 불을 붙였다. 희미하게 떨리는 손이 눈에 들어왔지만 남의 손가락 보듯 그저 바라보기만 할 뿐이었다. "얼마인데요?" 등을 기대고 담배를 피우며 지금은 당구대 위에 가만히 있는 공들을 쳐다보았다. 담배에서는 아무 맛도 나지 않았다.

"11,400달러 벌었어." 찰리가 말했다. "현금으로. 내 주머니에 있다고."

에디가 그를 돌아보았다. "오!" 그가 내뱉었다. "나가서 아침 좀 사다 줘요. 나는 에그 샌드위치랑 커피요."

"잠깐." 찰리가 말했다. "나랑 같이 가지. 호텔에서 아침 먹자고. 경기는 이제 끝났어."

에디는 그를 가만히 쳐다보다가, 찰리가 조금 전 그의 모습을 볼 수 없었던 건지 아니면 아예 본 적이 없는 건지 의아해하며 빙긋 웃었다. 그러고는 몸을 앞으로 기울이며 말했다. "아니에요, 찰리."

"에디……."

"이 게임은 미네소타 뚱보가 끝이라고 말해야 끝납니다."

"원래 만 달러 따려고 했잖아. 자네는 이미 만 달러를 땄다고."

에디가 다시 몸을 숙였다. 이제 그는 웃고 있지 않았다. 그는 찰리가 그 모습을 보기를, 그걸 받아들이길, 그가 느끼는 감정과 그가 한 약속의 일부를 느끼기를 바랐다. "찰리, 나는 미네소타 뚱보를 쫓아 여기까지 왔어요. 나는 저자를 잡을 거예요. 계속 저자와 게임할 거라고요."

뚱보도 의자에 앉아 쉬고 있었다. 그가 일어나더니 살집이 두둑한 목 쪽으로 턱을 움찍 숙였다. "패스트 에디," 그가 단조롭게 에디를 불렀다. "게임합시다."

"먼저 브레이크하시죠." 에디가 받아쳤다.

*

경기 중에 음식이 들어왔고 에디는 샷을 치는 중간중간 샌드위치를 한 입씩 베어 먹었다. 샷을 칠 차례에는 샌드위치를 당구대 레일에 올려놓고 아주 쓴 커피로 입을 행군 다음에 행했다. 뚱보는 누군가를 밖으로 내보내 식사를 준비해 오라고 시켰고, 주문한 접시에는 작은 샌드위치 여러 개와 소시지가 있었다. 또 다른 접시에 커피 대신 더치 맥주 세 병이 있었는데, 그는 그 맥주를 필스너 유리잔에 따르고 두툼한 손으로 유리잔을 세심하게 잡아 마셨다. 의자에 앉아 샌드위치를 먹으면서 냅킨으로 입가를 점잖게 닦아 가며 고급 아침 식사를 하고 있는 그는, 겉으로 보기엔 1,000달러를 건 이 게임에서 에디가 공들을 포켓에 체계적으로 넣든 말든 신경 쓰지 않는 것 같았다.

에디가 또 게임에서 이겼다. 그러나 다음 게임은 뚱보가 이 겼다. 근소한 차이로. 9시가 되었을 때 당구장이 문을 다시 열 었고, 늙은 절름발이 흑인이 들어와 바닥을 쓴 다음 커튼을 젖히고 창문을 열기 시작했다. 바깥 하늘은 터무니없이 파랬 으며, 해가 빛을 내고 있었다.

뚱보가 관리인 쪽으로 고개를 돌려 큰 소리로 버럭 외쳤다. "저 빌어먹을 햇빛 가려!"

흑인이 발을 질질 끌며 창문으로 가 커튼을 쳤다. 그러고는 빗자루로 다시 돌아갔다.

두 사람은 경기를 이어 갔다. 에디가 계속 이겼다. 이제 어 깨와 등, 다리 뒤쪽에 뻐근함이 느껴졌다. 그러나 그 고통은 다른 사람의 일 같았다. 거의 느껴지지도 않았고 실제로 존재 하는 것 같지도 않았다. 그는 끊임없이 샷을 칠 뿐이었고, 공 은 계속 포켓 속으로 떨어졌다. 그와 경기 중인 괴물 같은 저 뚱뚱한 남자는, 이 지역 최고의 스트레이트 풀 선수인 그는 계속해서 찰리에게 돈뭉치를 주었다. 한번은 에디가 샷을 치 고 뚱보는 앉아 있는 동안, 에디는 뚱보가 볼이 발그레한 남 자와 매니저이자 이름이 고든인 자와 이야기를 나누는 모습 을 보았다. 붉은 볼의 남자는 손에 지갑을 쥐고 있었다. 그 게 임이 끝난 뒤 뚱보가 찰리에게 1,000달러를 주었다. 에디는 지금 막 자신이 번 돈을 두 눈으로 직접 보고 있는데도 별 느

낌이 없었다. 단지 래크 담당 직원이 서둘러 공을 세팅하길
바랄 뿐이었다.

통증과 뻐근함이 서서히 심해졌다. 하지만 당구를 치는 그
의 신체에는 어떤 식으로도 영향을 미치지 않았다. 낯설고도
몹시 흥분되었다. 이 공간 어딘가 당구대 위에서, 조명 아래
에 매달린 채 무형의 묵직한 담배 연기처럼 둥둥 떠서 윤이
나는 긴 나무 막대기로 색색의 작은 공들을 포켓 안으로 넣는
모습을 내려다보는 기분이었다. 그리고 이 공간 어딘가에, 아
마도 이 공간 도처에 굉장히 뚱뚱한 남자가, 눈이 작고 날카
로운 그 남자가 항상 같은 자세로 조용히 그리고 침착하게 초
록색 직사각형 위의 작은 색깔 공들은 물론이고 수많은 코너
포켓들을 구석구석 살피고 있을 것 같았다. 조명이 당구대의
직사각형 테이블에만 국한되어 있든 말든 상관없이 말이다.

그날 저녁 9시, 찰리가 에디에게 18,000달러를 벌었다고 전
했다.

찰리가 그 말을 했을 때 갑자기 에디의 배 속에서 이상한 일
이 벌어졌다. 가느다란 칼이 배 안의 신경을 찌르는 느낌이었
다. 그는 뚱보를 쳐다보려 했으나 그 순간에는 그럴 수 없었다.

10시 반. 미네소타 뚱보는 한 게임 이기고 한 게임 진 뒤 화
장실을 갔고, 에디는 앉을 곳을 찾아 몸을 앉혔다. 한동안 두
손을 머리에 올리고 바닥을, 발아래 담배꽁초 더미를 응시했

다. 찰리가 옆에 앉았다. 아니면 찰리의 목소리가 들린 것일
수도 있었다. 그의 목소리가 꽤 멀리서 들리는 듯해서 고개
를 들어 보려 했지만 그럴 수 없었다. 어쨌거나 찰리는 그에
게 그만두라고 말하는 중이었고, 사실 에디는 그가 뭐라고 하
는지 들리지 않았지만, 그런 말을 하고 있을 거라고 생각했
다. 바로 그때, 담배꽁초들이 옆으로 밀리면서 나풀대기 시작
했다. 부드러우면서도 어딘가 굉장히 혼란스러운 움직임이
었다. 에디의 귀에 싸구려 라디오가 흥얼대는 듯 윙윙 소리가
들렸다. 순간 그는 자기가 잠시 기절했다는 걸 깨닫고 처음엔
약하게, 그다음엔 격렬하게 고개를 흔들었다. 고개 흔들기를
멈추고 나니 한결 더 잘 보이고 잘 들렸다. 그러나 마음속에
서는 뭐라고 비명을 지르고 있었다. 내면에서 어떤 것이, 작
은 칼 같은 것이 두려움에 덜덜 떨며 그의 배를 안쪽에서부터
잘라내고 있었다.

찰리가 여전히 뭐라 말을 하고 있었고, 에디는 그의 말에
끼어들었다. "술 좀 줘요, 찰리." 그는 찰리를 보지 않았다. 담
배꽁초에 두 눈을 고정한 채 골똘히 보고만 있었다.

"자네는 술을 마시면 안 돼."

그러자 에디가 그를, 둥글넓적하고 웃기게 생긴, 턱수염 난
그의 얼굴을 보고 입을 열었다. 에디는 자신의 목소리에 담긴
부드러움에 흠칫 놀랐다. "닥쳐요, 찰리. 술이나 줘요."

찰리는 하는 수 없이 그에게 술병을 건넸다.

에디가 병뚜껑을 돌리고 위스키를 목구멍 속으로 쏟아부었다. 욕지기가 났지만 타는 느낌이 들진 않았다. 배 속에서도 온화한 따뜻함이 느껴졌다. 그 따뜻함이 칼날을 부드럽게 만드는 것 외에는 별 느낌이 없었다. 주변을 둘러보다가 시야가 괜찮다는 걸, 테두리가 흐릿하긴 하지만 바로 앞에 있는 물건 정도는 선명하게 볼 수 있다는 걸 깨달았다.

뚱보가 당구대 옆에 서서 손톱 정리를 하고 있었다. 그의 손이 다시 깨끗해졌다. 지저분했던 손도 닦고, 여전히 기름지고 더러워 보이긴 하지만, 머리도 빗질을 했다. 꼬질꼬질한 셔츠와 살짝 초점이 맞지 않는 눈을 제외하면 그는 더 이상 지쳐 보이지 않았다. 오히려 처음 봤을 때보다 더 괜찮아 보였다. 에디는 눈을 돌리고 당구대를 다시 돌아보았다. 공들이 삼각틀 안에 가지런히 래크되어 있었다. 큐볼은 브레이크 포지션에, 사이드 레일 근처 위쪽에 놓여 있었다.

뚱보가 그의 시야 가장자리 희미한 부분으로 들어왔다. 그는 차분하게 미소를 띠는 듯했다. "한판 둡시다, 패스트 에디." 그가 말했다.

그 순간 에디는 몸을 돌려 그를 노려보았다. 뚱보의 턱이 어깨 방향으로 움찔 움직이더니 입가도 같이 뒤틀렸다. 에디는 이제 그의 저 행동이 어떤 의미를 내포하고 있다는 걸 알았지만, 정확히 무슨 의미인지는 알지 못했다.

그러고 나서 에디는 의자에 등을 기대고 본인의 의지와 상관없이 말을 내뱉었다. "내가 또 이겨 주죠, 뚱보 양반."

뚱보는 그를 바라보기만 할 뿐이었다.

에디는 자신이 저 뚱보에게, 도무지 믿어지지 않는 저 거대한 뚱보에게, 여성의 느낌이 물씬 풍기는 액세서리를 착용한 발레리노 같은 저 당구 허슬러에게 미소를 지은 게 맞는지 아닌지 확신이 서지 않았다. 그러나 무언가 당장이라도 그를 크게 한바탕 웃을 수 있게 만들 것만 같았다. "내가 당신을 이길 겁니다." 에디가 선언했다. "하루 종일, 그리고 밤새도록 당신을 이길 거라고요."

"게임이나 합시다, 패스트 에디."

그리고 그때 웃음이 터졌다. 자신이 아니라 누구 다른 사람이 웃는 것 같았다. 그래서인지 그 웃음소리가 저 맞은편에서 들리는 듯했고, 웃고 났더니 눈에 눈물이 그렁그렁 맺혔다. 눈물이 시야를 흐릿하게 만들었다. 그리고 당구장과 그를 둘러싼 구경꾼들, 그리고 뚱뚱한 남자를 무의미하고 흐리멍덩한 색으로 짓이겨 버렸다. 그 공간의 가장 큰 존재인 초록색에도 이젠 어두운 그림자가 내려앉아 테이블 표면 전체로 퍼져나가고 있었다. 그는 웃음을 멈추고 뚱보를 보며 눈을 깜빡였다.

에디가 아주 천천히 입 밖으로 나오는 말을 진하게 음미하며 말했다. "나는 당신이 본 중 최고입니다, 뚱보 양반." 그게 다였다. 아주 간단했다. "그러니까 내가 최고라고." 지난 몇 년간 그도 당연히 그 사실을 알고 있었다. 하지만 이젠 너무 명백하고 간결해져서 아무도, 심지어 찰리도 모를 리 없었다. "내가 최고라고. 당신이 날 이길지라도, 내가 최고야." 눈가의 흐릿함이 다시 선명해졌고, 뚱보가 당구대 옆에 서서 초록색 표면 위로 손을 내린 채 그를 쳐다보지도 않고 있는 모습이 보였다. *당신이 날 이길지라도……*

에디의 내면 어딘가 깊은 곳에서 압박이 걷히고 있었다. 그리고 더 깊은 곳에서, 저 멀리서 아주 작은 목소리가, 비통에 찬 가느다란 울부짖음이 한숨을 내쉬며 그에게 말했다. *꼭 이 겨야 할 필요는 없어.* 그 말이, 깊이 있고 진실한 그 계시가 몇 시간 동안 그를 짓누르고 있던, 그를 부수려 했던 압박을 물리치고 있었다. 책임감이라는 압박을. 그리고 두려움이라는 작은 칼자루를.

에디가 거대한 뚱보를 되돌아보았다. "내가 최고입니다." 그가 말했다. "누가 이기든 간에."

"어디 한번 봅시다." 뚱보는 말을 내뱉고 브레이크 샷을 쳤다.

*

에디가 다시 시계를 보았을 때는 자정이 조금 넘은 시각이었다. 그는 두 게임을 연달아 졌다. 그다음에 한 게임을 이기고 또 한 번 지고 다시 이겼다. 모두 근소한 차이였다. 오른쪽 위 팔의 통증이 뼛속에서 바깥으로 벌겋게 번지는 것 같았고, 어깨 주변 혈관이 부어올라 뜨거운 덩어리가 얹힌 듯했으며, 큐볼을 칠 때는 마치 큐대가 큐볼로 녹아드는 것 같았다. 당구공들이 서로 부딪혀도 이제 더는 소리가 들리지 않았다. 마치 발사 나무로 만든 모형들처럼. 그럼에도 에디는 공을 놓칠 수 없었다. 공을 놓친다는 건 여전히 말도 안 되는 일이었다. 시야의 민감성이 더 이상 제 기능을 다하지 못하는 듯했지만 에디의 두 눈은 공을 예리하게, 무척 자세하게 탐색했다. 어둠 속에서도 공이 보일 것만 같았다. 햇빛이 가장 강한 정오의 태양도 똑바로 쳐다볼 수 있을 것 같은 기분이었다. 심지어 하늘 밖의 태양도 직시할 수 있을 것만 같았다.

그는 공을 잃지 않았다. 그러나 수비 경기를 할 때는 큐볼이 매번 그가 원하는 곳에, 그러니까 쿠션 또는 공들이 모여 있는 곳에 딱 붙지 않았다. 결국 수비를 해야만 하는 중요한 시점에 큐볼이 너무 멀리, 딱 1인치 더 굴러가는 바람에 뚱보에게 오픈 샷이 주어졌고, 뚱보는 내리 60점 정도를 따냈다. 그다음에 에디는 당연히 연속으로 공을 포켓에 넣어야 했지만, 한쪽 레일만 따라 굴리면 되는 단순한 포지션을 잘못 판단했고, 어쩔 수 없이 방어적으로 경기를 해야만 했다. 또 뚱보가 게임에서 이겼다. 그가 승리했을 때 에디가 말했다. "당신 정말 더럽게 잘 치는군요. 내 실수에 대한 대가가 아주 대단합니다."

그럼에도 에디는 계속 게임을 이어 갔다. 점수로 이어질 만한 공이 상당히 많았는데도 무언가 지속적으로 잘못되었고 결국 유리한 상황까지 전부 놓치고 말았다. 더군다나 뚱보는 실수를 하지 않았다. 단 한 번도. 경기가 끝난 후 찰리가 다가와 말했다. "에디, 아직 만 달러 남아 있어. 이만하면 됐네. 이제 그만하고 집으로 가. 가서 좀 자라고."

에디는 그를 바라보지 않고 딱 잘라 말했다. "싫어요."

"이봐, 에디," 찰리의 목소리는 지쳐 있었지만 말투는 부드러웠다. "원하는 게 뭔데 그래? 자네는 이미 저자를 이겼어. 완전 이겼다고. 이대로 자네 스스로를 죽일 셈이야?"

에디가 고개를 들어 그를 올려다봤다. "대체 왜 그래요, 찰리?" 그가 환한 미소를 지으려 부단히 애를 쓰며 물었다. "겁쟁이예요?"

찰리는 그를 잠시 쳐다보다가 이렇게 말했다. "그래, 그게 맞을지도 모르지. 난 겁쟁이야."

"좋아요. 그러면 집에나 가요. 돈은 이리 주고요."

"이런, 제기랄."

에디가 손을 내밀었다. "돈 내놔요, 찰리. 내 돈이잖아요."

찰리는 그를 쳐다보기만 했다. 그러고는 주머니로 손을 뻗어 어마어마한 돈뭉치를, 구겨진 지폐들을 돌돌 말아서 두꺼운 고무 밴드로 묶어 놓은 돈뭉치를 꺼냈다.

"여기 있다, 이 망할 얼간이 같은 자식."

에디가 돈뭉치를 주머니에 쑤셔 넣었다. 그는 게임을 하려고 자리에서 일어선 뒤 고개를 숙여 자기 모습을 바라보았다. 지독히도 우스워 보였다. 한쪽 주머니는 위스키 병 때문에, 다른 한쪽은 돈뭉치 때문에 툭 튀어나와 있었다.

큐대를 집어 들고 경기를 다시 시작하려는데, 일단은 힘을 좀 끌어모아야 했다. 그러나 게임이 시작된 후 그는 멈출 수가 없었다. 심지어 이번에는 자기가 언제부터 앉아 있었는지, 뚱보가 언제 공을 쳤는지조차 인식되지 않는 듯했다. 무의식적으로 당구대 옆에 서서 극심한 통증에 울부짖는 팔로 스트로크를 하는 느낌이었고, 작고 밝은 공들이 당구대 위를 회전하고 비틀대며 구르는 걸 보고 있는 기분이었다. 하지만 뚱보가 샷을 하는 것조차 인식도 하지 못하면서 에디는 자신이 지고 있다는 사실을, 뚱보가 자기보다 더 많이 이기고 있다는 사실을 깨닫고 있었다. 관리인이 와서 당구장 문을 열고 바닥을 쓸었을 때, 관리인이 당구대 주변에 널브러진 담배꽁초를 치우는 몇 분간 경기를 멈추어야 했을 때 에디는 자리에 앉아서 돈을 셌다. 하지만 셀 필요가 없었다. 아까 그가 셌던 만큼을 셀 수가 없었다. 돈뭉치가 좀 전에 찰리가 건네줬을 때보다 훨씬 얇아졌다는 사실만큼은 알 수 있었다. 그가 뚱보를 보고 말했다. "당신, 뚱보 양반. 운이 더럽게 좋군요." 뚱보는 대꾸하지 않았다.

다음 게임이 끝나고 난 뒤 에디는 조명 아래에서 당구대 위에 올려 있던 돈을 집어 들고 1,000달러를 셌다. 1,000달러를 다 세고 났더니 지폐가 몇 장 남아 있지 않았다. 뭔가 잘못되었다는 생각에 한동안 가만히 쳐다보고 있다가 이 상황이 지금 무슨 의미인지 인식하기 시작했다. 남은 돈을 세어 보았다. 100달러한 장, 50달러짜리 두 장, 20달러짜리 대여섯 장과 1달러 몇 장.

배 속이 뒤틀리고 난리치기 시작했다. 주먹이 배 속의 무언가를 움켜쥐고 비트는 듯했다.

"자." 에디가 말했다. "좋아요, 뚱보 양반. 우리 아직 안 끝났어요. 200달러 걸고 합시다. 한 게임당 200달러." 그는 눈을 꿈뻑이며 당구대 맞은편에 있는 덩치 큰 남자에게 집중하려 노력했다. 뚱보도 그를 가만히 지켜보고 있었다. 눈을 깜빡이면서. "200달러라. 진정한 허슬러의 당구군."

뚱보는 큐대의 나사를 조이지 않았다. 큐대 중간의 연결 부위도 고정하지 않고 있었다. 그가 에디를 바라보았다. "게임은 끝났소."

에디가 큐볼 위로 손을 내리며 당구대 너머로 몸을 기울였다. "당신은 날 멈추게 할 수 없어." 그가 말했다.

뚱보는 그를 쳐다보지도 않았다. "몸조심하시길." 그가 말했다.

에디는 주위를 둘러보았다. 구경꾼들이 발을 질질 끌며 작은 무리를 이루어 이야기를 나누면서 하나둘 당구대 주변을 떠나기 시작했다. 찰리가 주머니에 손을 꽂고 그에게 다가왔다. 마치 기다란 복도를 내려다보고 있는 것처럼 두 사람 사이의 거리가 아주 멀게 느껴졌다.

갑자기 에디가 큐볼을 움켜잡고 당구대에서 자기 몸을 밀어냈다. 도저히 믿어지지 않았다. "잠깐만!" 그가 외쳤다. 어찌 된 일인지 앞이 보이지 않았고, 말소리가 서로 부딪쳐 한 곳에서 녹아내리고 있었다. "잠깐만요!" 에디의 귀에 본인의 목소리가 겨우 들렸다. 그는 퉁퉁 부어올라 욱신대고 타는 듯한 오른쪽 팔을 온 힘을 다해 휘둘렀다. 이내 큐볼이 바닥에 부딪히는 소리가 들렸고, 그는 그대로 바닥에 철퍼덕 넘어졌다. 아무것도 볼 수 없었지만 주변의 무언가가 흔들대는 움직임이 희미하게 보였다. 머리 주위에서 희미한 패턴의 빛이 흔들리고 있었다. 그리고 그는 바닥과 셔츠 앞쪽에 토악질을 했다.

7

에디는 새벽 4시에 잠에서 깨어났다. 땀 때문에 얼굴이 끈적했고 입에서는 구토와 신맛이 느껴졌다. 환한 조명과 수천 개의 색깔 공이 회전하는 기나긴 꿈을 꾸다가 잠에서 깨어났다. 잠에서 깼지만 그의 기억은 몇 분 동안이나 호텔로 돌아와 침대로 쓰러지기 전에 일어났던 일의 가장자리에 멈춰 있었다.

여전히 기억을 끄집어내지 못한 채 몸을 일으켜 앉으려는데, 팔과 등으로 몰려오는 통증과 함께 낯선 도시에서 새벽 4시에 깨어났다는 비현실성에 화들짝 놀랐다. 게다가 그는 땀에 흠뻑 절어 있었다. 이 황당함이 기억을 더욱 흐트러뜨리고 그를 꽉 붙들었다. 몸이 불에 타는 것 같았다. 등을 기대고 어둠 속을 응시했다. 자신의 어리석음과 오만이 아주 예리하고 자세하게 눈앞에 펼쳐졌다. 바보가 된 건 그의 자유 의지였으며 결국 자신이 선택을 한 거라고 딱 잘라 말할 수 있는 것처럼, 그리고 베닝턴 당구장 바닥을 에워싼 당구대 위의 둥근 불빛처럼, 매우 선명하게 보였다.

그러나 그 환영은 오래 지속되지 않았다. 아무래도 빛이 너무 밝아서 눈에 생채기를 낸 것 같았다. 에디 펠슨은 끙끙대며 침대에서 몸을 일으켜 침대 끄트머리에 걸터앉았다. 뇌의 기저에서 느껴질 묵직하고 냉정한 통증을, 오른팔을 다 태워 없어지게 할 통증을 기다리며 마음을 비우고 있었다. 그러나 통증은 찾아오지 않았고, 강제로 몸을 일으켜 세워야만 했다. 불이 켜져 있는 걸 도무지 참을 수 없어서 발을 질질 끌며 방을 가로질러 욕실로 들어갔다. 발에 두꺼운 붕대가 감긴 채로 신발 안에 쑤셔 넣어져 있는 것 같았다. 간신히 수전 쪽으로 방향을 틀고 수전 아래에 머리를 불쑥 집어넣었다. 물이 뜨거워서 수전을 더듬어 온도를 조절했다. 흠뻑 젖은 머리를 뒤로 빼고 수건을 찾아 주위를 더듬거렸다. 불을 켰다. 잠깐 눈을 찡그리고 있다가 거울을 들여다보았다.

다른 이의 얼굴이었다. 기괴하게 부푼 눈, 이마에 딱 달라붙어 물을 뚝뚝 떨어뜨리는 머리, 꾀죄죄한 목덜미, 초크 자국이 번진 이마, 갈라지고 물집 잡힌 입술. 어떻게든 흐릿한 미소를 지어 보았다. "이 새끼야," 그가 말했다. "진짜 못 봐 주겠다."

그리고 변기 위 선반에서 하얀색 핸드 타월을 꺼내 세면기에 뭉쳐 넣고 뜨거운 물에 적신 다음 얼굴을 비누로 문질러가며 닦기 시작했다. 세면기 위로 고개를 숙인 채 뒷목과 턱 아래 끈적한 부분도 씻었다. 옷깃이 물에 젖어서 목에 달라붙었다. 셔츠와 러닝을 벗기 위해 충분히 오랫동안 멈춰 섰다가 아주 천천히 움직였다. 가슴팍과 팔을 닦고 뜨거운 천을 오른쪽 어깨에 올려 통증이 수그러들 때까지 그대로 두었다. 그러고 나서 비닐에 싸인 호텔 수건을 빼내 얼굴을 더 꼼꼼히 씻기 시작했다. 비누 거품을 더 많이 내서 초크가 묻은 곳을 박박 문지르고 얼굴에 묻은 모든 초록색 가루들을 떼어 내며 아까보다 한층 더 꼼꼼하게 닦았다.

만족할 때까지 씻고 나자 얼굴이 말끔해졌다. 물이 뚝뚝 떨어지는 바람에 상체에 한기가 살짝 들었지만 훨씬 깨끗해졌다. 세면기에 물을 채우고 따뜻한 비누 거품 물에 머리를 넣어 머리칼을 적셨다. 눈에 물이 들어가 눈을 찡그리며 세면기에서 머리를 빼내고 코를 풀고 나서 물을 뺐다. 손톱으로 머리카락 사이사이를 강하게 문질렀다. 머리에 가라앉은 지저분한 먼지와 탤컴파우더, 초록색 초크와 함께 수치심까지 깨끗하게 씻어 냈다.

물이 콸콸 빠지는 소리 뒤에서 마른 수건을 움켜잡고 욕조 끄트머리에 앉은 다음 물기를 닦아 내기 시작했다. 수건에서 깔끔하지만 독한 락스 냄새가 희미하게 풍겼다.

천천히, 그리고 조심스럽게 면도를 하고 얼굴에 톡 쏘는 알코올 스킨을 듬뿍 발랐다. 그다음 마구 구겨진 튜브형 치약에서 화한 민트 맛 치약을 짜서 얼음처럼 차가운 물로 열정적으로 양치를 했다. 머리 빗질을 마무리하고 나서 거울을 다시 들여다봤다. 잠시 행동을 멈추고 이렇게 중얼댔다. "뭐 어쨌거나 자식, 이제 좀 봐 줄 만하네."

세면도구를 케이스에 정리하고 침실로 가서 짐 가방을 열어 가방에 넣었다. 깨끗한 셔츠와 러닝을 꺼내고 바지와 양말도 새로 꺼냈다. 옷을 갈아입고 더러운 옷가지들을 짐 가방에 쑤셔 넣은 뒤 다시 닫았다.

찰리를 흘긋 바라보았다. 그는 아직도 완전히 방전된 상태였다.

지갑에는 283달러가 있었다. 150달러를 세어 빼고 나머지는 주머니에 넣었다. 찰리가 잠들어 있는 침대로 다가갔다. 그의 얼굴은 꼬질꼬질하고 지쳐 있었으며 무표정이었다. 에디는 침대 옆에 싸구려 램프가 끼워진 침실용 스탠드 옆에 150달러를 가지런히 올려놓았다. 그리고 주머니에 손을 넣어 차 키를 꺼내고 돈 위에 올리고, 자고 있는 찰리를 얼마간 바라보았다. "자, 찰리." 그가 부드럽게 말했다. "다음에 봅시다." 침대 옆 바닥에는 큐대가 든 가죽 케이스가 놓여 있었다.

그는 케이스 손잡이를 잡아 들어 올리고 찰리에게 돌아서서 말했다. "찰리, 미안해요……." 그러고는 짐 가방을 들고 방을 나섰다.

바깥 하늘은 잿빛이 되어 가고 있고 어딘가 먼 곳에서 새들이 지저귀는 소리가 희미하게 들렸다. 창문 사이로 댄스 음악과 이야기 소리가 들렸다. 공기가 상쾌하고 시원했다. 개 한 마리가 길 가운데에서 깽깽대며 달려갔다. 개가 모퉁이를 돌아 시야에서 사라졌는데도 개 짖는 소리는 메아리처럼 들려왔다. 이렇게 걸으니 기분이 좀 나아졌다. 그럼에도 마음속 그림이 혼란스럽고 불분명해서 아직은 마음이 무거웠다.

그는 배가 출출하다는 단순한 사실을 제외하고 다른 건 그어떤 것도 생각하지 않으려 애썼다. 생각할 거리가 너무 많았으나 지금은 생각에 잠길 때가 아니었다. 몇 블록을 더 걷고 나니 버스 터미널에 도착했다. 대기 장소에는 지저분하고 피곤해 보이는 사람들이 여기저기 흩어져 있었다. 얼굴이 불그스름한 못난 아기를 안고 있는 여자와 손이 큼직하고 눈이 멍한 남자들, 환한 곳에 몸을 옹송그리고 있는 중년의 여자들. 그는 그런 사람들을 처다보는 것조차 싫었다.

버스 터미널에는 한쪽 벽에 짐 보관함이 있었다. 도박꾼을 위한, 어디에서나 볼 수 있는 보관함이었다. 그는 짐 가방과 케이스를 확인하고 보관함에 넣었다. 시계를 들여다보니 5시가 되기 10분 전이었다.

터미널에서 점심 식사가 가능한 가게들 중 절반도 문을 열지 않았다. 대부분 들어가지 못하게 줄이 쳐져 있고 카운터 왼쪽에 의자 5개만 있거나 벽을 따라 테이블이 4개만 있을 뿐이었다. 의자는 이미 만석이었다. 버스 운전기사 두 명이 나란히 앉아 있고, 주름진 정장을 입은 남자 셋이 나머지 의자를 차지하고 있었다. 조명이 무척 밝았다. 남자들이 꽤 멀리서 대화를 하고 있었지만 그들의 목소리는 상당히 또렷하게 들렸다. 이른 아침에, 그러니까 이제 조금만 있으면 밖에서 들려올 새들의 날카로운 지저귐처럼.

한 테이블에 어떤 사람이 혼자 앉아 있었다. 여자였다. 아담하고, 그렇게 예쁜 얼굴은 아니었다. 그녀는 커피를 마시고 있었다. 에디는 잠깐 머뭇거리다가 그녀와 마주 보는 자리에 앉았다. 그녀는 커피만 보고 있을 뿐 고개를 들지 않았다. 유니폼을 입은 마른 종업원이 어찌할 바를 몰라했고, 에디는 여자의 주의를 끌기 위해 노력했다.

잠시 뒤 그녀를 다시 돌아보았다. 그녀의 팔꿈치 옆에는 담배꽁초로 가득한 재떨이가 있었다. 에디가 재떨이를 보고 있자, 여자가 황갈색 코트 주머니에서 은색 케이스를 꺼내 담배를 입술 사이에 물었다. 그녀의 행동은 노련했다. 에디는 그런 모습이 보이면 언제나 놓치지 않았다. 여자는 유려한 동작으로 담배에 불을 붙였다. 여전히 커피 잔에서 눈을 떼지 않고서.

이제 말을 걸어도 될 것 같았다. 그가 싱긋 미소를 지으며 말했다. "버스 오래 기다렸어요?"

그녀가 순간 커피에서 눈을 떼고 시선을 올렸다. 그는 재떨이 쪽으로 고갯짓을 했다. "네." 그녀가 답했다. 그녀의 목소리는 지쳐 있었고 대화를 끝맺는 톤이었다. 그녀의 시선이 다시 커피로 돌아갔다.

조명이 사정없이 내리쬐었고, 그녀의 경직된 이목구비는, 밝은 조명과 그림자 때문인지 또는 다른 조명과 다른 그림자 때문인지 분간하기 어려웠다. 어쨌거나 그는 피곤하기는 해도 시야가 둔하지는 않았다. 그녀의 얼굴에는 분명 무언가 경계하는 기색이 있었다.

그녀의 짙은색 머리는 짧았고 거의 생머리에 가까웠다. 잘 보면 예쁠 수도 있는 얼굴이지만 딱히 그렇지는 않았다. 입술은 무척 창백했다. 립스틱을 옅게 바른 것 같았으나 그렇다기엔 너무 창백했다. 이마에는 소년 같은 느낌이 풍겼다. 가슴은 별로 드러나지 않았고 얼굴뼈가 섬세하고 정교하게 존재감을 분명히 드러내고 있었다. 아니면 조명 때문일 수도 있고. 하지만 약해 보이는 스타일은 아니었다. 먹고사느라 일찍 일어나야 해서 그래 보이는 거일 수도 있었다.

그는 더 할 말이 떠오르지 않아서 한참을 아무 말도 하지 않고 기다렸다가 종업원이 다가와 얼음이 없는 물이 담긴 다용도 컵을 그의 앞 플라스틱 테이블에 내려놓았을 때 스크램블드에그와 소시지, 커피를 주문했다.

그런 다음 충동적으로 "잠깐만요."라고 내뱉고 그녀에게 "커피 한 잔 더 마실래요?"라고 물었다. 가능한 한 친근하게 느껴지도록 편안하고 부드러운 목소리로.

그녀가 시선을 다시 올리자 그는 활짝 웃어 보였다. 그가 아는 한 가장 솔직담백하고 쾌활한 미소였다. 허슬을 할 때, 그러니까 순수한 얼굴을 내비쳐야만 할 때마다 짓던 미소.

그녀가 멈칫하더니 어깨를 부드럽게 으쓱했다. "좋아요." 종업원이 가자 그녀가 말했다. "고마워요." 그리고 의아한 듯 그를 쳐다보았다. 그 표정에는 그에게 추파를 던지거나 그의 추파를 피하고 있음을 암시하는 조짐 또한 없었다. 대체 어떤 남자가 이 버스 터미널에서 자기를 차에 태우려 하는 건지 궁금할 뿐, 다른 기미는 보이지 않았다. 에디는 왠지 이 상황이 재미있었다.

그가 환한 미소를 편안한 웃음으로 바꾸고 말했다. "버스는 언제 떠나죠?"

"어떤 버스요?"

"당신이 탈 버스요."

"아." 아주 잠깐, 사사로운 미소가 그녀의 얼굴에 나타났다가 사라졌다. "6시요."

그가 시계를 흘긋했다. "거의 1시간 남았네요."

그녀가 고개를 끄덕이고 마시던 커피를 마저 마셨다.

"얼마나 기다렸어요?" 그가 물었다.

그녀가 다시 그를 올려다보았다. 그는 그런 움직임이 좋았다. 영화에서 어떤 여자 배우가 그렇게 하는 걸 본 적이 있는데 꽤 마음에 들었었다. "4시부터요."

더 할 말이 없어서 두 사람은 조용히 있었다. 그는 약간 혼란스러웠다. 그녀가 다정한 건지 아닌지 알 수가 없었다. 만약 그녀가 원한다면 버스를 같이 타고 대화를 시작하면 될 터였다. 하지만 그녀가 6시에 이 동네를 떠난다면, 그건 그가 신경 쓸 문제가 아니었다.

종업원이 그의 아침 식사와 커피를 가지고 왔다. 그는 아무말 없이 천천히 먹었다. 배 속의 장기들이 음식을 무척이나 의식하는 듯했다. 그녀는 커피를 마시기 전에 커피를 한참 동안 저었다.

아침을 다 먹고 나니 기운이 조금 생기는 것 같았다. 여전히 어딘가 욱신댔고 배 안쪽에 칼로 베인 흉터가 아직 있는 것 같았으나, 통증의 강도가 점점 더 세지면서 지난날에 대한 기억이 조금씩 선명해지기 시작했다. 오른쪽 어깨의 통증이 지난밤의 일을 상기시켰다.

그는 그 기억보다 그녀가 더 가치 있다는 생각이 들어 다시 말을 걸기로 결심했다. "담배 한 대만 피울 수 있을까요?" 그가 물었다.

"그럼요." 그녀가 주머니에서 케이스를 꺼내 그에게 건넸다. "끝에 있는 버튼 눌러요."

묵직한 케이스는 담백한 스타일이었다. 손에 들고 뒤집어 보니 아래쪽에 '스털링'이라고 찍혀 있었다. "좋네요." 그는 케이스를 열고 담배를 꺼낸 다음 다시 돌려주었다.

담배에 불을 붙이다가 그는 흠칫 놀랐다. 손가락이 아직 떨리고 있었고, 손에 들린 성냥에는 초록색으로 '베닝턴 당구장'이라고 적혀 있었다.

담배에서 타르 맛이 났다. 기침을 하며 더 자세히 들여다보자 담배에는 'GIATANES'라고 적혀 있었다. "나한테 뭘 준 거예요?" 그가 물었다. "마리화나?"

그녀가 또 희미하게 미소 지었다. "프랑스 담배예요."

"왜 이걸 피우죠?"

그녀는 잠시 생각에 잠겼다가 대답했다. "글쎄요. 강한 인상을 주고 싶어서요. 아마도."

이상한 대답이었지만 그 정도면 충분했다. 그는 조심히 담배를 피웠다. 연기를 부드럽게 마셔 보니 맛이 그렇게 나쁘지는 않았다.

담배를 비벼 끄고 시계를 봤더니 6시 15분이었다. 그녀를 쳐다보았다. 그녀는 스푼으로 남은 커피를 한가로이 저으며 또다시 커피를 뚫어지게 연구 중이었다. 그 모습에 그는 약간 짜증이 나서 속으로 이런 제길, 이라고 푸념했다. 그러고는 자리에서 일어나 말했다. "그럼 좋은 여행 되시길."

그녀가 그를 올려다봤다. "고마워요. 그럴게요." 그리고 그가 계산을 하자 "커피 고마워요."라고 말했다.

밖에는 칙칙한 은색 아침 햇살과 차량들 소리가 가득했다. 공기가 벌써 따뜻하고 촉촉해졌다. 그는 졸리지도 배가 고프지도 않았고, 그렇다고 잠에서 완전히 깬 것도 아니었으며 뭘 해야 할지도 몰랐다. 버스 터미널에서 한 블록 떨어진 곳까지 걷다가 '호텔 포 맨'이라고 적힌 간판을 발견해서 안으로 들어갔다. 뚱뚱한 흑인이 그에게 17층의 작은 방 열쇠를 주었다. 호텔방은 놀라울 정도로 깔끔했다. 그는 1시간이 지나도록 침대에 앉아서 미네소타 뚱보를 떠올리지 않으려 끙끙대며, 다른 뭐라도 생각해 내려 했다. 하지만 아무것도 떠오르지 않았다. 피곤하지는 않은 것 같아 결국 자리에서 일어나 밖으로 나갔다. 날이 더 밝아졌고, 교통량도 더 늘었고, 사람들은 더 빠르게 걷고 있었다. 미네소타 뚱보에 대해서는 나중에 생각하면 되었다. 함께 당구 경기를 했던 그 뚱뚱한 남자와 그 모든 것의 의미에 대해서는. 아마도 며칠이 지나면 그 모든 것을 생각하고 싶어질 것이다.

버스 터미널 앞 길 건너편에는 바(Bar)가 있었는데, 아까는 닫혀 있었고 아마 지금쯤이면 문을 열었을 것 같았다.

이미 영업을 시작한 바 안에는 손님이 한 명 있었다. 안쪽 테이블에 있는 그 손님은, 버스 터미널에서 본 그 여자였다. 그녀는 이번에는 부드러운 조명 아래에서 하이볼을 홀짝이고 있었다. 그것만 빼면 아까와 똑같은 모습이었다.

무척 기묘한 느낌이 잠시 그를 뒤흔들었다. 그는 그녀에게 다가갔다. 그녀는 고개를 들고 그가 다가오는 모습을 지켜보았다. "또 보네요." 그가 웃었다. "버스는 잘 탔어요?" 아까보다 한층 더 부드러운 조명을 받고 있어서인지 그녀의 얼굴은 더 괜찮아 보였다.

"글쎄요."

"앉아도 될까요?"

그녀는 웃지 않았지만, 얼굴 표정이 그렇게 차갑지는 않았다. "그럼요." 그녀가 말했다. "우린 이미 서로의 비밀을 알고 있잖아요."

그는 그 말이 무슨 뜻인지 의아해하며 천천히 자리에 앉았다. 그리고 나서 바텐더에게 버번과 물을 달라는 신호를 보냈다. 그녀에게 다시 시선을 돌린 뒤 잔이 거의 비었다는 걸 눈치채고 말을 건넸다. "내가 술 한 잔 사면 버스를 왜 안 탔는지 말해 줄래요?"

그녀가 잠깐 그를 쳐다보다가 처음으로 씁쓸한 미소를 지었다. "술은 사 줘도 돼요." 그녀가 답했다. "어찌 됐든 얘기는 해 줄게요."

그가 바텐더를 불러서 "이 여성분에게 한 잔 더요."라고 했다. 그리고 그녀를 돌아보며 말했다. "자, 버스는 왜 안 탔어요?"

여자가 비닐 커버 의자에 등을 기댔다. 등받이가 높은 의자에 기댄 모습은 큰 소파에 앉아 있는 어린아이 같았다. 그녀가 작은 손을 앞으로 뻗어 술을 저었다. "버스를 기다리고 있는 게 아니었어요."

직원이 둘에게 술을 가져다주었고, 에디는 술을 홀짝였다. 맛이 훌륭했다. 차갑고 깔끔한 버번은 연한 소독제 같았다.

"그러면 버스 터미널에는 왜 갔어요?"

"당신이 터미널에 간 것과 같은 이유겠죠. 아마도. 새벽 5시에는 선택지가 딱히 많지 않잖아요." 술도, 조명도, 그녀가 그의 존재를 받아들였다는 사실도 모두 마찬가지였다. 그녀의 얼굴이 더 편안해졌다. 여전히 아무런 행동도, 두 사람이 특별한 관계라는 그 어떤 단서도 없었지만. 그 찰나 에디는 만약 자기가 자리에서 일어나 그녀 옆에 앉아서 엉덩이를 쓰다듬거나 하면 어떤 일이 일어날지 궁금했다. 아마 아무 일도 없을 것이다. 그녀는 자기 자신을 잘 다스릴 줄 아는 사람 같았다.

"더군다나," 그녀가 말을 이었다. "저는 여기에서 세 블록 떨어진 곳에 살거든요."

집으로 초대하는 전개인 건가? 그는 그녀를 자세히 쳐다보았다. 말도 안 돼.

"그러면 당신은 버스 터미널을 좋아하나 보죠?"

"아뇨. 나는 버스 터미널을 증오해요." 그녀가 살짝 손을 내저었다. "가끔 잠에서 깨면 다시 잠에 들지 못해요. 술이 없으면요. 그리고 이 바는 6시나 되어야 문을 열고요."

그는 그녀가 말하는 방식이 마음에 들었다. 그녀의 목소리는 부드럽지만, 말투가 분명하고 발음이 또렷했다. 목소리에 무언가 은색 담배 케이스 같은 자연스러운 느낌이 있었는데, 이는 에디가 아주 좋아하는 타입이었다.

"아침마다 술을 마시나요?" 그가 물었다.

"아니요. 잠에서 일찍 깨서 바가 문을 열 때까지 기다려야 할 때만요. 그렇지 않을 때는 보통 집에서 마셔요. 잠을 아주 잘 잔 날은요."

우스운 이야기였다. 그녀는 자신에 대해 그런 식으로 말하는 걸 좋아하는 듯했다. 만일 그녀가 진짜 알코올 중독자였다

하더라도, 그녀는 그런 걸 말하지 않을 것 같았다.

갑자기 무언가 뇌리를 때렸다. 그녀가 예뻐 보이기 시작한 것이다. 대체 왜 빨리 작업을 걸지 않았지, 패스트 허슬러 씨?

"저기, 내가 술 한 병을 사서……."

그녀의 표정은 거의 변하지 않았지만 목소리는 벽처럼 단호했다. "아니에요." 그녀가 답했다.

"나는 스카치 750짜리만 마셔요."

"이봐요. 지금 여기가 딱 좋은데요, 뭘. 됐어요." 그녀가 상체를 내밀더니 케이스에서 담배 한 개비를 꺼냈다. "어쨌든 나는 당신 스타일이 아니잖아요."

사실 그녀의 말은 맞는 말이었다. 그가 그녀를 보고 씩 웃었다. "좋아요." 그가 말했다. "당신이 이겼어요. 괜한 말을 해서 미안합니다."

"괜찮아요." 그녀가 등을 다시 기댔다. "그런 제안은 돋보여야 하죠. 아무리 버스 터미널에서 날 찍은 남자라도 말이죠. 그리고 저 스카치 좋아해요. 당신의 제안, 나름 괜찮았어요."

"그거 다행이네요." 그가 술을 다 마시고 물었다. "한 잔 더 할래요?"

"아니요. 이제 피곤해요." 그녀가 자리에서 일어나자 그도 일어섰다. 그녀는 앉아 있을 때와는 달리 생각보다 키가 작았다. "집까지 바래다줄게요." 그가 말했다.

"원하시면요. 무슨 대가를 바라지는 말고요."

그 말에 에디는 약간 짜증이 났다. "딱히 대가를 바라지는 않습니다."

그가 계산을 하느라 멈춰 있을 때 그녀는 앞서 걸어갔다. 그녀는 다리를 살짝 절었다. 왼쪽 발이 원래 걸음걸이보다 살짝 머뭇거리는 느낌이었다. 그녀는 주머니에 손을 꽂고 걸었다. 두 사람은 대화를 거의 하지 않았고, 그녀의 집에, 천편일률적인 건물들의 긴 행렬 속 천편일률적인 건물 앞에 도착했을 때 그녀가 말을 꺼냈다. "고마워요." 그러고는 그가 출입문 안으로 발을 들이려는 시도를 할 기회를 잡기도 전에 안으로 들어가 버렸다.

에디는 다른 술집을 찾는 데 30분을 소요됐다. 술집을 발견하기 전에 문이 닫힌 당구장 앞을 지나쳤다. 스카치 750짜리를 사고 호텔방으로 돌아가서 침대에 눕기 전, 아직 따지 않은 그 술병을 초록색 철제 옷장에 잘 넣어 두었다.

8

방이 더워서 땀을 흘리며 잠에서 깼다. 저녁 7시 반이었다. 옷을 입고 아래층으로 내려가 버스 터미널 바깥에 있는 보관함에서 짐 가방을 꺼내고 10센트를 더 넣어 큐대를 보관했다. 아마 당분간은 필요 없을 터였다. 그래도 앞으로 몇 주 정도는 지나야 자기의 본모습을 드러내고 싶을 테니까.

그는 한쪽이 이길 가능성이 없는 도박을 구경하다가 간이식당으로 들어갔다. 여자는 거기에 없었다. 다시 호텔방으로 돌아가서 면도를 하고 옷을 갈아입었다. 외출을 하며 로비에 있는 직원에게 더러운 셔츠를 한가득 주고 깨끗하게 세탁해달라고 부탁했다. 그리고 집에서 나올 때 충분히 챙겨 오지 않은 양말과 속옷도 좀 더 사야 했다.

그런 다음 당구장을 찾아 나섰다.

*

　파멘터가(街)에는 '윌슨 레크리에이션 홀'이라는 작은 가게가 있었다. 그 가게 창문에 초록색 페인트 같은 것이 칠해져 있고, 가게 내부에는 낡아 빠진 당구대 3개와 초록빛이 도는 백열등, 당구공을 삼각틀에 세팅하는 나이 든 래크 보이 한 명이 있었다. 바와 내기 게임과 카드 게임을 예약하는 밀실도 있었다. 밀실 문이 열려 있고 그 사이로 둥근 테이블과 의자 몇 개가 보여서 들여다봤지만 안에는 아무도 없었다. 앞쪽 바에 키가 작은, 주름이 쭈글쭈글하고 꾀죄죄한 어떤 남자가 골동품 수준의 금전 등록기 뒤에 앉아 있었다. 에디가 안으로 들어가자 그가 고개를 들었다.

　형편없는 곳이었다. 지저분하고 불쾌한 장소. 하지만 에디는 왠지 모르게 편안함을 느꼈다. 이 지역에는 사실 당구장이 만 개도 넘게 있을 테지만, 그 당구장들은 밀실부터 주름이 자글자글한 늙은 남자까지, 지금 에디가 있는 시카고 파멘터가의 윌슨 레크레이션 홀과 똑같을 것이었고, 그렇기에 에디는 그 수많은 당구장들 중 적어도 절반은 실제로 가 본 것 같은 느낌이 들었다.

　포켓 당구 한 게임이 진행 중이었다. 앞쪽 당구대에서 남자 둘이 원 포켓을 하고 있었는데, 이른 저녁의 종잡을 수 없는 원 포켓이었다. 에디는 자리에 앉아 1시간가량 그들을 지켜보다가 남자 하나가 경기를 그만두자, 흠잡을 데 없는 가장 매력적인 미소를 지으면서 남아 있는 남자에게 같이 한판 하자고 제안했다. 그냥 시간 때우기 용으로 각자 50센트만 걸면 어떻겠냐면서…….

*

그렇게 쉽게, 1초도 생각하지 않고 에디 펠슨은 50센트짜리 게임으로 들어가 당구대를 누비고 매력을 발산하며 그가 처음 시작했던 곳으로, 그의 원래 자리로 돌아갔다. 그 게임에서 7달러를 벌었다. 3시간을 들여 당구를 치는 동안 상대가 판돈을 더 올리기를 희망하며 게임당 1달러로, 운 좋으면 게임당 2달러로 올릴 심산으로 그의 옆구리를 쿡쿡 찔렀지만, 그는 게임을 그만두고 7달러에 에디를 보내 주었다. 에디는 텅 빈 당구장에 홀로 남았다. 어깨를 으쓱했다. *어디 다른 곳에서 새로 시작을 해야겠군.*

에디는 길을 걷다가 레스토랑을 발견하고 들어가 스테이크를 먹었다. 그리고 또 다른 당구장을 찾아 거리를 거닐었다. 어디선가 공을 삼각틀에 세팅하는 둔탁한 소리가 나서 돌아보니 당구장 하나가 보였다. 건물 3층에, 철물점 위에 있었다. 당구공 소리가 나지 않았더라면 아마 자그마한 당구장 간판을 못 보고 지나쳤을 것이다.

얼마 지나지 않아 그는 옹졸한 암표상 타입의 세 사람과 1점당 5센트를 걸고 스누커를 했다. 스누커는 작은 공으로 하는 게임으로, 일정한 순서대로 포켓에 공을 넣어 점수를 얻는 아주 재미있고 활기 넘치는 게임이다. 스누커는 에디의 스타일대로 빠르게 경기가 진행되긴 하지만 경기를 여유 있게 운영할 순 없고, 샷을 신중하게, 그리고 정확하게 치지 않으면 공을 포켓 밖으로 계속 빼내야 했다. 이런 게임은 에디가 잘하는 종류가 아니었으나, 그럼에도 불구하고 상대 선수들 실력이 너무 안타까워서 꾹 참고 경기를 치러야만 했다.

함께 경기하는 남자들은 기분이 좋아 보였고, 에디는 그들과 어울리며 술도 몇 잔 사고 가끔 농담도 하며 웃고 떠들었다. 그들은 에디를 좋은 친구라고 생각하는 것 같았다. 에디는 그들을, 정확히 말하자면 무시하는 건 아니었다. 물론 기회만 된다면 그들 주머니를 털어 가려 했지만. 어쨌거나 그는 그들 돈 40달러를 딴 것에 대해 일말의 양심의 가책도 느끼지 않았다. 솔직히 그 당구장이 새벽 2시에 문을 닫지 않았더라면 돈을 더 땄을 것이다.

술을 다 마신 뒤 돈을 세어 보았다. 32달러 정도였다. 숙박비 정도 낼 수 있는 돈이었다. 그러나 숙박비 따위 크게 신경 쓰지 않았다.

최소 1,000달러는 되어야 신경 쓸 만했다. 그에게 간절히
필요한 액수였다. 버스 터미널 보관함에서 가죽 케이스를 다
시 꺼내고 베닝턴 당구장까지 걸어서, 아니 택시를 타고 간
다음 미네소타 뚱보와 스트레이트 풀을 치려면 적어도 1,000달
러는 필요했다. 제키 프렌치나 조지 더 페어리가 아니라 반드
시 미네소타 뚱보, 턱을 움찔거리는 그 뚱뚱한 남자, 작은 눈
과 반지, 발레리노 스텝과 곱슬머리, 에디 펠슨의 6,000달러
를 갖고 있는, 에디 펠슨의 모든 자존심을 앗아간 그 남자와
붙어야 했다.

에디는 거치대에 큐대를 넣었다. 그가 가게를 나서려는데
주인이 말했다. "다음에 또 오세요." 에디는 대답하지 않았다.
다시 돌아올 거란 걸 알고 있으면서도.

에디는 밤을 새우는 것에 익숙하지 않았지만, 시간이 완전
히 뒤틀려서 깨어 있을 수밖에 없었다. 다음번에, 아마 사흘
이나 나흘 뒤 적당한 일정이 생기면 호텔 주인에게 일찍 깨워
달라고 해야 할 것 같았다. 그때 정오쯤 당구장에서 허슬을
시작하고 새벽 3시에 침대에 누우면 될 터였다.

그리고 돈을 더 많이 딸 수 있는 방법을 찾으려면 여기저기
연락을 취해야 했다. 지금 그는 당구장을 마음껏 누빌 수 없
었다. 일단 승리자로서의 명성을 얻게 되면 작은 동네 당구장

에서 내기 당구로 30 또는 40달러 정도를 따는 일도 힘들어진다. 그렇다고 자본도 없이 무작정 베닝턴으로 돌아갈 수도 없는 노릇이었다. 베닝턴에서는 아마 뚱보를 제외하고 그 누구도 그와 경기를 하려 하지 않을 것이다. 그들은 그가 최고급 개인용 큐대로 경기하는 모습을 이미 봤고, 그와 경기를 하면 당구대에서 무슨 일이 벌어지는지도 잘 알고 있었다. 에디는 베닝턴에서 치렀던 그 경기에서 그가 대체 어떤 믿을 수 없는 행동을 했는지 정확히 기억이 나지 않았다. 그러나 그건 그거고 당장은 돈을 만들어야 했다. 돈뿐만 아니라 어떤 게임을, 꼭 필요한 거금을 만들어 낼 게임을 찾아내야 했다. 여러모로 그에게 중요한 것이었으니.

그날 밤, 당구장들도 문을 닫았고 딱히 할 일도 없던 에디는 꽤 흥미를 끄는 무언가를 포함한 계획의 틀을 어렴풋이 잡아 보았다. 바로, 그 여자를 포함하는 계획. 그녀를 떠올려 보니 어떠한 가능성이 어렴풋이 보였다. 그는 그 여자가 필요했다. 그녀가 필요하다는 느낌이 사무치기 시작했다.

계획을 실행에 옮기려면 일단 방으로 가서 몸을 깨끗이 하고 옷을 갈아입어야 했다. 그런 다음 방도 깔끔하게 정리했다. 정돈되지 않은 침대 시트의 주름을 펴고 여기저기 널브러진 잡동사니들은 책상 서랍 안에 넣었다.

잘 정리된 방이 마음에 들었다. 그러고는 스카치 750짜리를 방에 두고 사이즈가 작은 스카치 470짜리를 사서 캐주얼 재킷의 가슴 주머니에 집어넣었다. 주류 가게 안의 거울에 자신을 비춰 보았다. 깔끔하고 차분하게 차려입은 모습이 제법 괜찮았다. 상당수의 도박꾼들과 달리 에디는 짙은 색을 좋아했다. 지금도 그는 어두운 회색 재킷과 회색 슬랙스, 검정 구두를 걸치고 있었다. 그를 '허슬러'라고 부를 수 있는 유일한 특징은 목 단추가 잠긴 실크 소재의 캐주얼한 셔츠뿐이었다. 그는 주머니에 술병을 넣어 가는 게 썩 마음에 들지 않아서, 사실은 몹시 별로였기에—당구장에 갈 때도 주머니에 술병을 넣어 간 적이 한 번도 없었다—상대가 눈치채지 못하도록 크기가 작은 술을 산 거였다.

바깥바람이 쌀쌀해지기 시작했다. 그는 바지 주머니에 손을 넣고 버스 터미널까지 씩씩하게 걸었다. 새벽 3시였다. 터미널 내 식당은 얼마 전처럼 줄로 막혀 있지 않았고, 이번에는 빈 테이블이 2개 있었다. 그 여자는 없었다. 그는 자리에 앉아 스크램블드에그와 커피를 주문했다. 앉아 있다 보니 문득 자신이 바보 같다는 생각이 들었다. 그 여자가 여기로 들어올 확률이 얼마나 될까? 승산이 없겠다는 생각이 들었다. 집으로 찾아갈 걸 그랬나? 그는 그녀의 집이 어딘지 알고 있었다. 그러나 그녀의 집에서 뭘 한단 말인가? 게다가 정확히 몇 호에 사는지도 몰랐다. 어느 집 문을 두드려야 하는지 안다고 해도, 과연 그녀가 기꺼이 받아들일지 미지수였다. 그녀가 버스 터미널로 들어올 거라는 일방적인 기대는 사실 어리석은 도박이었다.

하지만 그는 터미널을 떠나지 않았다. 스크램블드에그를 먹고 주문한 커피도 다 마셨다. 그리고 담배를 피우기 시작했다.

4시 반, 고개를 들었더니 그 여자가 가게 안으로 들어오고 있었다. 그녀는 도톰한 파란색 니트 카디건을 입었고 긴 목 칼라가 귀까지 닿았다. 손은 주머니에 넣은 채 무척 피곤한 얼굴을 하고 있었다. 그러나 그의 눈에 띈 것은, 그녀가 립스틱을 진하게 발랐다는 것, 그리고 머리가 단정하게 손질되어 있다는 것이었다. 그는 어쩐지 긴장이 되었다. 그녀가 아름다워 보였다.

순간 공포가 일었다. 그녀가 다른 곳에 앉아서 이 자리에 혼자 남겨진다면 분명 자신이 바보처럼 느껴질 것이다. 그러나 그녀는 그렇게 하지 않았고, 다리를 절뚝이며 그에게 다가와 자리에 앉았다. "안녕하세요."

"안녕하세요." 그가 환하게 웃으며 인사했다. 이번 미소는 허슬할 때의 미소와 전혀 달랐고, 그도 그것을 알고 있었다. "버스 기다려요?"

"네." 상당히 추운지 그녀는 주머니에 손을 넣은 채 다시 자리를 잡고 앉았다. "6시에 가야 해요."

"잠 못 잤어요?" 그가 물었다.

"전혀요." 그녀는 전보다 마음을 더 터놓은 듯했다. "새벽 4시에 아무도 없는 방에서 잠에서 깨어나 본 적 있어요? 그리고 그 시간에 그레이하운드 버스가 창 밖에서 기어 변속하는 소리를 들어 본 적은요? 잠에서 너무 심하게 확 깨 버려서 절대 다시 잠들 수 없겠다고 생각한 적은요? 침대에서 나오기 전까지 기절할 것 같은 느낌 받아 본 적 있어요?"

그가 그녀를 보고 씨익 웃었다. "아니요."

그녀는 어깨를 으쓱했다. "내 이름은─물론 믿지 않겠지만 ─새라예요."

"내 이름은 에디예요. 무슨 일 해요, 새라?"

그녀가 가볍게 웃었다. "나는 직업 때문에 술을 마셔요. 학생이거든요. 대학생. 경제학 공부하고요. 일주일에 6시간, 화요일하고 목요일만요."

사실이 아닌 것 같았다. '대학생'은 그에게 안경 쓴 여자들과 동의어였다. 새벽에 이런 곳에 혼자 앉아 있는 대학생이라니……. 상상도 해 본 적 없었다. 대학생이라면 무리 지어 앉아서 노래하고 맥주 마시는, 뭐 그런 거라고 알고 있었는데.

"왜 경제학이에요?" 그가 물었다.

그녀가 웃었다. "글쎄요, 아마 석사 학위 따려고요?"

그는 석사 학위가 뭔지 정확히 몰랐다. 그러나 꽤 그럴듯하게 들렸다. 새라는 지성을 갖춘 사람인 것 같았고, 에디는 그런 점이 마음에 들었다. 그는 똑똑한 사람을 좋아했고 책 읽는 사람들을 존경했다. 그도 책을 읽은 적이 몇 번 있긴 했다. "대학생 같아 보이지 않는데요." 그가 말했다.

"고마워요. 여대생은 절대 대학생처럼 보이지 않죠. 우리는 모두 해방된 사람들이거든요. 완전히 해방된."

"내 말은 그런 뜻이 아니라, 아니 내 말이 무슨 뜻이든 간에, 당신이 그렇게 어려 보이지 않는다는 거였어요."

"맞아요. 난 스물여섯이에요. 어렸을 때 소아마비를 앓아서 초등학교 때 5년 동안 학교를 가지 못했거든요."

그 말을 듣자마자 당구장 카운터 위 유리병이 모여 있는 곳 옆에, 보통 면도기 옆 판지로 된 일종의 홍보물 포스터에 나온 몸집이 작고 창백한 여자의 모습이 떠올랐다.

"그러니까 치아 교정기나 목발, 휠체어, 이런 걸 했다는 거죠?" 그의 목소리에 특별히 동정심이 담겨 있지는 않았다. 흥미로움만 있을 뿐. 그녀를 보는 그의 눈빛은 언젠가 들어 보긴 했지만 직접 마주한 적은 전혀 없는 낯선 세상을 들여다보는 듯했다. 그는 그런 병을 앓는 사람이 약국과 당구장 포스터 밖에 정말 실존한다고 생각한 적이 없었다. 한번은 어떤 영화 예고편을 본 적이 있는데, 거기서는 그 아픈 사람들이 동전을 달라고 재촉했었다. 그때 에디는 영상 속의 아픈 아이

들이 과연 낯선 사람들이 다가와 그들 사진을 찍고 영상을 만드는 걸 인지하고 있는지 궁금해했었다.

"네. 다 맞아요. 그리고 책도 맞는 말이고요."

그녀가 잠깐 말을 멈추었다가 다시 입을 열었다. "저기, 우리 커피 한 잔 더 마셔요. 6시까지 1시간 더 남았으니까."

드디어 술을 딸 때가 되었다. 그는 갑자기 긴장되었고, 이번에도 또 긴장을 느끼는 자기 자신이 한심스러워서 소리 죽여 말했다. "꼭 그럴 필요는 없어요." 그가 말했다.

새라가 의아한 듯 그를 바라보았다. "무슨 뜻인지는 알겠지만, 난 가지 않을 거예요."

그가 애써 미소 지었다. "그런 걸 기대한 건 아니었어요. 지금 난 당신과 의견을 조율하고 있거든요. 내 주머니에 스카치 470짜리가 있는데."

곧바로 그녀의 목소리가 냉랭해졌다. "당신은 그냥 내가 골목 밖으로 나오기만을 바랐군요, 그렇죠?"

"아니요. 절대 아니에요. 당신이 더 잘 알잖아요. 여기에서 마시자는 말이었어요."

새라는 잠시 그를 바라보더니 어정쩡하게 어깨만 들썩였다. "그게 될까요?" 그녀가 물었다. "법적으로요?"

"나는 당신이 노련한 사람이라고 생각해요." 그가 주머니에서 술을 꺼내 코트 아래로 내린 다음 그의 옆자리 아래에 두었다. "언제나 가능하죠." 그가 빙긋 웃었다. "프로라면." 그리고 엄지손톱으로 술병 윗부분을 자르기 시작했다.

그는 코트로 술을 가린 채 살짝 옆으로 몸을 돌려 뚜껑을 따면서 종업원에게 콜라 좀 달라고 했다. 새라는 떨떠름한 표정을 짓고 있다가 종업원이 자리를 뜨자 입을 열었다. "스카치랑 코카 콜라요?"

"잠깐 기다려 봐요. 벌금을 면할 수 있을 테니까."

콜라가 유리컵에 담겨 왔고, 그는 그녀에게 마시라고 했다. "나 콜라 진짜 싫어해요." 그녀가 투덜댔다.

"마셔요." 그가 받아쳤다. 두 사람은 콜라를 전부 마셨다. 그런 다음 그가 깨진 얼음만 들어있는 그녀의 잔을 가져가더니 스트레이트로 먹을 수 있는지 물었다.

"그래야 한다면요."

그는 스카치를 컵에 가득 따르고 그녀의 물 컵에서 물을 조금 따랐다. "여기요." 그가 테이블 맞은편의 그녀에게 컵을 밀었다. 그러고는 자기 컵에도 따르기 시작했다.

예전에도 당구장에서 만난 건달과 이런 짓을 한 적이 있었다. 그런 짓거리는 언제나 천박했다. 차 뒷좌석에서 작은 사이즈의 술을 반이나 먹어 치우고, 밖으로 나오면서 여자들 엉덩이나 꼬집어 대고 시끄럽게 떠드는, 그런 싸구려가 된 기분이었다. 하지만 여기, 새라와 함께라면 그렇게 느껴지지 않았다.

그녀가 그를 보고 빙그레 웃으며 첫 모금을 마셨다. "당신 정말 대단한 사람이네요, 에디. 법적 시스템을 제압하는 방법을 잘 알고 있군요."

둘이 세 번째 술을 만들고 있을 때, 술병의 3분의 2가 비었을 때, 갑자기 종업원이 그들에게 진격했다.

여자 종업원의 목소리는 날카롭고 까랑까랑했다. 그들로부터 개인적으로 엄청난 모욕을 받기라도 한 듯 그녀가 사납고 매서운 얼굴로 단호하게 말했다. "이러시면 안 되죠." 그레이하운드 버스 터미널 전체가 자기 소유라도 되는 것처럼. "여기는 이래도 되는 곳이 아니거든요?"

에디는 고개를 들어 종업원을 보며 진지하고 순진한 표정을 지으려 노력했다. "왜요? 뭐가요?"

"여기에 앉아서 조금 전처럼 위스키를 마시면 안 된다고요." 그녀는 이제 신경질적으로 그를 노려보았다. "이런 경우는 또 처음이네, 진짜."

"알겠어요." 그가 말했다. "죄송합니다."

종업원의 말투는 맹렬하고 공격적이었다. "이제 나가세요. 두 분 다요." 시골 촌뜨기 같은 그녀의 억양이 에디의 귓가를 움직이게 했다. "안 그러면 경찰을 부르겠어요."

에디는 술을 마저 마시며 자리에서 일어났다. "알겠어요. 미안합니다."

그들은 밖으로 나가 쌀쌀한 공기와 은은한 불빛 속을 걸었다. 술병은 에디의 주머니로 되돌아가 있었고, 약하게 취기가 오르면서 졸음이 한 발짝 다가왔다. "음," 그가 입을 열었다. "이제 뭐 할까요?"

그와 가까이 선 새라는 자기의 니트 카디건 속으로 몸을 웅크렸다. 공중을 떠도는 바람은 여름에 어울리지 않는 차가운 바람이었다. "지금 몇 시예요?" 그녀의 목소리는 부드러웠다.

5시 반이었지만 그는 거짓말을 했다. "5시요." 그의 마음이 빠르게 움직였다. 할 수 있는 방법이 몇 가지 있긴 하지만 어떤 방법이 가장 좋을지 확신이 서지 않았다. 어쩌면 모험을 건 시도일 수도……

그가 그녀의 주머니로 술병을 부드럽게 밀어넣었고, 그의 손이 그녀의 손을 스쳤다. 그녀의 손길이 그의 배까지 스치는 느낌이었다. "저기, 이거 가지고 가서 잠을 좀 더 자는 게 낫겠어요. 밖에 있으면 감기 걸려요."

새라가 그를 올려다보았다. 그녀의 눈이 커지더니 이내 시선을 피했다. "고마워요." 그녀의 목소리는 무척 부드러웠다. 그녀가 뒤로 돌아 그에게서 멀어지며 길을 따라 내려가기 시작했다. 그는 약간 절룩이는, 그리고 머리가 카디건 옷깃에 가려진 새라의 뒷모습을 지켜보았다. 그녀는 손을 주머니에 넣고서 한 손으로 술병을 보호하며 걸어갔다. 그때 갑자기,

새라가 뒤로 돌아서더니 절뚝대며 천천히 그에게 다가오기 시작했다. 그는 숨이 턱 막혔다.

　새라가 그의 앞에 다가와 그를 가만히 쳐다보았다. 그녀의 두 눈이 그를 진지하게 바라보고 있었다. 매우 진중한 두 눈이 그의 얼굴을 세심하게 훑었다. 그리고 말했다. "당신이 이겼어요, 에디. 따라와요."

9

그녀의 아파트는 4층에 있었고, 계단으로 올라가야 했다. 두 사람은 아무 말 없이 계단을 올랐고, 집 안에 들어가서도 그는 말없이 소파에 앉았다. 그녀가 카디건을 벗고 "잔 좀 가져올게요."라며 주방으로 갔다. 실크처럼 부드러운 하얀 블라우스가 그녀의 등을 느슨하게 덮고 있었다.

아파트는 꽤 낡았지만 관리가 잘 되어 있었다. 지난 10년간 내기 당구를 하며 묵었던 호텔방들 덕에 그는 방의 인테리어나 가구 배치 같은 것에 관심이 생겼다. 앞에 있는 낮고 긴 커피 테이블 위에는 하얀 대리석이 깔려 있고, 청동 재질의 다리는 정교하게 금줄로 세공이 되어 있었다. 회색 벽의 회반죽이 살짝 갈라져 있고, 한쪽 벽에는 깨진 벽돌로 만들어진 벽난로가 있었는데, 그 위 하얀색 프레임 액자 안에 커다란 그림이 있었다. 주황색 정장을 입은, 슬퍼 보이는 광대가 지팡이를 잡고 있는 그림이었다. 에디는 그림을 자세히 들여다보았다. 무슨 의미를 담고 있는지 모르겠지만 왠지 마음에 들었다. 그 광대는 뱀처럼 심술궂어 보였다.

커다란 창에 밑단만 금색인 하얀 커튼이 달려 있고, 그 옆에 같은 색의 저렴해 보이는 책장이 있었다. 책은 어느 곳에나, 밝은 색 재킷 안에도, 커피 테이블 위에도, 안락의자 위에도, 식탁 같아 보이는 곳 위에도 쌓여 있었다. 바닥에 깔린 러그 끝자락에는 보통 바닥을 칠할 때 쓰는 이상한 갈색 페인트가 칠해져 있었다. 그걸 보니 오클랜드에 있는 엄마 집이 떠올랐다. 리놀륨 바닥과 페인트칠이 되어 있는 목재 가구들, 그리고 뒤쪽 베란다에 있던 냉장고.

아파트는 방이 3개인 듯했다. 커다란 거실 하나와 새라가 지금 얼음을 만지작대고 있는 자그마한 주방, 남은 방 하나는 당연히 침실일 터였다. 문이 반쯤 열려 있는 침실은 거실과 연결되어 있었다.

그녀가 그에게 술을 건네면서 단도직입적으로 말했다. "에디, 수작 부리지 말아요."

그는 대답하지 않고 술잔을 들어 홀짝이기 시작했다. 그러면서 자기 자신에게 숨죽여 욕을 퍼부었다. 호텔방에 있는 스카치 750을 안 가져왔다는 생각이 들었기 때문이었다. 그 술을 가져왔어야 했는데……. 470은 조만간 다 떨어질 것이다.

그녀는 자리에 앉아 무릎을 끌어안은 채 아무 생각 없이 목에 유리잔을 대고 문지르며 멍한 눈으로 그를 바라보았다. 방 안의 회색빛 조명 때문에 그녀의 팔은 유독 하얗게 보였다. 팔뚝 아래로 부드럽게 뻗어 나온 섬세하고 유려한 정맥이 하얀 피부 위를 따라 팔목으로 이어졌다. 무릎 주변의 피부도 새하얬다. 만져 보면 팽팽하게 잡아당겨진 듯 탄력 있고 부드러울 것 같았다. 무릎 위, 치마 끝단에는 하얀 레이스가 달려 있었다.

자, 가 보자고. 그가 여유로우면서도 빠르게 생각했다. 그는 천천히 일어나며 술잔을 내려놓았다.

"그러지 마요, 에디." 그녀가 말했다. "지금 말고요."

그녀가 앉아 있는 의자의 팔걸이 부분은 꽤 넓었다. 그는 한쪽 팔걸이에 걸터앉아 의자 뒤쪽으로 팔을 떨어뜨렸다. 아무것도 들고 있지 않은 손을 그녀의 어깨에 가볍게 톡 올렸다. 그녀가 고개를 옆으로 돌리고 아래로 숙여 그에게서 멀어졌다. "에디," 그녀가 입을 열었다. "여기로 같이 올라가자고 했을 때 이런 걸 의미한 건 아니었어요."

"알죠." 그가 말했다. "나도 아니었어요." 그리고는 손을 그녀의 옆얼굴에 대고 허리를 숙여 입술에 키스했다. 그의 손이 닿아 있는 그녀의 볼이 따뜻해졌고, 그녀의 머리칼이 이마에 스쳤다. 위스키 냄새가 풍겼다. 그녀는 입술을 꽉 다물고 있었다. 그는 곧바로 기분이 언짢아져 어색하게 손을 뗐다. 그러고는 몸을 일으켜 잠시 서 있다가 주방 쪽을 바라보고 술을 들이켰다. 술잔을 내려놓은 다음 그녀를 돌아보았다. 그녀는 위스키 잔을 응시하고 있었다. 그녀의 표정이 무엇을 의미하는지 그는 도무지 알 수 없었다.

이제 이 상황에서 그가 할 수 있는 방법은 딱 한 가지뿐이었다. 그러나 승산은 없었다. 그는 그녀를 돌아보지도 않고 문밖으로 나가 잠깐 멈칫하다가 성큼성큼 계단을 내려가기 시작했다.

그리고 등 뒤로 그녀의 목소리가 흘러 들어왔을 때, 그녀가 부드럽게 "에디."라고 불렀을 때, 뒤로 돌아 다시 계단을 천천히 올라갔다. 그녀와 그는 현관문 안에서 다시 만났다. 그녀는 옆구리에 손을 올린 채 입을 살짝 벌리고 서 있었다. 그녀의 목소리는 부드럽고 긴장되어 있었다. "당신이 또 이겼어요, 에디."

그는 뒤로 문을 닫았다. 그러고는 손을 뻗어 그녀의 등 뒤에 대고 실크 블라우스를 지그시 만졌다. 보이지 않는 팽팽한 끈에 손끝이 아슬아슬하게 떨렸다. 그리고 다른 손을 동그랗게 모아 가슴에 댔다. 천천히 허리를 숙여 입을 벌리고서 따뜻하고 얕은 그녀의 숨결 속으로 들어갔다. 그녀의 입술에 닿은 입술에 전기가 오르는 듯했다. 정말 오랜만이었다…….

10

그녀의 목소리가 그를 깨웠다. "계란이 없어." 그는 비몽
사몽해서 주위를 둘러보았다. 붉은 네온 불빛이 창문으로 어
슴푸레 들어왔다. 하늘은 까맣고 형형한 불빛이 간간이 보였
다. 커피 향이 은은하게 풍겼다. 그는 옆으로 굴러갔다. 침대
에 새라가 없었다. 그리고 얼마 뒤 그녀가 하얀색 플란넬 목
욕 가운과 털로 덮인 슬리퍼 차림으로 주방에서 그의 쪽으로
절룩이며 걸어오는 모습이 보였다. 그녀의 두 눈은 잠에서 막
깨어나 부어 있었다. 그녀가 문 앞에 잠깐 서 있다가 침대로
와 그의 옆에 앉았다. "계란이 없어." 그녀가 말했다. "돈 좀
있어?"

그는 손을 뻗어 그녀의 팔을 잡았다. "침대로 들어와." 그가
말했다.

그녀가 엄숙한 얼굴로 그를 내려다보았다. "나 아침 먹고 싶어." 그녀가 말했다. "돈 어디에 있어?"

그가 옆으로 다시 굴러갔다. "내 바지 주머니에. 사고 싶은 거 사. 커피 케이크도 사고 파인애플 같은 거 올려진 케이크도 사고."

"응." 그녀가 답했다. 그는 다시 누워 잠으로 빠져들었다.

그녀는 장 본 물건을 한 아름 안고 들어온 뒤 그를 침대 밖으로 끌어냈다. 그녀가 계란 프라이를 하는 동안 그는 옷을 입었다. 침대 끄트머리에 앉아 신발을 신고 있는데 그녀가 "에디, 자기는 무슨 일 해?"라고 물었고, 그는 내심 기분이 좋아졌다.

얼마간 답하지 않다가 그가 이렇게 말했다. "그거 안다고 뭐가 달라지나?"

그녀는 더 이상 아무 말도 하지 않았지만, 조금 뒤 문 앞에 서서 그를 가만히 바라보았다. "아니." 그녀가 답했다. 그러고 는 다시 주방으로 돌아가며 쓴웃음을 지었다. "남자가 생겨서 다행이라고만 생각해야겠네."

계란 요리는 엉망이었고 커피도 레스토랑 커피보다 맛이 없었다. 그래도 커피 맛 케이크는 괜찮았다. 그는 배가 고파서 전부 먹어치웠다. 식사를 마치고 그가 새라를 바라보며 말했다. "나 좀 나갔다 와야 해. 한 네다섯 시간 후에 돌아올 건데 살라미 사 올까?"

"좋아. 치즈도 좀 사 와."

문득 그는 돌려 말해 봤자 별 소용없겠다는 판단이 들었다. "내가 짐이 있는데……."

그녀가 그를 바라보더니 어깨를 으쓱했다. "가져와. 짐이 있을 거라고 생각하긴 했어." 그는 그녀의 반응이 너무 간단해서 놀랐다. "난 확신이 잘……." 그가 우물쭈물했다.

"저기요," 새라가 웃었다. "아무 조건 없어. 알겠지?"

그는 순간 머뭇거리다가 빙긋 웃어 보였다. "알겠어."

*

아침 시각, 새라는 오전 10시에 시작하는 강의를 들으러 가야 했다. 에디는 혼자 치즈 샌드위치를 먹은 후 침대에 다시 누워 처음에는 자기 자신에 대해 생각하다가, 일단 본인이 시카고에 있는 이유에 대해 곰곰이 되짚어 보았다.

그런 다음 직업으로서의 포켓 당구 허슬러에 대해 고민했고, 그 분야에 속한 사람들을 떠올리다가 왠지 자신이 알고 있는 것을 일목요연하게 정리해야 한다는, 이런 시스템에서 자신의 위치를 찾아야 한다는 느낌이 들었다. 지금 그는, 이

여름 시카고에서 거의 파산할 지경에 놓여 있었다……

*

　찰리가 그에게 알려 준 그대로 그리고 그가 스스로 터득한 대로 이따금—아니 항상, 예전이나 지금이나 멀리에서나 가까이서나—내기 당구 허슬러, 즉 도박꾼은 두 부류로 나뉘어 있었다. 일류와 삼류. 둘의 수입원은 상당히 다르다. 일류 허슬러는 돈을 벌 수 있는 환경이 한정적이긴 하지만, 벌 수 있는 액수는 제한이 없다. 삼류에 속하는 사람들은—드잡이나 근육 덩어리, 일용직 노동자들은—야금야금 돈을 먹고 산다. 그들은 경계를 게을리하며, 그들 가운데에는 아주 가끔 돈 많은 주정뱅이들이 있기도 하다. 또 남자다움을 동경하는 남학생들과 젊음을 동경하는 중년의 남자들, 그리고 그들보다 더 삼류인 드잡이나 근육 덩어리, 일용직 노동자들도 있다. 그들은 한때 하찮은 하인으로 배정되어 아부나 일삼으며 절망스러운 삶을 살다가, 어느 시점에서 2달러짜리 암표상과 전문적인 술 행상꾼이라는 가장 단순한 모습으로 삶의 형식을 바꾼다. 그런 부류는 때때로 소소한 사기 행각을 벌이기도 한다. 물론 매우 드물기는 하다. 모든 협잡꾼은 도박을 하지만, 도박꾼 중에는 몇 명만 협잡을 한다. 사기를 치는 그 도박꾼들은 엄청나게 비싼 버스를 타거나 섹스를 시도한다. 대개는 파트타임 매춘 알선이나 여러 가지 음란한 물건들을 판매하면서, 심지어 호스트바에서 일하거나 그 외에 돈을 지독하게 적게 받는 모든 일을 하면서 차의 후미등이나 범퍼라도 차지하려 한다.

삼류들 돈의 일부는—기름때가 묻은 그 돈은—일류 허슬러들에게로, 에디가 이제 막 알아내기 시작했지만 정말 얼마 되지 않는 진정한 실력자에게로 서서히 이동한다. 미네소타 뚱보 같은 일류 허슬러의 주요 수입원은 세 가지뿐이다. 부유한 스포츠맨, 거물 협잡꾼, 그리고 프로 도박사. 부유한 스포츠맨은 두 가지 유형으로 나뉜다. 총기와 돈을 수집하는 느긋한 철학가와 상원에 친구가 있는, 돈 많은 마이애미 비치 기업가. 거물 협잡꾼은 늘 인간적이고 똑똑하다는 걸 빼면 알아보기가 어렵다. 하지만 그들은 돈이 충분히 있을 땐 돈 잃는 걸 마다하지 않는다. 그리고 프로 도박사는 필요한 것이 돈뿐일 때는 찾게 되지 않는 사람이다. 스케일이 큰 내기 당구에는, 완전한 실력을 갖춘 전문 허슬러 간의 게임에는 언제나 무언가 위태로운 것이 존재한다. 그것은 현금과 달리 쉽게 협상이 가능하지도 않거니와 파악조차 쉽지 않다. 고래와 고래가 싸우는 이유는 단지 배가 고파서가 아니라고들 한다. 그 말은 맞는 말이다. 왜냐면 바다에는 작은 물고기가 넘쳐 나니까.

그러나 이런 요소들은 에디에게는, 수입과 경험을 제외하고 타고난 실력과 기술, 야망 그리고 그 밖의 모든 것으로 미루어 볼 때 일류 허슬러인 그에게, 무엇보다 당장 1,000달러가 꼭 있어야 할 것 같은 그에게는 반대되는 것들이었다. 일단 지금은 여름이었다. 부유한 스포츠맨은 여름에 북쪽 대도시에 머무는 경우가 거의 없다. 그들은 자신들을 위해 특별히 마련된 장소에서 햇빛을 만끽하거나 그늘 아래에서 즐기고 있다. 그리고 거물 협잡꾼은 부유한 스포츠맨과 함께 있으며, 보통 그들에게 술을 사 준다. 또한 프로 도박사 대부분은 경마, 보트, 자동차 경기를 따라다니거나 부유한 스포츠맨과 거물 협잡꾼을 쫓아다닌다. 정말 손에 꼽히는 진정한 허슬러는 미네소타 뚱보처럼 뒤에 남아 있다. 그들은 어떤 경기를 찾아내고자 굳이 자신의 지역을 떠나야 할 필요성을 느끼지 못하거나, 본인의 거처와 비즈니스 관계로 연결이 되어 있어서 원래의 구역에 남아 있곤 한다. 사실 미네소타 뚱보 같은 남자는 에이전트가 필요하지 않다. 에디도 잘 알고 있듯이 뚱보는 의뢰인을 끌어모으기 때문에.

시카고의 여름은 그에게 불리했다. 그가 지금 이 동네에 있다는 사실과, 판돈이 컸던 게임에서 그의 대단한 재능이 만천하에 명확하게 드러났기 때문에 불리했다. 이런 상황으로 인해 그는 시카고의 주요 당구장에 몰래 입장을 할 수조차 없었다. 그러니까 결국에는 베닝턴 당구장으로 다시 갈 수밖에 없었다. 하지만 돈이 생길 때까지는 발도 내밀 수 없었다.

게다가 그는 매니저인 찰리에게 너무 오랫동안 의지해 왔다. 찰리 없는 그의 허슬은 자기 자신을 설득해 게임을 하게 하는, 할 수 있는 일을 짜내게 만드는 행위일 뿐이었다. 자신을 설득하는 일은 어느 정도 곧잘 했지만,―사실 경이로운 수준이었다―포켓 당구 실력을 짜내는 일은 어려웠다. 그는 그 부분에 대한 감각을, 솔직히 모든 열정을 잃어버렸다.

*

새라가 학교에서 돌아와 그를 침대로 데리고 갔고, 그들은 나란히 누워서 스킨십을 거의 하지 않은 채 이야기만 나누었다. 에디는 자기 이야기를 많이 하지 않았다. 그래야 할 필요를 느끼지 않았다. 아버지가 전기 기사이며, 어머니는 돌아가셨고, 오랫동안 '어떻게든' 먹고살아 왔다고 말했다. 그녀가 그게 무슨 뜻이냐고 물었지만 그는 대답하지 않았다. 별로 말하고 싶지 않았다. 자기가 포켓 당구 허슬러라고, 이 분야 최고의, 빌어먹을 끝장 판 당구 허슬러가 되고 말 거라는 이야기. 그래서 아무 말도 하지 않았다.

새라의 아버지와 어머니는 오래전에 이혼하셨다고 했다.

자동차 판매업자인 아버지는 돈이 좀 있으며, 지금은 재혼해서 세인트루이스에서 살고 있었다. 세인트루이스는 그녀가 자란 곳으로, 학교도 거기에서 다녔다. 그리고 매달 1일, 아버지로부터 300달러짜리 수표를 받고 있다고 말했다.

그녀의 어머니는 털리도에 살았다. 그녀는 어머니와 5년 넘게 만나지 않았다. 또한 그녀는 자신이 알코올 중독자라고 여러 번 털어놓았다. 마치 그들이, 그러니까 새라와 에디가 어떤 타락의 계약을 맺기라도 한 것처럼. 그는 그런 게 싫었다. 그건 가짜였고, 조금 난처했다. 그러나 만약 그녀가 자기 자신을 그런 방식으로, 실제 모습보다 훨씬 더 방탕한 사람이라고 생각하길 원한다면, 사실 그녀의 이상과 본모습에는 그리 큰 차이가 없었다. 어쩌면 본모습은 그녀의 이상을 넘어설 수도 있었다. 또는 그가 그녀에게 한 행동들이 그녀를 변화시킬 수도 있었다.

그는 아파트에서 나와 특정 목적지로 향하지 않고 잠시 그냥 걸었다. 걸으면서 생각을 좀 하고 싶었다.

마침내 스누커 게임으로 40달러를 땄던 당구장에 다다랐다. 그는 그곳이 마음에 들지 않았다. 지하철역처럼 번쩍번쩍 광이 나는 하얀색 타일이 붙어 있고, 조명도 백열등이어서 과도하게 환했다. 그렇지만 당구는 꽤 잘 쳐졌다.

그는 이번엔 잘하지 못했다. 아무 일도 일어나지 않았다.

정말 아무것도. 문득 집에서 해야 할 일이 떠올랐다······.

*

그는 미네소타 뚱보와, 그자와 함께 했던 경기에 대해 떠올리지 않으려 노골적으로 기억을 차단했다. 그러나 그 기억의 끝자락을 맴돌지 않을 수는 없었다. 40시간 동안 있었던 일들이 마음속 저편에서 하나의 사건으로 압축되었다. 그 많은 일들이 마치 한순간에 일어났던 것처럼. 모든 기억들이—손가락에 반지를 낀 뚱뚱한 남자와, 베닝턴 당구장의 높은 천장이 빙빙 돌다가 그에게 떨어지던 순간, 그리고 그 순간 바닥에 누워 둔해진 귀로 어렴풋이 들렸던 큐볼이 부딪치는 소리와 사라져 버린 돈과 승리—기억들이 주마등처럼 지나갔다. 그의 마음은 그 일들을 순서대로 자세히 들여다보지 않고 전부다 회피했다. 기억의 가장자리를 핥고 탐색하며, 비틀어 보고 지워 보려 했고 잡아당기고 홱 빼내기도 했다. 치아 사이에 낀 음식 한 가닥을 가만히 두지 못하는 혀처럼. 또는 상처를 덮고 있는 딱지를 장난감 삼아 끊임없이 꼼지락대는 손가락처럼.

갑자기 안절부절못하며 초조해지기 시작했다. 비즈니스를 잘 계획해야 한다는 생각이, 반드시 해야 할 일이 있다는 생각이, 그런 식으로 들쭉날쭉한 정리되지 않은 생각이 떠올랐다. 벌어야 할 돈, 그러니까 만들어야 할 자본이 있었다. 그러기 위해서는 연습이 필요했다.

*

포커 게임에 빠져든 건 며칠 뒤였다. 뭐라도 행동에 옮기려면 필사적으로 움직여야 했기 때문에 빠져들 수밖에 없었다. 빠져들 만한 가치가 있을 것 같은 당구 경기를 찾아내기란 불가능했다.

벌건 대낮에 그는 파멘터가 루프 근처에 있는 작은 당구장에서 괜찮은 게임을, 아니 어떤 게임이든 찾아다녔다. 그러나 할 게 뭐 하나 아무것도 없었다. 당구를 치는 공간에는 남자 넷만 있을 뿐이었고, 그들은 모두 그를 알아보았다. 에디는 그들 중 한 사람에게 자기가 한 손을 주머니에 넣고 샷을 치는 핸디캡을 갖고 다른 사람은 원래대로 샷을 치는 게임을 하자고 제안했다. 그 남자가 무척 재미있다는 듯이 웃었다. 그러고는 고개를 저었다. "이봐요, 당신은 내 능력 밖입니다."

밀실로 이어지는 문이 열려 있었고, 에디는 자신에게 혐오감이 느껴져 짜증을 내며 별생각 없이 그곳으로 다시 어슬렁거리며 걸어갔다. 다 때려치우고 새라의 아파트로 돌아가서 그녀와 술이나 한잔하고 싶었다. 그러나 무언가 그를 불안하게 했다. 밀실 주위를 둘러보았다. 그가 이곳으로 다시 돌아온 건 처음이었다. 다섯 남자가 둥근 테이블에 모여 앉아 조용히 카드 게임을 하고 있었다. 둥근 테이블에는 해져서 못쓰게 된 것 같은 베이즈 천이 덮여 있었다. 주변에 의자가 더 없었기에 에디는 주머니에 손을 넣고 벽에 기댔다.

남자들은 그의 존재를 인식하지 못한 것 같았고, 에디는 그들을 하릴없이 지켜보았다. 그렇게 재밌어 보이지는 않았다. 최대 금액이 50센트. 판돈이 아주 높거나 게임이 빠르게 진행되지는 않았다. 그런데 그들 중 한 남자가 에디의 시선을 끌었다. 특별할 것 없는 지극히 평범한 생김새가 어딘가 모르게 눈에 익었다. 게다가 그가 포커를 하는 방식 또한 흥미로웠다. 한 남자는 하이볼 잔에 위스키를 마시고 있었고, 두 명은 앞에 놓인 커피를 마셨지만, 그 남자 앞에는 우유 한 잔이 있었다. 그는 카드를 낼 때마다 우유를 조심스럽게 홀짝이곤 했다. 그리고 눈에 띌 만큼 게임을 잘하지 않는데도 조용히 이기는 것 같았고, 다른 남자들은 그에게 아주 간결하게 존경을 표했다. 그들은 그를 '버트'라고 불렀다.

의자에 꼿꼿하게 앉은 버트는 보통 체격보다 약간 작은 편에 속했으며, 앉아 있어서 그렇게 보일 수도 있지만, 어쨌든 허리둘레가 조금 두둑한 듯했다. 그의 이목구비는 평범하고 살짝 여성스러운 느낌을 풍겼는데, 피부가 고르고 볼이 발그 레해서 그런 것 같았다. 갈색 머리는 갓 손질한 듯 무척 단정 했다. 그는 테가 철제로 된 안경을 쓰고 있었다. 입술이 창백 하고 얇으며 고지식한 분위기의 그는 신중하게, 오히려 지나 치게 얌전을 빼며 카드를 다루었다. 비록 얼굴은 평범했지만 무언가 굉장히 독특한 구석을 느껴 에디는 호기심을 품었다. 가만히 보고 있다가, 그의 자로 잰 듯 단정한 앞머리 스타일 때문에 눈썹이 없어 보인다는 걸 알게 되었다.

에디는 포커 게임을 할 생각은 아니었다. 포커에 대해 잘 알지도 못했다. 그러나 한 남자가 아내를 만나기로 했다며 투 덜대면서 게임을 그만두었을 때, 에디는 어느새 자기도 모르 게 빈 의자에 스르륵 들어가 차분하게 칩을 요청하고 있었다. 곧바로 승리의 패가 두 가지나 그의 손에 들어왔다. 투 페어 가 숫자 8에서 내림 순으로 스트레이트를 이루고 있었다. 순 간적으로 그는 자기가 허슬을 당하고 있는 건 아닌지 의심했 지만, 포커에 대해 충분히 알고 있었기에 몇 분 동안 신중하 게 지켜보았고 그런 뒤 의심을 거둘 수 있었다. 며칠 만의 첫 내기를 즐기며 빠르게 빠져들었다. 그러나 꽤 거칠게 게임을 진행하는 바람에 결정적인 패를 몇 번 잃기도 했다. 저녁 식 사 시간이 되어 게임이 중단되었을 때,—이 포커는 전에 그가 알던 포커와 비교하면 무척 느슨했다—그는 20달러를 잃은 상태였다. 감당할 수 없는 액수였다. 에디가 게임에 들어온 이후의 판세를 가만히 따져 보니, 경기 내내 조용하고 꼼꼼했던 버트가 42달러 또는 50달러 정도 딴 것 같았다.

다른 남자들은 당구장을 떠났지만, 버트는 가게 앞쪽으로 가 바에 앉았다. 이제 당구대가 전부 비어 있었음에도 에디는 당구장을 나서려 했다. 그때 버트가 상냥하게 물었다. "술 한 잔하시겠나?"

에디는 그의 목소리가 살짝 거슬렸다. "우유만 마시는 줄 알았는데요?"

버트가 입술을 오므리더니 싱긋 웃었다. "일할 때만 마시지." 그러면서 야심 가득해 보이는 몸짓을 보이더니 친근하게 말했다. "앉게. 어쨌든 자네한테 술 한 잔 빚졌으니까."

에디는 그의 옆 의자에 앉았다. "무슨 일로 나한테 술을 빚졌다는 거죠?"

버트가 미심쩍다는 듯 안경 너머로 그를 유심히 쳐다보았다. 에디는 그가 근시안일 거라고 추측했다. "언젠가 말해 주지." 버트가 말했다.

그 말에 에디는 짜증이 나서 다른 주제로 넘어갔다. "그런데 왜 우유를 마셔요?"

버트가 바텐더에게 얼음 몇 개를 넣은 특정 브랜드의 위스키 두 잔을 주문했다. 에디에게 물어보지도 않고서. 그러고는 이제 에디의 질문을 곰곰이 생각해 보려는지 또다시 그를 빤히 바라보았다. "우유를 좋아하긴 하지." 버트가 말했다. "몸에 좋거든." 바텐더가 그들 앞에 유리잔 2개를 내려놓고 컵 안에 얼음을 떨어뜨렸다. "돈 걸고 도박을 하려면 머리가 맑아야 해." 그가 에디를 뚫어지게 쳐다보았다. "게임 중 위스키를 마시기 시작했다가 지게 되면 패배에 대한 핑곗거리가 생기지 마련이지. 패배에 대한 핑계는 전혀 필요 없고."

진지하게 말하는 그의 화법에는 어딘가 오묘하고 광적인 구석이 있었고, 그것이 에디를 불편하게 했다. 그도 알고 있는 그 말이 직접적으로 그에게 향하고 있었다. 그러나 그는 그 소리가 듣기 싫었고, 의미를 이해하려 하지도 않았다. 바텐더가 술을 다 따르자 버트는 계산을 했다. 잔돈까지 정확하게. 에디가 팔을 들어 말했다. "건배." 버트는 입을 열지 않았고, 두 사람은 몇 분 동안 조용히 술만 홀짝였다. 바텐더가, 래크 보이이자 당구장 주인이면서 매니저인, 주름이 자글자글하고 나이가 지긋한 그 바텐더는 두 남자가 뭘 하든 신경 쓰지 않고 자리로 돌아가 공상에 잠겼다. 그곳엔 두 사람 말고 아무도 없었다. 열려 있는 출입문으로 뜨거운 공기가 성큼 들어오기도 했지만, 그 외엔 무엇도 들어오지 않았다. 길가에도 별일이 없는지, 경찰 하나가 생각에 잠긴 채 문 주변을 어슬렁대고 있었다. 에디는 손목시계를 확인했다. 7시였다. 새라는 지금쯤 출출하려나? 아마 아닐 것이다.

버트를 쳐다보고 있자 오후 내내 마음속을 어렴풋이 서성였던 질문이 문득 떠올랐다. "우리 어디서 만난 적 있어요?" 에디가 물었다.

버트는 그를 보지 않은 채 계속 술을 홀짝였다. "베닝턴 당구장에서. 자네가 미네소타 뚱보를 낚아채 던져 버린 그 날."

당연히 그 날이었다. 버트는 구경꾼들 중 하나였을 것이다. "그럼 당신은 미네소타 뚱보와 친구 사이인가요?" 에디가 약간 경멸하듯 말했다.

"어떤 면에서는." 버트는 알 수 없는 무언가로 인해 즐거워졌는지 희미하게 웃었다. "학교를 함께 다녔다고 할 수 있지."

"뚱보도 포커를 쳐요?"

"꼭 그런 건 아니네." 버트는 미소를 띤 채 그를 바라보았다. "하지만 이기는 방법을 알고 있지. 그는 진정한 승자거든."

"이보세요." 에디가 버럭 화를 냈다. "그래서 내가 패자다, 이 말입니까? 찰리처럼 말하지 마시죠. 하긴 뭐, 이러나저러나 날 비웃는 건 당신의 특권이니까, 자, 어디 실컷 비웃어 보시든가요." 그는 제대로 밝혀지지 않은 사실을 바탕으로 이야기하는 걸 좋아하지 않았다. 하지만 지난 일주일, 또는 더 오랫동안 그도 그런 식으로 생각하고 있던 거 아니었을까? 제대로 밝혀지지 않은 사실을 바탕으로? 그런데, 그가 밝히지 않는 사실이 대체 무엇이란 말인가? 에디는 빠르게 술을 마저 마시고 한 잔 더 주문했다.

버트가 말했다. "내 말은 그런 뜻이 아니네. 내 말은, 미네소타 뚱보를 낚은 게 10년 만에 처음이라는 뜻이지. 뚱보가 아주 제대로 낚였거든."

그의 말에 에디의 마음이 어느 정도 진정되었다. 아니, 오히려 기분이 좋아졌다. 어쨌든 에디가 승리를 차지했다는 뜻이었다. "사실입니까?" 그가 물었다.

"사실이지." 버트는 긴장이 풀리기 시작했는지 위스키를 한 잔 더 주문하고 다시 말을 이었다. "자네가 그를 꺾었어. 자네가 정신을 놓기 전에 말이지."

"술에 취했었어요."

버트는 못 믿겠다는 표정으로 그를 잠시 바라보고는 잔잔하게 낄낄댔다. "그렇겠지." 그가 말했다. "자네는 취해 있었어. 술은 게임에 패한 것에 대한 최고의 핑곗거리지. 지는 건 전혀 문제가 되지 않아. 좋은 핑곗거리가 있을 때는."

에디가 그를 차분하게 바라보았다. "헛소리를 많이 하시네요."

버트는 그 말을 무시했다. "자네는 정신을 잃고 그 상황을 쉽게 빠져나가는 방법을 낚아챈 거야. 정신을 잃어 가면서 분명 재밌었겠지. 등 뒤로 위험이 떨어지는 순간은 언제나 짜릿하거든. 그리고 승리는, 그것은 원숭이가 등에 매달린 것처럼 무겁게 느껴질 수 있어. 자네는 핑곗거리를 찾으면서 그 짐도 같이 내려놓은 거야. 그런 다음 자기 연민을 배우게 되지. 많은 사람들이 그런 방식으로 쾌감을 느끼는 방법을 배운다네. 그게 바로 최고의 실내 스포츠라고 할 수 있는 거지. 자기 연민." 버트의 얼굴에 활기찬 미소가 번졌다. "모두가 그 스포츠를 즐겨 해. 특히 태생적으로 패배자인 인간들은."

별 의미도 없고 말도 되지 않는 소리였다. 하지만 그의 말은 에디를 은근하게, 그리고 충분히 화나게 만들었다. 위스키가 그의 텅 빈 배 속으로 서서히 퍼지며 예전 문제와 아직 다가오지 않은 문제들을 분주하게 해결하고 있었다. "내가 실수를 했어요. 취했었거든요."

"자네는 술에 취한 거 그 이상이었어. 정신을 잃었지." 버트는 이젠 세심하고 신중하게 그를 압박하고 있었다. "술을 한 방울도 마시지 않고 정신을 잃는 사람들도 더러 있지. 카드 게임이든 당구 게임이든 간에. 자네가 승자가 되고 싶다면, 정신 잘 붙들어야 해. 그리고 내면의 어딘가에 스스로에게 징징대는 패배자가 있다는 걸 기억하고 있어야 하지. 그리고 또한 그걸 딱 잘라 내는 법을 배워야 하고. 그렇게 하지 않을 거라면 다른 안정적인 직업을 찾아보는 게 나을 거야."

"좋습니다." 에디가 말했다. "알겠어요. 당신이 이겼어요. 한번 잘 생각해 보죠." 그러나 생각해 볼 마음은 조금도 없었다. 그저 버트의 입을 닥치게 하고 싶었을 뿐. 버트가 자신과의 개인적인 싸움, 또는 일종의 긴장감으로부터 본인을 풀어주고 있다는 것을 에디는 어렴풋이 깨달았다. 즉 버트는 자기내면의 개인적인 악마를 몰아내기 위해 그에게, 그러니까 에디에게 핀을 꽂고 있었다. 게다가 에디는 이미 그런 말에 대해 충분히 생각해 왔다.

버트가 두 번째 잔을 다 마신 뒤 계속 말했다. "그래서 자네는 지금 무엇을 하지?"

"뭐 하고 있을 거 같아요? 그자와 다시 경기를 하려고 내기에 걸 돈을 두둑하게 준비 중이에요. 이번에는 술병을 딱 내려놓고, 경기에만 집중할 겁니다."

버트는 이제 미소를 거두고 그를 가만히 살펴봤다. "패배할 만한 다른 요인은 차고 넘친다네. 자네도 쉽게 찾을 수 있지."

"내가 찾지 않으면요?"

"찾게 될 거야. 아마도." 버트가 바텐더에게 손짓을 하는 둥 마는 둥 거만하게 내저으며 한 잔 더 시켰다. "나는 자네가 앞으로 10년이 지나도 뚱보와 맞설 준비가 되어 있지 않을 거라고 봐." 그는 교만하게 우쭐대는 듯했다.

에디가 놀란 얼굴로 그를 쳐다보았다. "10년이요? 뭔 소리예요? 내가 그자를 꺾는 거 당신도 봤잖아요."

"자네가 그를 나가게 만드는 것도 봤지."

"그럼요. 그리고 이번 기회에 배운 것도 있다고요. 다음번에는 더 잘할 수 있다니까요."

"아마 아닐 거야. 뚱보도 이번 기회에 배운 게 있을 거라는 생각은 안 하나?"

그런 건 한 번도 생각해 본 적 없었다. "아. 그렇겠네요." 바텐더가 술을 따랐고, 에디가 담배를 꺼내 버트에게 건넸다. 버트는 고개를 저었다. "그가 잘못된 걸 배웠을 수도 있잖아요. 아마 뚱보는 다음번에 나랑 다시 게임을 하면, 그때도 내가 술에 취해서 게임을 때려치울 거라고 생각할 겁니다. 뭐, 그가 그런 걸 배우기를 내가 바랐을지도 모르겠네요." 환상적인 거짓말이었다. 에디는 그 말을 입 밖으로 내면서도 대단한 거짓말이라고 생각했다.

버트의 얼굴에 미약한 경멸의 기운이 감돌았다. "그게 정말 맞다고 생각한다면, 자네는 절대 아무것도 배울 수 없네. 내가 몇 번을 더 말해야 하지? 자네를 이긴 건 위스키가 아니라고. 그건 나도 알고, 당신도 알고, 뚱보도 알고 있어."

에디는 이제야 버트의 말을 이해했음에도 잘 모르겠다고 고집을 부렸다. "뚱보가 나보다 더 잘 쳤다고 생각하시네, 맞죠? 뭐, 당신도 그렇게 생각할 권리가 있긴 하죠."

버트가 카운터에서 감자칩 봉지를 가지고 왔다. 그는 신중하고 자의식이 강한 쥐처럼 생각에 깊이 잠긴 채 감자칩을 오물오물 씹었다. 영화배우의 치아같이 굉장히 고르고 새하얀 치아가 에디의 눈에 들어왔다. 버트가 말했다. "에디, 지난주에 자네가 베닝턴에서 스트레이트 풀을 할 때 보여 준 샷보다 더 훌륭한 샷을 친 선수를 자네도 본 적이 없을 거네." 그가 남은 감자칩을 얇은 입술을 지나 가지런한 치아 사이로 밀어넣었다. "자네는 재능이 있어."

들기 좋은 말이었다. 그 말 안의 맥락까지도. 에디는 그의 자만이 자신을 얼마나 피폐하게 만들었는지 잘 인식하지 못하고 있었다. 그가 일부러 비꼬는 말투로 말했다. "내가 이렇게나 재능 있는데," 그가 말을 이었다. "대체 뭐가 날 이기겠어요?"

버트는 봉지에서 감자칩을 하나 더 꺼내서 에디에게 권하고 무뚝뚝하게 답했다. "개성."

에디가 피식 웃었다. "그렇겠죠." 그가 말했다. "그럼요."

버트의 목소리가 갑자기 선생님이 학생들을 가르치는 듯한 의기양양한 톤으로 바뀌었다. "내 말이 맞네. 다들 재능이 있지. 나도 재능이 있고. 재능도 없는데 40시간 내내 판돈이 어마어마한 스트레이트 풀이나 포커를 할 수 있을 것 같나?" 그가 에디 쪽으로 몸을 기울이고 두꺼운 철제 안경테 너머로 다시 에디를 뚫어지게 쳐다보았다. "미네소타 뚱보가 단지 재능이 있어서 이 지역 최고라고 불리는 것 같나? 아니면 뚱보가 기가 막힌 샷을 쳐서?" 그가 에디에게서 멀어지더니 술잔을 잡았다. 아주 거만한 몸짓이었다. "미네소타 뚱보는," 그가 말했다. "그의 손가락 하나에 자네의 잘빠진 몸 전체가 가진 것보다 훨씬 더 대단한 개성을 지니고 있어." 버트는 그에게서 눈을 뗐다. "뚱보도 자네만큼 위스키를 많이 마셨지."

버트가 말한 진실이 너무 강렬해서 에디는 그것을 마음에서 몰아내고 해명하는 데 잠시 시간이 걸렸다. 이마저도 에디에게는 때때로 그가 다루기 어려운 정직함이라는 일종의 단단하고 중심적인 근본적인 심성, 즉 소수의 사람들만 가진 일종의 부끄러운 자각이 있었기 때문에 쉽지 않은 일이었다. 하지만 에디는, 간단히 말해서 자신이 뚱보 같은 남자를 충분히 이길 만한 사람이 아니라고 말하는 버트의 말에 굴복하지 않으려고, 그리고 그 진실을 마주하지 않으려고 애써 외면하고 있었다. 그러나 무슨 말을 꺼내야 할지 도무지 떠오르지 않았다. 그는 자기의 발언이 설득력이 없다는 걸 인식하면서도 내뱉었다. "뚱보가 술을 잘 마시나 보죠, 뭐."

버트는 그냥 넘어가지 않았다. 그는 에디가 자기 손에 들어왔다는 걸 알고 있었다. 에디는 버트가 포커를 치듯 대화한다는 걸 문득 알게 되었다. 그는 포커를 할 때처럼 조용하고 강하게, 아주 강력하게 그를 압박했다. "자네 말이 맞아. 그자는 술 마시는 법을 잘 알지." 버트가 부드럽게 말했다. "그것 역시 재능이라고 생각하나? 위스키 마시는 법 말이네. 미네소타 뚱보가 태어날 때부터 술 마시는 법을 알고 있었을까?"

"알겠어요, 알겠어요." 버트는 에디에게 무얼 원하는 걸까? 그가 바닥에 납작 엎드리길 바라는 건가? "그래서 이제 뭘 어떻게 하라고요, 집으로 돌아가라고요?"

버트는 자기가 에디의 생각과 방어선을 뚫고 자신의 길로 밀어붙였다는 걸 눈치채고 한결 편안해하는 것 같았다. 그러나 에디는 여전히 버트가 한 말을 부분적으로만 이해하고 있었고, 받아들인 것 중 진실에 대해서는 이미 자기 합리화를 할 준비가 되어 있었다. 그런데 버트가 갑자기 밀어붙이기를 멈추었다. 이제는 그저 술을 먹어서 긴장이 풀린 것 같아 보였다. "그게 바로 자네의 문제지." 그가 말했다.

"그러면 여기에 있죠 뭐." 몇 시간 만에 처음으로 에디가 미소를 지었다. 두 사람의 대화가 이제야 평범해지고 이해하기 쉬운 대화가 된 듯했다. 이의를 제기할 거리들이 저 깊이 숨겨져 있거나 묻혀 있어서, 이의를 제기하고 싶을 때만, 그리고 선택할 수 있을 정도로만 받아들일 수 있는 그런 대화였다. 에디는 그런 식의 대화가 마음에 들었다. "미네소타 뚱보랑 다시 경기를 할 수 있을 만큼 돈을 모을 때까지만 여기에 있죠. 그때쯤이면 나도 내 개성을 좀 개발할 수 있겠죠."

버트는 재밌어 하는 것 같았다. 압박하는 말투가 아니었다. "그러면 자네가 늙어 죽을 나이가 될 텐데." 그가 잠시 말을 멈추었다. "돈이 얼마나 필요한가?"

"1,000달러요. 더 많이 필요할 수도 있고요."

버트가 잔을 내려놓았다. "아니. 최소 3,000달러. 그자는 500달러에서 시작해서 당신을 무너뜨리려 할 거네." 그의 말투는 이제 분석적이고 무심했다. 그건 추측에 근거해 나온 것이었다. "첫판부터 당신을 자빠뜨릴 거야. 그는 게임 운영 방식을 이미 아는 사람과 경기를 할 때 그런 수법을 쓰거든. 한네다섯 게임은 완전히 이길 거네. 어쩌면 더 많을 수도 있고. 자네 정신 상태가 얼마나 안정적이냐에 따라 다를 거야." 그가 머뭇거렸다. "그자가 자네를 두려워한다면, 겁을 좀 먹는다면, 상황이 바뀔 수도 있지. 하지만 나는 그럴 거라 생각하지 않네." 버트는 감자칩을 또 씹어 대기 시작했다. "어느 쪽이든 그자가 먼저 자네를 이길 거야."

"그걸 어떻게 알죠? 아무도 모르는 거잖아요." 에디의 옆에 앉아서 이제는 상냥하게, 그리고 초연하게 그를 판단하고 있는 마치 작고 교활한 신 같은 존재에게는 납득이 가지 않는 부분이 있을 것이었다. "내가 처음 다섯 판에서 그자를 이길 수도 있잖아요."

"그럼. 그럴 수도 있지. 하지만 그렇게 되지 않을 거네. 내가 어떻게 아냐고?" 버트는 손가락을 의미심장하게 치켜세우고 출입문을 가리켰다. 에디가 몸을 돌려 밖을 바라보았다. "밖에 있는 고급 세단 보이나? 내 차라네." 길 건너에 화이트월 타이어를 장착한, 새 차로 보이는 기다란 검은 세단이 주차되어 있었다. "나는 매년 새 차를 뽑아. 미네소타 뚱보나 당신 같은 사람이 무얼 할지 알고 있는 게 바로 내 비즈니스거든." 그러더니 뒤늦게 어떤 생각이 났는지 살짝 미소를 지었다. "만약 내가 비용을 미리 대지 않았다면, 개별적으로 한 내기로 벌어들인 돈으로도 살 수 있었을 거네. 지난주에 당신들 둘이 게임을 했을 때 말이야."

그 순간 에디의 머릿속에 그날 게임이 진행되는 동안 그 말쑥하고 키 작은 남자가 게임 결과에 돈을 걸고 있던 모습이 떠올랐고, 속에서 화가 치밀었다. 그러나 이내 빙긋 웃으며 술을 한 모금 마셨다. "어쨌거나 당신이 나한테 술을 빚지긴 했네요."

"내가 말하지 않았는가." 버트가 좀처럼 짓지 않던 웃음을 내비쳤다. 위스키를 마셔서 그런지 에디는 버트에게 호감을 느끼기 시작했다. 버트는 영리했다. 그는 답을 알고 있었다. 버트가 입을 열었다. "어쩌면 내가 자네를 도울 수 있을지도 모르겠군." 마치 그도 동시에 친근감을 느끼기 시작한 것처럼. "3,000달러로."

하지만 에디는 주저했다. 낚시일지도 모른다. "왜요?" 그가 물었다.

"이유야 10개도 넘지. 한 15개 정도 될지도." 버트는 미소를 지으며 덧붙였다. "그리고 내 몫도 있을 테고."

에디는 그의 미소에 화답했다. "나도 그렇게 생각했습니다. 하시죠."

"음, 자네에게 어울리는 게임을 생각해 봤는데, 조촐한 포켓 당구야. '핀들리'라는 남자와 게임을 하게 될 거고……."

*

에디는 바텐더에게 삶은 계란 2개와 살짝 구운 크래커를 곁들인 메뉴를 주문했다. 에디는 계란 껍질을 까고 접시에 소금을 조금 뿌린 다음 먹기 시작했고, 그동안 버트는 제임스 핀들리에 대해 자세하게 말해 주었다. 핀들리는 켄터키 주 렉싱턴에 살며 도박 업계에서 대단한 명성을 쌓고 있는 사람이었다. 한때는 매번 패배만 하는 능력으로 유명세를 떨친 포커 선수였다가 최근에 당구로 방향을 틀었는데, 그쪽에서는 더 심각한 패배자였다. 완전히 타고난 루저. 듣자 하니 제임스 핀들리는 굉장한 부자인 듯했다. 하느님의 은총과 죽은 고모덕에 담배 회사 지분의 20퍼센트를 소유하고 있었으며, 대저택도 갖고 있는데, 그 집 지하에 당구대가 있다고 했다. 그는 자기 자신을 허슬러 또는 진기한 귀족이라고 여기는 걸 즐기는 모양이었다. 한물간 허슬러들을 전부 모아다가 고상하고 조용한 그의 집 지하실에 넣어 놓고, 끝에 코르크가 달린 담배를 피우거나 8년산 버번을 마셔 대며 당구를 쳤고, 늘 한결같이 돈을 잃곤 했다. 다행히 그는 내기 돈 기록 대장을 따로 갖고 있는 것 같진 않았다. 그리고 또 다행히도, 몇천 달러 이상을 잃어 본 적이 거의 없었다. 그리고 제법 괜찮은 선수이기도 했다. 그를 이기려면 어느 정도 확실한 기술이—이류 허슬러들의 평균적인 기술보다 더 괜찮은 당구 기술이—필요했다. 더군다나 그는 최고가 아니면 게임을 하지 않았다. 에디는 그의 모든 것이 흥미로웠다. 버트는 태생적 주선자, 중매쟁이답게 확실하게 흥미를 유발하며 현란하게 말을 늘어놓았다.

버트가 말을 마친 뒤 에디가 계란을 다 먹고 입을 열었다. "렉싱턴에는 어떻게 가요?"

"내 차를 타고 가지."

"괜찮네요." 연식이 오래된 패커드보다 급이 훨씬 높아졌다. 물론 찰리와 같이 출장 가는 게 더 좋긴 하지만. "비율은요?"

버트가 그를 보고 눈을 깜빡였다. "75."

에디는 입을 닦던 냅킨을 내려놓았다. "뭐라고요?"

"75. 내가 75프로를 먹고 자네가 25프로."

그건 말도 안 되는 일이었다. 선심을 쓰고 또 써서 50 대 50이면 모를까……. "당신이 뭐…… 제너럴 모터스라도 됩니까? 당신 몫이 너무 크잖아요."

버트의 얼굴에서 즉시 미소가 사라졌다. "몫이 크다니 그게 무슨 말인가? 그렇다면 자네는, 어쨌거나 요즘 시세로 봤을 때 어느 정도 비율이 적당하다고 생각하는데? 나는 자네가 경기를 할 수 있는 자리를 마련해 주고 있네. 그것만 해도 10퍼센트야. 그리고 비용도 내가 댈 거고, 교통수단까지 제공한다고 하지 않았나. 게다가 내 시간도 투자하지. 시간이 쓸모없는 건 아니지 않은가. 그러니까 내가 75퍼센트를 가져야지. 만약 자네가 이긴다면 말이야."

에디가 그를 경멸하듯 쳐다보았다. "내가 질 것 같아요?"

버트의 목소리는 차분했다. "난 자네가 지는 것밖에 못 봤네."

"내가 미네소타 뚱보한테 8,000달러 따는 거 봤잖아요."

버트의 목소리에 다시 불쾌함이 깔렸다. "이봐, 자네는 내기 당구를 원해, 맞지? 그 게임은 미식축구와 달라. 거리만 보고 돈을 내지 않는다고. 허슬이 끝나면 아주 간단하게 점수만 계산하는 거지. 게임이 끝나고 나서 돈을 얼마나 땄는지 세어 보는 거라고. 바로 그게 최고를 찾아내는 방법이다, 이 말이야. 유일한 방법이지."

"좋아요." 에디가 답했다. "그런데 왜 나한테 이래요? 다시 돌아가요. 포커 게임이나 하면서 돈이나 왕창 벌라고요. 어차피 당신은 다 알고 있잖아요."

버트가 다시 미소를 지었다. "나는 이미 돈이 많아. 그리고 요새 포커가 너무 지루하더라고."

"오늘 오후에만 해도 50달러는 땄을 거 아닙니까."

"그게 내 비즈니스야. 나는 경기를 원하지. 그리고 자네가 그런 경기에 잘 맞는다고 판단했을 뿐이고. 아까도 말했듯이 자네는 재능이 있어."

"그것참 고맙네요."

"그러면 같이 렉싱턴으로 갈 건가?"

에디가 그를 쳐다보았다. 버트는 에디에게 처음 술을 권했을 때부터 이미 작업을 시작했을 거란 생각이 머릿속에 번뜩 떠올랐다. "안 갑니다."

버트가 어깨를 으쓱했다. "마음대로 하게."

"그럴 겁니다. 당신 몫을 조금 줄인다면 나중에 더 이야기해 볼 수는 있겠죠."

"그렇다면 더 이야기를 나눌 일은 없겠군. 나는 잘못된 선택을 하지 않아."

에디가 자리에서 일어났다. "술 고마워요."

"잠깐." 버트도 자리에서 일어나 그를 바라보았다. "돈 문제는 어떻게 할 생각인가?"

"당구장을 배회하면서 벌어야죠. 어떤 사람이 아서 당구장에서 내기 당구를 하는 방이 있다고 알려 주더군요."

버트의 얼굴에 걱정이 번졌다. "거기는 가지 말게." 그가 말했다. "자네가 갈 만한 곳이 아니야. 그자들이 당신을 산 채로 잡아먹을 거야."

에디는 그를 내려다보며 웃었다. 그의 옆에서, 그가 일어서 있는 곳에서 보니 버트가 무척 작아 보였다. "나를 언제 찍었어요?"

버트가 두꺼운 안경 너머로 에디를 빤히 응시했다. "언제인지는 모르겠네." 그가 조용히 답했다.

11

에디는 새라의 아파트로 가지 않고 다른 바(Bar)로 갔다. 그곳은 굉장히 소란스럽고 정체를 알 수 없는 도박이 진행 중이었다. 어떤 여자가 높은 의자에 앉아 컵에서 주사위를 꺼내 흔드는 동안 남자들이 그녀의 주변에 서서 술을 건 내기를 하며, 패배하면 시끄럽게 소리를 질러댔다. 소음 아래로는 주크박스에서 나오는 음악이 끝도 없이 이어지고 있었다. 술을 두 잔째 마시고 있자니 문득 지금 이러고 있는 것이 결코 좋지 않다고, 예전에도 그랬지만 앞으로도 그에게 절대 도움이 되지 않을 거라는 깨달음이 스쳤다. 다른 걸 찾아야만 했다. 이 시카고라는 도시의 함정에서 빠져나올 수 있는 무언가를 찾아야 했다. 그 함정은 어지럽게 비틀려 있지만, 그를 죽이지는 않았다. 그러나 그의 자신감을 비틀어 놓았다. 그것이 그를 투덜이로, 2달러짜리 도박꾼으로 만들어 놓았다. 또는 종업원이나 다른 사람 소유의 인간으로 만들 수도 있었다. 그는 술값을 내고 문을 나섰다. 한참을 걸었는데도 주크박스 음악이 희미하게 들렸다. 더는 음악 소리가 들리지 않을 때까지도 쩌렁쩌렁한 소음이, 형편없이 쿵쿵대는 멜로디가 머릿속에서 울렸다.

큐대를 보관해 놓은 버스 터미널로 갔다. 그럴 생각은 아니었지만, 그게 가장 가치 있는 일이었고, 그것만이 자신을 원하는 방향으로 이끌어 갈 단 하나의 길이었다.

주머니에 보관함 열쇠가 있었다. 오른쪽 보관함을 찾아가 둥그스름한 큐대 케이스를 꺼냈다. 곧바로 버스 터미널에서 케이스를 열었다. 당구 큐대를 들고 우두커니 서 있는 자신이 바보처럼 느껴졌다. 이제 뭘 어떻게 해야 할까? 베닝턴으로 가서 미네소타 뚱보에게 큰 소리 떵떵 지르면서 포켓 당구 한 판 하자고 해야 할까? 200달러 걸고?

생각보다 위스키를 많이 마신 상태였다. 문을 나서다가 어떤 나이 든 여자와 부딪쳤다. 주름이 자글자글하고 누추한 그 여자의 팔 아래에는 어떤 연극의 팸플릿이 끼워져 있었다. 그녀가 에디를 빤히 쳐다보았고, 그는 그녀를 노려보며 휙 밀치고 밖으로 나갔다.

큐대를 팔 아래에 끼운 채 코트 주머니에 손을 쑤셔 넣고 새라의 집까지 세 블록을 걸어갔다. 내면의 무언가를 바깥으로 몰아내려는 듯 가죽 구두로 콘크리트 바닥을 세게 밟아 또각또각 소리를 들으면서 실크 셔츠의 목 단추를 풀었다. 버트 때문은 아니었다. 버트는 고양이가 쥐를 습격하듯 교묘하게 기회를 노리는 타입이었지만, 그 때문이 아니란 걸 에디는 알고 있었다. 어쨌든 버트는 피에 목마른 고양이가 아니었다. 물론 이치에 맞게 합리적으로 탐욕스러운 사람이긴 했지만. 미네소타 뚱보도 완전히 피에 굶주린 사람은 아니었다. 뚱보는 에디의 굴욕을 목격한 부속품에 지나지 않았다. 하지만 에디는 돈을 많이 땄고, 기분도 무척 좋았으며, 뚱보에게 절대 손도 대지 않았다. 그를 흔들지도 않고, 움직이게 하지도, 밀치지도 않았다. 그의 거대한 얼굴에 가려진 파묻힌 눈알이 조용하고 빠르게 움직이는 것을 전혀 경계하지 않았다. 그런데 에디에게 무슨 일이, 저 깊이 숨겨진 수치스러운 일이 벌어진 것이었다. 대체 그게 무엇이었을까? 에디는 왜 미네소타 뚱보에 대해, 그날 밤 베닝턴 당구장에 대해 생각하지 않으려는 걸까? 사람은 같은 실수를 두 번 하지 않으려면 그 실수에 대해 고민해 봐야 한다.

그는 버트를 떠올려 보았다. 버트는 참 흥미로운 사람이었다. 그는 도박꾼의 패배하고자 하는 태도에 대해 알려 주었다. 그건 말이 되지 않는다. 어쨌거나 에디는 그런 부분을 생각하고 싶지 않았다. 날이 어두워졌지만 공기는 여전히 후덥지근했다. 땀이 흐르는 걸 알아채고 걸음 속도를 늦추었다. 아이들이 길에서 공으로 건물 벽을 치며 놀고 있었다. 그는 새라가 보고 싶었다.

집 안으로 들어갔을 때 새라는 옆의 작은 테이블에 색이 진한 위스키를 한 잔 올려놓고 책을 읽고 있었다. 그녀는 그를 보지 못한 것 같았고, 그는 말을 꺼내기 전에 자리에 앉아서 그녀를 바라보았다. 처음에는 그녀를 쳐다보지 않았었다. 방 창문이 열려 있긴 했지만 아직 공기가 후덥지근했다. 밖의 소음이 너무 선명해서 꼭 집안에서 나는 소리 같았다. 옷장 안에서 누군가 기어를 변속하는 듯했고, 아이들이 화장실에서 공놀이를 하는 듯했다. 집안의 빛이라고는 그녀가 앉아 독서를 하고 있는 소파 위 램프에서 나오는 불이 전부였다.

그가 그녀의 얼굴을 계속 바라보았다. 그녀는 많이 취했는지, 눈이 퉁퉁 붓고 눈가가 충혈되어 있었다. "무슨 책이야?" 그는 평상시에 대화하듯 자연스럽게 말하려 노력했다. 그러나 바깥 소음이 너무 시끄러웠다.

그녀가 그를 올려다보며 졸린 듯 웃었다. 아무 말 없이.

"무슨 책이냐고." 그의 목소리에 날이 서 있었다.

"아, 키르케고르 책. 쇠렌 키르케고르." 그녀가 소파에서 다리를 쭉 뻗었다. 치마가 무릎 위로 살짝 올라갔다. 그는 고개를 돌렸다.

"그게 무슨 책인데?" 그가 물었다.

"음, 나도 정확히 모르겠어." 그녀의 잠긴 목소리는 부드러
웠다.

그는 자신이 무엇 때문에 기분이 상했는지 파악하지 못한
채 새라에게서 다시 얼굴을 돌렸다. "그게 무슨 소리야? 당신
도 모른다니?"

그녀가 그를 보고 눈을 깜빡였다. "에디, 내 말은 이 책이
무엇에 대한 책인지 정확히 모르겠다는 뜻이야. 누가 읽어 보
라고 해서 읽는 거라고."

그는 그녀에게 미소를—오래전부터 계속된 별 의미 없는,
자동으로 지어지는 미소를, 모두가 그를 좋아하게 만드는 그
미소를—지으려 노력하며 그녀를 바라보았지만 선뜻 미소가
지어지지 않았다. "대단하네." 그가 내뱉었다. 생각했던 것보
다 짜증스러운 말투가 쉽게 툭 튀어나왔다.

그녀가 책을 덮어 옆으로 끼워 넣었다. 그러고는 팔짱을 낀
채 그를 보며 싱긋 웃었다. "안 좋은 일이 있었나 보네, 에디.
같이 술 한잔할래?"

"아니." 그는 새라가 그를 포용하고 친절하게 구는 게 마음
에 들지 않았다. 그리고 술도 마시고 싶지 않았다.

그녀의 미소는, 술에 취해 기분 좋은 그 미소는 변하지 않

왔다. "그러면 우리 다른 이야기하자." 그녀가 제안했다. "당신이 들고 있는 케이스에 대해 이야기해 보면 어때? 안에 뭐 들었어?" 그녀는 캐묻고 있지 않았다. 단지 친근하게 대할 뿐이었다. "연필?"

"그래, 맞아. 연필이야." 그가 답했다.

새라가 눈썹을 살짝 올렸다. 목소리가 쉬어 있었다. "에디, 그 안에 진짜 뭐 들어 있어?"

"맞혀 봐." 그가 케이스를 소파로 툭 던졌다. 그녀는 케이스를 들고 손으로 더듬으며 위에 있는 버클을 열었다. 그녀가 실크처럼 매끄러운 큐대 아랫부분을 꺼내고 "오, 신기하다." 라며 얇은 막대기도 마저 꺼냈다. "이거 어떻게 하는 거야?"

"막대기 2개를 돌려서 조여."

그녀는 미간을 찌푸리며 집중했고, 술에 취했음에도 제법 능숙하게 두 부분을 제 위치에 두고 곧잘 연결했다. 큐대를 무릎 위에 두고 부드러운 끝부분을 가볍게 만졌다. 그 후 눈을 크게 뜨고 불쑥 소리쳤다. "이거 큐대네!"

"맞아."

"고급 지팡이 같아. 여기 새겨진 무늬하며……." 그때 무언가 그녀의 머릿속을 일깨웠는지 이런 질문을 했다. "당신 내기 당구해? 노름꾼이야, 에디?"

그가 그 단어를 좋아할 리 없었다. 그녀의 목소리 톤과 말투도 마음에 들지 않았다. "돈 걸고 당구 쳐." 그가 말했다. 그녀는 술을 한 모금 마시고 몸을 부르르 떨더니 의식적으로 웃었다. "난 당신이 영업사원인 줄 알았어. 아니면 뭐 배짱 있는 남자라든지……." 그녀가 그를 보고 히죽였다. "모르겠어. 뭔가 이상한데……."

그는 잠시 그녀를 가만히 쳐다보았다. 그녀가 말을 꺼낼 때까지. 그리고 물었다. "왜?"

그녀가 무릎 위에 있는 큐대를 다시 돌아보았다. "당구 노름꾼은 처음 봐. 그런 사람들은 전부 더블 단추가 달린 줄무늬 정장을 입고 다니는 줄 알았는데……."

그는 그 말을 받아치려 했지만 하지 않았다. 새라가 손톱을 잘근잘근 씹다가 물었다. "왜 당구를 쳐?"

그는 예전에도 여러 번 이런 질문을 받았었다. 늘 여자들에게만. "왜? 그러면 안 돼?"

그녀는 진지하게 말하려 애쓰고 있었다. 그러나 그녀의 목소리에는 여전히 취기가 상당했다. "내 말 무슨 말인지 알잖아. 그럼 그걸로 생계를 유지하는 거야?"

"뭐, 가끔은. 앞으로는 더 많이 벌 거야."

그 말이 그녀를 몹시 화나게 한 것 같았다. "대체 왜 당구냐고. 다른 거 하면 안 돼?"

"어떤 거?" 처음으로 그의 눈에 그녀의 팔꿈치에 난 옅은 주

근깨가 들어왔다. 막연하게 짜증이 났다.

"어물쩍 넘어가려 하지 마." 그녀가 말했다. "내 말 알아들었
잖아. 그러니까…… 보험을 팔거나 뭐 그런 거 하면 되잖아."

그는 그녀를 침대로 데려가야 하나 고민하며 잠시 그녀를
바라보았다. "아니." 그가 말했다. "내가 하는 일도 괜찮아."

그는 더 노력할 가치가 없다고 판단했다. 소파에서 일어나
몸을 쭉 펴고, 침실로 들어가서 서랍장 앞의 거울을 보고 머
리를 빗기 시작했다. 거울 테두리에는 거실의 광대 그림 액자
처럼 하얀색 프레임이 덧대어져 있었다. 그는 꼼꼼하게 머리
를 빗고 왼쪽으로 넘긴 다음 살짝 웨이브가 들어간 곳을 매만
졌다. 머리를 자를 때가 되었다. 커트는 늘 성가신 일이었다.

새라가 거실에 앉아서 그에게 말했다. "당구가 형편없는 스
포츠라는 말을 들은 적이 있어."

그가 주머니에 빗을 집어넣었다. "사람들은 그렇게 말하
지." 그가 받아쳤다. "나도 들어 본 적 있어."

"재밌네." 그녀는 목소리에 감정을 싣지 않으려 노력했다.
"정말 그렇게 생각해?"

그가 다시 거실로 돌아왔다. 그는 새라를 보지 않고 대신
광대를 쳐다보았다. 나무 지팡이를 들고 있는 광대가 어쩐지
슬프고 심술궂어 보였다. 광대의 손가락은 대충 그려져 있기
는 해도 우아하고 결기 있어 보였다. 겉보기에 광대는 불행한

것 같아 보여도 이리저리 떠밀리지는 않았다. 멋지고 우직한 광대는 사람들에게 존경받는 존재였다. 에디는 다시 한번 몸을 쭉 폈다. 계속 그림을 보고 있어서 새라를 등지고 있는 상태였다. "맞아, 형편없어." 왠지 면도를 깨끗하게 해야 할 것 같은 느낌이 들었다. "형편없는 스포츠 맞아."

그러고는 욕실로 가서 옷을 벗어 욕조 끄트머리에 옷가지들을 걸쳤다. 변기 뒤쪽에는 새라가 항아리에 넣어 둔 거북이한 마리가 있었다. 지금은 자고 있는 듯했다. 에디는 거북이를 관찰하지 않았다. 그러나 거북이에 대해 생각하기는 했다. 자족적이고 신중하며 내성적인 생물체. 버트처럼 견고하고 믿음직한 그 생물체가 지금은 2개의 집에 틀어박혀 있었다. 하나는 신이 주신 것, 다른 하나는 싸구려 잡화점에서 산 것이다. 거북이는 질문을 하지 않았고, 대답을 할 필요도 없었다.

에디는 잠옷으로 갈아입고 침대로 향했다. 침실 불을 끄기전에 새라가 거실에서 벽만 응시하고 있는 모습을 보았다. 그는 돌아누워서 곧바로 잠에 들었다.

12

꽤 오래 달리던 택시가 창고들이 밀집한 지역으로 들어섰다. 그 지역은 시끄러웠고, 길에 꼬질꼬질한 아이들과 안과 병원, 술 가게, 점집이 있었다. 블록 가운데에 있는 목조 건축물에 달린 색이 바랜 간판에는 **아서 당구장**이라고 적혀 있었다. 건물 한쪽에는 버려진 창고의 쓰레기 더미들이, 그 반대편에는 공터가 있었다. 토요일의 이른 저녁, 바에서의 시끌벅적한 대화 소리와 컨트리풍 음악이 열린 택시 창문으로 흘러들어왔고, 허리가 구부정하고 나이 든 한 남자가 큰 소리로 투덜대면서 발을 질질 끌며 길을 따라 내려가고 있었다.

에디는 운전기사에게 되돌아가 달라고 말하고 싶었다. 익숙하지 않은 장소라 그런지 불안했다. 그러나 돈이 필요했으니 게임을 꼭 해야만 했다. 택시에서 내렸다. 바람 한 점 불지 않았다. 뜨뜻미지근한 공기 속 한 움큼의 쓰레기 냄새가 희미하게 코를 찔렀다. 열린 당구장 출입문 사이로 당구공들이 탁탁 부딪치는 소리가 길가에서도 제법 크게 들렸다. 보통 당구장 내부에서 듣는 소리보다 더 큰 것 같았다.

당구장 내부는 상당히 협소했고 공기도 답답했으며, 크레오소트 냄새와 퀴퀴한 소변 냄새까지 은은하게 내려앉아 있었다. 당구장 한가운데의 천장에 날개가 납작한 검은색 팬이 달려 있었다. 팬 가운데 아래로 구불구불한 파리 잡이 끈끈이가 대롱대롱 매달려 있고, 끈끈이에 파리들이 이미 덕지덕지 붙어 있어서 마치 점박이 무늬 같았다. 각 벽의 앞, 널빤지가 깔린 바닥 위에 타구들이 놓여 있고, 타구 주변에는 위스키나 코카 콜라, 세븐업 빈 병들이 모여 있었다.

남자 다섯이 앞 테이블에서 나인 볼을 치고 있었다. 팔꿈치 안쪽에 삼각틀을 걸고 있는 래크 보이 옆에 딱 한 사람이 경기를 구경 중이었는데, 몸집이 육중하고 눈이 돼지 눈을 닮은 그는 중절모 챙을 구부러뜨린 채 앞부분을 안전핀으로 고정해 놓았다. 당구대 위로 쨍한 빛을 발하는 전구가 천장 밖으로 나온 너덜너덜한 전기선에 매달려 있었다. 전구들이 팬 때문에 부르르 흔들렸다. 전기선 사이에는 **오픈 게임**이라고 적힌 지저분한 판지가 묶여 있었는데, 아래에는 누군가가 연필로 **위험을 감수하라**라고 써 놓았다.

남자들은 전부 카키색 바지와 하얀 티셔츠 또는 반들반들한 캐주얼 셔츠 차림이었으며, 셔츠가 살짝 안이 비치는 재질이어서 러닝셔츠가 조금 드러났다. 에디의 또래 같은 얼굴이 호리호리하고 창백한 한 청년도 카키색 바지와 셔츠를 입고 있었지만, 전체적으로 말쑥하고 눈빛이 날카로워 보였다. B급영화 버전의 허슬러 같았다. 다시 말해 노름꾼 같은 느낌이었다.

에디는 벽에 등을 기댄 채 몇 경기를 더 지켜보았다. 누구도 그를 의식하지 않았다. 다들 경기에 온전히 집중하고 있었다. 에디는 코트를 입고 오지 않아서 다행이라는 생각이 들었다. 창백한 청년이 계속 이기는 모양이었다. 경기 스타일이 괜찮아 보였고, 머니볼*을 만들어 내는 방법도 잘 알고 있었다. 그래서 다들 그를 '럭키'라고 불렀고, 그건 훌륭한 허슬러에게 최고의 찬사였다. 한번은 그 청년이 나인 볼 게임에서 콤비네이션 뱅크 샷을 너무나도 확실하게 해냈고, 그때 에디는 모자에 안전핀을 꽂은 덩치의 얼굴을—다른 이들이 그를 거북이라고 불렀다—그의 얼굴을 자세히 들여다봤지만, 누군가 청년에게 "이런 럭키 새끼."라고 하는데도 덩치의 넙데데한 얼굴에는 그 어떤 놀라움이나 관심이 드러나지 않았다.

---

* 포켓에 넣거나 넣는 데 성공하면 상금이 지급되는 모든 공

그들은 9번 공에 2달러를, 5번 공에 1달러를 걸었다. 꽤 괜찮은 게임이었다. 잘하면 2, 3분 안에 12달러를 벌 수 있었다. 그곳의 당구대는 120×240센티미터로 크기가 작은 편이고, 드롭 포켓은 공들이 줄지어 쉽게 내려갈 수 있게 되어 있었다. 일류급 나인 볼 선수들에게도 제약이 많은 당구대였기에, 공을 놓치지 않으려면 포켓 당구를 좀 치는 사람일지라도 열심히 노력해야 했다. 에디의 손가락이 큐질을 하고 싶어 근질대기 시작했다.

그러나 그는 직접 게임을 찾아 들어갈 필요가 없었다. 20분 뒤 한 선수가 경기를 그만두자 창백한 청년이 에디를 깔보며 건방지게 물었다. "한판 할래요?"

에디가 그를 쳐다보았다. 그는 이런 타입을 늘 싫어했다. 날카로운 스타일의 오만한 이류 허슬러 새끼. "음," 에디가 싱긋 웃으며 답했다. "뭐, 재미 삼아 해 보죠."

"그러시든가." 청년이 무심해 보이려 입술 한쪽을 아래로 내려뜨렸다. 컨트리 음악 가수들 사진에서나 볼 법한 그의 표정은 사실 비웃음이었다. "당신이 누구와 재미 삼아 하는지 한번 봅시다."

계속 구경만 하던 덩치가 껄껄 웃었다.

에디는 미소를 유지했다. "나는 언제나 나와 재미 삼아 경기하고 있는 사람을 봅니다. 조준에 도움이 되거든요." 그러나 덩치는 그 말에는 웃지 않았다.

에디가 선반에서 큐대를 집어 들고 이번 게임에는 특별히 신중을 기하며, 몇 년 전 찰리가 그에게 연습시켰던 그 불편한 방식 그대로 경기를 시작했다. 청년을 속여야만 했다. 그자가 돈을 쥐고 있는 사람이니까. 허슬러를 속이는 일은 쉽지 않다. 그래서 일부러 형편없이 경기를 운영했다. 그 와중에도 가끔씩은 적절한 타이밍에 정확한 샷을 쳤고, 종종 무승부로 게임을 마무리했다. 그런 뒤 에디는 아직 의심이라곤 전혀 없는 청년을 계속 주시했다.

1시간 정도 지난 후 에디는 마치 몸이 뜨거워지고 땀이 조금씩 나는 것처럼 행동하면서—이것도 찰리가 가르쳐 준 것이다—본격적으로 승리를 거머쥐려는 척 고개를 빳빳이 들고 거드름을 피우며 거칠게 샷을 때리는 듯 굴다가, 그래도 상대에게 설득력을 잃으면 안 되니 일부러 공을 잘못 치곤 했다. 청년은 에디가 바라는 대로 계속 좋은 샷을 쳤고, 덕분에 애쓰지 않아도, 그리고 큰 행운도 필요 없이 공들이 알아서 잘 굴러다녔으며, 에디는 독기와 기술로 머니볼을 포켓 안으로 밀어넣었다. 청년은 공을 지배하는 힘을 자기 자신에게 납득시키려는 듯 샷을 치기 전에 매번 9번 공을 향해 비웃음을 짓는 것 같았다. 1시간이 채 지나기도 전에 그들은 투덜대는 남자들을 게임에서 쫓아냈다. 에디는 60달러 정도 벌었다. 청년은 꽤 자주 돈을 긁어모았으니 분명 에디보다 더 많이 땄을 것이다. 한번은 에디가 패배해 청년에게 돈을 주었는데, 어떤 남자가 에디를 흘겨보며 "쉽지 않구만."이라고 했고, 그러자 에디는 속으로 그냥 닥치고 기다려. 이 새끼야, 라고 중얼거리며 히죽 웃었다.

이제 마지막 선수까지 게임에서 물러났고, 같이 게임을 하던 남자들은 모두 덩치 옆으로 가 서 두 사람을 지켜보았다. 청년이 아까와 같은 표정으로 에디를 보며 말했다. "당신과 나 둘뿐이네요."

"그러게요." 에디는 친근한 말투를 구사하려 노력했다. "우리끼리 할까요?"

청년은 주저하지 않았다. 그가 말했다. "9번 공 5달러, 5번 공 2달러."

"그러죠." 에디가 말했다.

에디는 청년이 연달아 두 번 이기도록 두었는데 그건 단지 나중을 위함이었고, 이제야 비로소 게임에 진지하게 임하는 척하며 마지막 게임도 져 주었다. 1번 공부터 7번 공까지 신중하게 샷을 치다가 간단한 샷만 확실하게 남겨둔 채 초조한 척 연기하며 8번 공에서 실수를 했다. 이건 상대에게 신뢰를 쌓을 때 쓰는 일반적인 수법이었다. 앞서 어려운 샷들을 힘겹게 해낸 다음 쉽게 승리를 거머쥘 수 있다는 생각에 잠식되어

질식하고 마는 것. 에디는 청년이 아마추어 게임을 완전히 떨쳐 버리고 본인의 경기 방식을 유지하면서 8번과 9번 공을 포켓에 넣는 모습을 보고 있었다. 재미있었다.

"이봐요," 에디가 말했다. "당신이 최고네."

상대는 잠시 아무 말도 하지 않았다. 냉소를 띤 채 한 손을 바지 뒷주머니에 찔러 넣고 다른 손으로 큐대를 가볍게 잡고서 짧은 손가락을 섬세하게 앞으로 내밀고 서 있었다. 그러고는 말했다. "어이, 이제 그만?"

에디는 그를 뚫어지게 쳐다보았다. 그러다 말을 내뱉었는데, 어느새 자신의 목소리에 담겨 있는 분노에 흠칫 놀랐다. 그는 더 이상 웃지 않았다. "아니." 그가 단조롭게 말했다. "나는 그만두지 않습니다." 그러고는 "100달러 걸고 합시다. 한 게임에 10달러씩 걸고 게임을 열 번 하는 거죠. 승자가 전부 가져가는 거로. 그러고 나면 누가 그만둘지 알 수 있겠군요."

청년이 그를 냉랭하게 쳐다보았다. *그래, 그거야.* 에디가 생각했다. *넌 지금 날 손에 넣었어, 지 잘난 맛에 사는 머리에 피도 안 마른 새끼야.*

"좋아. 그렇게 하죠."

두 사람이 공을 굴렸고, 에디가 브레이크 샷을 따냈다. 당구장 주인이 공을 래크하는 동안 에디는 속으로 생각했다. *내가 이기면 저 놈은 그만둘 거야.* 그러고는 큐대를 벽에 기대어 놓고 소매를 신중하게 말아 올리며, 누추하고 싼티 나는 당구장을 둘러본 뒤 자그마한 당구대를 쳐다보았다. 그리고 큐대를 집어 들어 초크 칠을 했다. "자," 그가 부드럽게 말했다. "시작합시다."

그가 당구대 쪽으로 올라서서 예전부터 몸에 배어 있어 저절로 취해지는 자세를 잡고 부드러우면서 강한 스트로크로 브레이크 샷을 쳤다. 큐볼이 래크되어 있는 공 9개를 강타했고, 샷 한 번에 공 3개가 포켓으로 쏜살같이 달려들었다. "첫 번째." 에디가 애써 미소 지으며 말했다. 하지만 그의 목소리는 그가 듣기에도 이상하게 딱딱하고 거슬리는 톤이었다. 결국 그 목소리 톤이 머릿속을 뒤흔들었다. *이런 데 반응하면 안 돼. 허슬할 때는 이렇게 하면 안 된다고. 너무 침착해 보이는 것도 현명하지 않아. 아니, 완전히 별로야. 특히 이런 곳에서는 더욱더.* 그는 구경꾼들을 흘긋 바라보았다. 그들의 얼굴에는 표정이 없었다. *그냥 몇 판은 내 주는 게 낫겠어.*

브레이크 샷에서 9번 공까지 바로 넣는 건 더 좋지 않을 터였다. 그런 샷은 도저히 믿을 수 없는, 너무 현란한 샷이었다. 대신 이번 두 번째 샷에서는 공을 최대한 멀리 흩어놓아야 할 것이다. 그는 브레이크에서 공 2개가 세게 부딪쳤다는 걸 알고 있었다. 쉬지 않고 샷을 치며 테이블에서 눈을 떼지 않고 나머지 공 7개가 테이블 위를 굴러다니는 걸 지켜보았다. "두 번째." 그가 말했다. 벽에 서 있는 구경꾼들 사이에서 잔잔한 웅성거림이 일었다.

공이 래크되는 동안 에디는 옆 테이블에 기대고 서 있는 청년을 흘긋했다. 그의 입에 담배가 매달려 있었다.

다음 게임에, 에디는 두 번째 샷에서 가볍게 콤비네이션을 만들어 낸 다음 9번 공을 넣고 이겼다. 네 번째 게임에서는 1번부터 9번까지 모두 한 번에 넣어 버렸다. 그러고 나자 내면의 누군가가 그에게 그러지 말았어야 했다고, 잘하는 것처럼 보이지 말아야 했다고 면박을 주었다. 다음 게임에서는 공을 놓쳐야 할 것이다.

나인 볼 규칙상 전 게임 승자가 브레이크를 하기 때문에 에디가 브레이크 샷을 치려고 하는데, 큐대를 뒤로 당긴 그때, 무례하고 느릿느릿한 목소리가 들렸다. "실수하지 않는 게 좋을 걸." 에디는 스트로크를 멈추고 청년을 올려다보았다. 그리고 차갑게 웃었다.

"난 흔들리지 않아." 그가 답했다. "내가 당신을 납작하게 밟아 줄 거니까."

간단했다. 정말 놀라울 정도로 간단했다. 그리고 빨랐다. 작은 당구대와 드롭 포켓, 조용한 분노에도 에디의 큐대는 평정을 유지했고, 다음 여섯 경기에서도 단 한 번의 실수 없이, 사실 실수에 가까운 샷도 하나 없이 전부 완벽하게 처리했다.

공들 대부분을 가볍게 밀어넣었고, 데드볼 포지션에 있는 공은 칼로 베듯이 쳐서 포켓으로 넣었다.

게임이 끝나자 청년의 냉소가 사라졌고 웅성임이, 에디를 칭송하는 웅성거림이 에디의 귀로 흘러들었다. 청년이 돈뭉치를 당구대 위로 던졌을 때, 에디는 돈을 흘긋 보기만 할 뿐 집어 들지는 않았다. "이제 그만하나?"

청년이 그에게서 돌아서더니 큐대를 거치대에 넣었다. "제기랄, 그래. 그만합시다, 그만해." 그는 대수롭지 않은 척 어깨를 움찔거렸다. 그 뒤 청년은 당구장 밖으로 나갔고, 에디의 머릿속에 불현듯 불과 몇 주 전 게임에서 패배하고 당구장 밖으로 걸어 나와 만신창이가 된 채 비틀대다가 배 속이 뒤집어져 쓰러졌던 자기의 모습이 떠올랐다. 문득 자신과 비슷한 나이대의 코흘리개 허슬러 놈을 자기가 왜 그렇게 싫어하고 경멸했는지 깨닫게 되었다.

에디는 고개를 들어 구경꾼 다섯을 쳐다보았다. 뭔가 잘못되었다는 느낌이 갑자기 확 몰아쳤다.

자리에서 일어났다. 뒤에 당구대가 있고, 앞에는 한 줄로 선 남자들이 있었다. 그들이 그의 쪽으로 점점 다가오는 듯했다. 그들 중 한 사람이, 문에서 가장 가까이에 있는 남자가 자세를 바꿔 에디가 빠져나갈 수 없게끔 자세를 취했다. 그들은 그를 가만히 지켜보고 있었다. 머리 위 전구 2개에서 뿜어지는 흔들리는 빛이 그들의 눈을 번득이게 했다.

한동안 아무도 말하지 않았다. 그들은 예술 작품에 있는 인물들처럼 포즈를 잡고 있는 것 같기도 했다. 에디는 뭘 어떻게 해야 할지 몰라 주머니에서 담배를 꺼내 입에 물었다. 약해 빠진 행동이었지만 그가 할 수 있는 건 그것뿐이었다. 이런 멍청한 놈. 그가 자신을 소리 없이 꾸짖었다. 하지만 그역시 나약하고 의미 없는 짓일 뿐이었다. 무슨 일이 곧 일어날 것 같았다. 어떤 유의미한 일이. 천장에 달린 팬의 날개가덜덜덜 돌아가는 소리가 들렸다. 그 리듬에 맞춰서 검은 줄에걸려 있는 전구도 흔들렸다.

눈빛이 흐릿한 나이 든 남자 한 명이 상스럽게 괄괄댔다. "너노름꾼이지, 이 새끼야, 맞지? 아주 제대로 된 노름꾼이구먼!"

에디는 대답하는 대신 그 덩치 큰 남자, 거북이에게로 시선을 옮겼다. 그는 두꺼운 입술을 뿌루퉁 내밀고 돼지 같은 눈으로, 지금은 악의가 가득 담긴 그 눈으로 그를 경멸하듯 노려보며 그의 앞을 지나쳐 당구대로 저벅저벅 갔다. 그리고는 테이블 쪽으로 고갯짓을 하며 "당신 돈이야."라고 했다.

순간 에디는 노골적이고 악의적인 경멸이 저 돼지 같은 눈이 내뿜는 유일한 표현인지 궁금했다. 그가 머뭇대자 거북이가 다시 말했다. "네 돈이라고, 이 새끼야." 에디는 돌아서서돈으로 손을 뻗었다. 돈이 손에 들어오기 직전에—너무 빨라서 무슨 일이 벌어졌는지 볼 수 없었지만—뜨겁고 뭉툭한 손가락이 그의 손목을 움켜잡았고 즉시 넙데데한 얼굴이 그의 얼굴 앞에 들이닥쳤다. 덩치가 무언가 중얼거렸지만, 에디에게는 이렇게 끝맺는 말만 들릴 뿐이었다. "…이 개 같은 노름꾼 새끼." 목구멍 깊숙이에서 뿜어져 나온 그 발언이 부글대는 거친 호흡, 냄새, 그리고 증오 가득한 강한 어조와 함께 에디의 얼굴로 쏟아졌다.

다른 사람이 반대쪽 팔을 잡고 당기기 전까지 에디는 두려울 여유조차 없었다. 거북이가 이제 모두에게 공연히 알렸다. "잠깐만. 이 새끼한테 돈 주자." 에디의 셔츠 주머니에 돈을 찔러 넣고는 말했다. "우리가 게임에서 잃은 돈은 우리가 지불해야 하는 돈이니까." 그리고는 그의 얼굴을 장악하고 있는 추함과 권력을 에디에게 들이밀며 그를 노려보았다. "하지만 우리는 노름꾼 새끼를 좋아하지 않아." 거북이가 에디에게 얼굴을 더 가까이 들이밀고 셔츠 주머니에 찔러 넣은 돈을 손가락으로 툭툭 치면서, 조금 전보다 은밀하게 사심을 담아 말했다. 그 돈을 잃게 될까 봐 두려운 듯이. 에디가 그 돈을 테이블 위로 다시 싸지를 수 있다는 듯이. "노름꾼에게는 하등 필요하지가 않지." 거북이는 자기가 하고자 하는 일을 완벽하고 깔끔하게 하려고 했다.

그러고는 에디를 저 뒤편 나무 변기가 있는 곳으로 끌고 가더니, 남자 둘이 그를 붙들고 있게 하고 에디의 엄지손가락을 직접 우두둑 부러뜨렸다. 양손으로 처음에는 왼쪽을, 그다음에는 오른쪽을 단단하게 잡아 작은 뼈가 부러질 때까지 뒤로 꺾었다.

에디의 뒷벽 중간에 60×20센티미터 크기의 벽판이 못에 걸려 있었다. 그 벽판 위에는 빈병들이 줄지어 세워져 있었는데, 벽에 고정된 에디의 몸이 이리저리 부딪히고 움직이자 병들이 바닥으로 우수수 떨어졌다. 쨍그랑 소리와 함께 와장창 깨지고 난리가 났다. 하지만 에디에게는 그 소리가 들리지 않았다. 저 편에서 아득히 들려오는, 그럼에도 쨍그랑 소리보다 더 크게 들리는 자신의 비명소리 때문에.

13

 에디는 팔을 옆으로 축 늘어뜨린 채 계단에 앉아 있었다. 계단 바닥이 차갑고 축축했다. 다리 사이로 보이는 칙칙한 콘크리트의 세모 모양 바닥을 응시했다. 모퉁이에 있는 가로등 빛이 약해서 아주 잘 보이지는 않았다. 그렇다 해도 별반 다를 건 없었다. 조금 전에 누군가가 그의 얼굴 측면을 퍽 후려쳤었는데, 통증이 이제야 느껴졌다. 얼굴 옆쪽은 아팠지만 두 손에는 아무런 감각이 없는 것 같았다. 전혀 아프지 않았다. 전혀.

 갑자기 내면의 목소리가 크게 소리쳤다. 어쨌든 이제 내 손목 아니잖아, 라고. 아무래도 울고 있었던 모양이다. 울고 있었다는 생각에 자기도 모르게 흠칫 놀랐다. 이제 기억이 났다. 그러나 손을 들어 올려 확인하지는 않았다. 그냥 아서 당구장 문 앞에, 그 앞 계단에 계속 앉아 있을 뿐이었다. 조금 전에 팔꿈치와 무릎, 어깨로 문을 쾅쾅 두드렸었다. 전부 다 기억이 났다. 어떤 남자들이 문 밖으로 나오더니 돌연 그를 때렸고……

얼마 후 누군가 걸어오는 소리가 들렸다. 그러나 그는 고개를 들지 않았다. 울림이 깊은 목소리가 말을 걸었다. "이봐요, 이제 집으로 가요. 여기 문 닫았어요."

에디는 고개를 들었다. 파란색 정장을 맵시 있게 차려입은, 땀을 흘리고 있는 젊은 흑인 남자가 그를 이상한 시선으로 보고 있었다. 에디가 대답하지 않자 남자가 이어 말했다. "당신 다쳤어요. 병원에 가 보세요." 남자의 몸이 부드럽게 기우뚱 기우는 것 같았다. 번들대는 얼굴에 걱정이 가득했다. "여기요. 뭘 좀 마셔야 할 것 같아서요." 마치 회사원인 양 가슴 주머니에서 작은 병을 꺼내는 그의 모습은 어딘가 우스워 보였다. 그는 병을 따 주었고, 에디가 쭉 들이켜는 동안 옆에서 병을 잡아 주었다. 에디는 소매로 입가를 닦으면서도 일부러 자기 손을 보지 않으려 노력했다.

"저기요," 또 다른 남자가 잔잔하게 말을 걸었다. "내가 병원에 데려다줄게요. 그게 낫겠어요. 불량배들한테 당했나 보네요."

뭐라도 좀 마시니 에디는 기분이 한결 나아졌다. 그러나 어떻게 일어서야 할지 도무지 대책이 서지 않았다. 어지간하면 손을 디뎌 몸을 일으키고 싶지는 않았다.

"저 좀 일으켜 주세요." 에디가 말했다.

흑인은 아무 말 없이 그를 일으켰다. "이제 괜찮습니다. 고마워요." 에디가 말했다.

남자는 눈을 가늘게 뜨고 에디를 응시했지만 별다른 이의를 제기하진 않았다. "그래도 꼭 병원에 가 보세요. 알겠죠?"

"그럼요." 에디는 그렇게 답하고 터덜터덜 걷기 시작했다.

택시를 잡기까지 시간이 꽤 걸린 것 같았다. 택시에 올라타고 나서 기사에게 목적지를 말하려는데 잠시 생각할 시간이 필요했다. 결국 새라의 주소를 댔다. 택시 기사는 젊은 남자였고 말이 많지 않았다.

제법 긴 시간이 소요되었고, 택시는 도시의 더 밝은 구역으로 들어선 뒤 잠시 교차로에 멈추었다. 에디는 길모퉁이 가로등의 은은한 조명 아래에서 무릎 위로 손을 올리고 가만히 살펴보았다.

이상하게도, 두 손을 직접 마주한 충격은 그리 심하지 않았다. 손이 기괴하게 꺾여 있고, 엄지손가락도 비뚤어져 있었다. 오른손 엄지손가락 관절 윗부분에 부러진 뼛조각이 보였다. 뼛조각 끝이 짙은 갈색을 띠고 있었다. 옷소매는 검붉은 방울들로 얼룩져 있고, 손목에는 핏자국들이 말라붙은 접착

제처럼 쩍쩍 갈라진 상태로 굳어 있었다.

그러나 그 손은 그의 손이 아니라 다른 사람 손 같았다. 또는 몹시 부패한 고깃덩이거나. 게다가 통증마저 없었으니…….

*

그는 새라가 이런 모습을 보면 곧바로 울고불고 난리를 치리라고 생각했다. 집 안으로 들어섰을 때, 그녀는 안경을 쓴 채 눈을 찡그리고 책을 읽는 중이었다. 술에 많이 취한 듯했다. 그럼에도 그를 보자마자 눈을 휘둥그레 떴다.

"세상에." 그녀가 내뱉었다.

그는 자리에 앉았다. 갑자기 배 속이 팽팽하게 당겨지더니 손에도 감각이 느껴지기 시작했다. 통증이 느껴졌다. "나 술 좀." 그가 부탁했다.

"알겠어." 그녀가 서둘러 일어났다. 버번을 큰 잔의 반만큼 콸콸 따르고 그에게 가져오는 그녀의 움직임에는 그 어떤 취기도 드러나지 않았다. 그는 그녀에게 잔을 들어 달라고 말할 필요가 없었다. 술 절반을 한 번에 마시고 그녀에게 이 정도면 충분하다고 말했다.

"괜찮아?" 그녀가 물었다.

"모르겠어."

그녀가 어리둥절한 표정으로 이상하다는 듯 그의 얼굴을 뜯어보았다. "무슨 일이 있었던 거야?"

"많은 일이 있었지." 이윽고 에디는 정신이 몽롱해지면서 서서히 육체가 느껴지지 않았다. 더 차분해진 것 같기도 했다. 기억 속보다 더 차분했다. 그 무엇도 현실 같지 않았다. "얻어터졌어." 목소리마저도 상상 속에서처럼 들렸다. "내 엄지손가락을 부러뜨렸다고."

그녀의 작은 얼굴에 믿을 수 없다는 표정이, 가슴이 아파 일그러진 표정이 드리웠다. 문득 에디는 이 문제가 얼마나 큰 일인지, 얼마나 고통스러운지 그녀가 알 수밖에 없다는 걸 인지했다. 그녀는 자기 다리를 뒤틀어 놓은 소아마비를 앓았었으니까.

"얼른 가자." 그녀가 말했다. "병원에 같이 가 줄게."

*

응급실 조명은 너무 밝았고 나이가 지긋한 의사의 손은 여자 손처럼 부드럽고 촉촉했다. 인턴이 에디의 팔에 주사를 놓고 난 뒤 의사가 그를 살펴보기 시작했다. 의사의 손길이 어쩐지 점잖지 못한 느낌이어서 신뢰가 가지 않았고, 마침내 의사가 엄지손가락을 끈질기게 당겨대기 시작했을 때는 그가 증오스러웠다. 그러던 중 응급실이 점점 작아지고 어슴푸레해지더니 에디는 곧 정신을 잃고 말았다.

그 후 벽에 기대어 있는 의자에 가만히 앉아 있는데 몸이 뻣뻣해 불편했고, 팔에 감각이 없으며, 무게조차 느껴지지 않았다. 뒷목이 쿡쿡 쑤셨다. 아래를 내려다보니 양손이 하얀색 깁스로 싸여 있었다.

새라는 의사와 대화 중이었다. 의사가 이렇게 말하고 있었다. "……최소 4주입니다. 더 걸릴 수도 있고요." 새라는 손의 움직임에 대해 묻고 있었고, 의사는 봉합 부분을 찾으려면 엑스레이 촬영을 먼저 해 봐야 한다고 했다. 에디는 이 상황이 이해가 가지도 않았고 엑스레이 촬영을 원치도 않았다. 새라가 모든 사실을 받아들이며 흔들림 없는 씁쓸한 눈으로 의사를 올려다보는 모습을 지켜볼 뿐이었다. 하얀색 타일 벽과 참나무 의자, 주삿바늘, 유리잔, 알코올과 에테르, 또 다른 이상한 약품 냄새, 그리고 한밤의 배경 속에 있는 새라를 보고 있었다.

마침내 에디가 자리에서 일어나 비틀대며 말했다. "나가자."

그녀는 그의 팔을 부드럽게 잡고 미끄러지듯 밖으로 데리고 나갔다.

*

에디는 2주간 깁스를 해야 했다. 깁스는 그를 극도로 화나게 만들었다. 간단한 움직임조차 어렵게 만들었고, 혼자 밥을 먹을 때도 더듬대며 우습게 행동하게끔 만들었고, 침대에서도 조심스럽게 움직일 수밖에 없게 만들었다. 심지어 깁스는 오래전부터 이어진 그의 힘과 아직 남아 있는 감각을, 즉색색의 공들이 널린 테이블에서 반질반질 윤이 나는 나무 막대기를 조종하는 우스운 능력 말고 또 다른 무언가에서 발현되는 감각을 파괴시키고 무력하게 만들었다. 거북이가 원했던 게 그런 것들이었으리라. 에디를 겸손하게 만드는 것, 나인 볼 게임에서 잔인하도록 뛰어났던 그의 퍼포먼스에 대해 속죄하게 하는 것, 때때로 격분하거나 도전적이어야만 할 때마다 그의 재능과 기술을 발판 삼아 늘 분출되곤 했던 실력에 대한 대가를 치르게 하는 것이었다. 에디가 이긴 그 남자, 거북이는 그가 복수를 하려 했던 남자가 아니었다. 그는 게임을 관장했던 사람일 뿐이었다.

처음 며칠 동안 에디는 아파트 밖으로 나가지 않았다. 대부분의 시간을 조용히 보내며 많은 것을 생각했다. 가끔 새라가 말을 걸어—그녀는 그의 바람보다 말을 더 많이 하긴 했다—자기의 가족이나 읽은 책들에 대해 이야기를 하곤 했다. 그는 참고 견디는 수밖에 달리 할 수 있는 일이 없었다.

그녀는 글도 많이 썼다. 그가 거실에 앉아 술을 마시거나 책을 읽는 동안 그녀는 주방 테이블에 앉아서 안경을 쓰고 휴대용 타자기로 몇 시간 동안 글을 썼다. 한번은 그녀가 자신이 쓴 글을 그에게 읽어 주려 했지만, 그는 이해를 할 수 없었다. 그녀는 '케인즈'라는 사람에 관한 논문의 한 부분이라고 설명해 주었다.

에디는 집에만 박혀 있는 것에 안절부절못하며 좀이 쑤셔했지만, 병적으로 히스테리를 부리거나 정말로 불편해 하지는 않았다. 언젠가는 그녀가 차를 빌려 에디를 데리고 멀리로 소풍을 갔다. 그녀는 그걸 '서프라이즈'라고 했다. 사실 그도 제법 놀랄 만한 일이라고 생각하긴 했다. 그녀는 샌드위치와, 진과 자몽 주스가 든 보온병을 가져 왔다. 두 사람은 진을 마시고 취했는데, 햇살 아래의 취기가 그렇듯 불만족스럽고 이상한 방식으로 빠르게 취해 갔으며 오후가 어색하게 느껴졌다. 집으로 돌아가는 길, 그녀가 차를 느리게 모는 것에 대해 둘은 언쟁을 시작했고, 소풍은 그렇게 마무리되었다.

일주일 뒤 에디는 외출을 하기 시작했다. 당구장 몇 군데를 들락거리며 버트를 막연히 찾아다녔으나 만날 수 없었다. 그리고 오후마다 영화를 보러 다니면서 시간을 보냈지만 재미도 없고 오히려 머리만 지끈거렸다. 어느 날 오후에는 매춘부를 데려다가 술을 사 주기도 했는데, 그녀가 방을 잡자고 제안하자 흥미가 뚝 떨어졌다. 그 매춘부와 깨나 즐거운 시간을 보낼 수도 있었겠지만,—그녀는 어렸고 아주 노골적이고 적나라하게 가슴을 드러냈다—그녀는 그가 감당할 수 없는 돈을 원했다. 그리고 왜인지는 정확히 모르겠으나 어쩐지 새라에게 빚을 진 것 같은 기분이 들었다.

그런 다음 새라가 그를 병원으로 데리고 갔고, 의사는 깁스를 풀어 주었다. 곤충이 허물을 벗은 듯 창백하고 하얀, 뻣뻣한 손가락이 모습을 드러냈다. 손가락을 움직여 보니 무척 아팠다. 손가락 구부리기는 감히 엄두도 내지 못했다. 의사는 앞으로 일주일 또는 그 이상 동안 손가락에 어떤 압박도 가하지 말라고 당부했다.

그날 밤 두 사람은 깁스 제거를 축하하기 위해 여느 때처럼 술에 취했고, 에디는 조심스럽게 그리고 끈질기게 손가락으로 브리지를—집게손가락을 동그랗게 구부리고 엄지손가락으로 큐대 샤프트의 얇은 모서리를 받치는 모양을—만들려 노력했지만 불가능했다. 그것 때문에 울화가 치밀었다. 새라는 말 없이 그가 손가락을 움직이는 모습을 궁금한 듯 쳐다만 볼 뿐이었다. 그러다 그가 불쑥 들이닥친 통증에 인상을 찌푸리자 이렇게 말했다. "당분간은 그냥 두는 게 나을 것 같아. 너무 아프잖아."

"얼마나 아픈지 당신이 어떻게 알아?" 그가 물었다. 그러나 그녀가 어떤 대답을 할지 곧바로 깨달았다.

하지만 그녀는 그 답을 입 밖으로 내지 않았다. "당신이 그래 보이니까."라고만 했다.

*

며칠 후 에디는 큐대를 아주 잘은 아니지만 어느 정도 잡고 흔들 수 있다는 걸, 최소한 새라 집 주방 테이블 위에서는 가능하다는 사실을 알게 되었다. 물론 손가락을 오픈 브리지로 ―테이블 위에 손바닥을 편평하게 펼치고 엄지손가락을 살짝 올려서 큐 끝이 엄지와 검지 사이 홈으로 미끄러지게 하는 모양으로―만들어야 했다. 그렇게 하니 엄지손가락에 무게가 전혀 실리지 않아서 둥그스름하게 오므린 오른쪽 손가락에만 균형을 잡고 큐대의 두툼한 끝을 붙잡았다. 무척 어색했지만 이렇게라도 하면 뭐라도 해낼 수 있을 것 같았다.

어느 날 아침, 손목 움직임을 향상하고 스트로크에 유연성을 증진하고자 테이블에서 당구 연습을 했다. 극심한 통증은 여전히 계속되고 있었다. 새라가 집으로 들어와 책에 지난번까지 읽었던 곳에 엄지손가락을 대고서 들고 나왔고, 그 후 1시간이 넘도록 에디는 연습을 계속했다.

그녀가 자리에 앉아 몇 분간 그를 가만히 쳐다보았지만 그는 그녀에게 눈길조차 주지 않았다. 결국 그녀가 입을 뗐다.

"당신이 지금 그…… 막대기로 뭘 하고 있는지 본인도 잘 아는 것 같네."

"잘 알지." 그가 답했다.

그녀는 또 몇 분 동안 그를 지켜보다가 말했다. "당구는 언제부터 쳤어, 에디?"

그녀의 목소리 톤은 상당히 가벼웠다. 그러나 그의 마음에 들지는 않았다.

"열네 살 때부터."

"늘 잘 쳤어?"

"열다섯부터 돈을 따기 시작했어. 하루에 2, 3달러. 더 많을 때도 있었고." 그가 활짝 웃었다. "잃을 때도 있었지만."

"자주는 아니었겠지."

"그럼." 그는 상상 속 큐볼을 향해 큐대를 부드럽게 밀었다. "자주는 아니었지……."

*

손의 통증이 그를 멈추게 할 때까지 에디는 윌슨 레크레이션 홀에서 3시간 동안 연습했다. 시계추처럼 움직이는 오른쪽 팔로 나사가 풀린 듯 어색하게, 스트로크를 건성으로 하는데도 찌릿찌릿 아팠다. 그러나 공은 잘 쳐졌다. 그는 공들을 줄 세우고 샷을 하나씩 쳤다.

연습을 끝낸 뒤 새라의 집으로 돌아가지 않고 레스토랑과 영화관으로 갔다. 영화는 심해 잠수부에 관한 내용 같았는데, 손가락을 구부릴 때마다 통증이 있었지만, 그럼에도 참지 못하고 엄지를 조심스럽게 살살 돌리고 앞뒤로 움직이며 다소 산만하게 영화를 보았다.

영화가 끝난 후 낙후된 거주지 구역을 지나 싸구려 술집들과 타투 시술실, 저급 물품을 파는 상점들이 즐비한 길을 따라 걸으면서 여자 옷을 파는 것 같아 보이는 가게들만 있는, 그 외엔 아무것도 없는 거리를 지나갔다. 그는 새라에게 실크 재질의 나이트가운이나 뭐 그런 걸 사 줄까 생각했지만, 그냥 생각만 하는 게 나을 것 같았다. 가진 돈이 겨우 40달러 남짓했기 때문에. 게다가 병원비 청구서에 대해서도 아직까지 그녀와 아무런 대화가 오가지 않았다.

집으로 돌아갔을 때 새라는 이미 저녁 식사를 마친 뒤였고, 싱크대에는 그릇들이 지저분하게 쌓여 있었다. 그가 집안으로 들어섰을 때 그녀는 거실에 앉아 무릎 위에 타자기를 놓고 글을 쓰는 중이었다.

에디는 주방으로 가서 프라이팬을 닦고 냉동 스테이크를 직접 구웠다. 커피 잔 받침 접시에—그릇장에 있는 몇 안 되는 깨끗한 접시 중 하나였다—스테이크를 올리고 우유도 컵에 직접 따르고 스토브 위의 빵 보관함에서 퀴퀴한 빵 두 조각을 꺼내 거실로 가서 새라 옆에 앉았다. 그리고 빵에 고기를 넣어 샌드위치를 만들어 먹기 시작했다.

에디가 식사를 마친 다음 새라를 보고 싱긋 웃으며 말했다. "여자들이 그러더라고. 자고로 여자는 설거지를 잘해야 한다고."

그녀는 그를 쳐다보지 않았다. "맞는 말 같아?" 그녀가 물었다.

"맞는 말이지. 요리도 마찬가지고." 그는 커피 잔 받침을 내려놓고 손을 뻗어 그녀의 엉덩이를 만지작댔다.

"음, 여기 이 여자는 아니야." 그녀가 받아쳤다. "그리고 내 엉덩이 좀 그만 만지작댔으면 좋겠어. 하나도 안 설레거든."

"흠 그렇군." 그가 말했다. "당신이 그냥 다른 걸 수도 있지. 새라, 당신은 재밌는 사람이야. 시카고 여자들은 전부 당신 같아?"

"그걸 내가 어떻게 알아? 내가 시카고에 사는 여자들을 다 아는 건 아니잖아." 그녀는 타자기를 깨작대며 한 줄을 마저 치고 안경 너머로 그를 유심히 쳐다보더니 무릎에 놓인 타자기 위로 팔짱을 꼈다. "아마 나는 다르겠지. 그런 것 같아." 그녀가 말했다. "나는 자유로운 영혼을 가진 끔찍한 예시 중 하나겠지."

"별로 듣기 좋은 소리는 아니네."

"그러게. 술이나 한 잔 더 줘."

에디는 자리에서 일어나 새라의 잔에 스카치와 물을 따랐고, 그의 잔은 채우지 않았다. 그런 다음 그녀에게 술을 내밀며 "다음에 봐."라는 말을 남기고 문으로 향했다.

"저기!" 그녀가 부르자 그가 돌아섰다. 그녀는 여전히 안경 너머로 그를 올려다보고 있었다. 조명 아래 그녀의 피부는 새하얗고 투명했다. 얇은 블라우스 속 그녀의 자그마한 가슴 라인이 호흡에 맞춰 부드럽게 움직이는 모습이 눈에 들어왔다.

"왜?" 그가 물었다.

그녀는 술을 한 모금 마셨다. "오후 내내 밖에 있었잖아."

즉시 그의 목소리에 엷은 짜증이 배어 나왔다. "그렇지."

"그런데 왜 지금 또 나가?"

그는 잠시 머뭇대다가 이렇게 말했다. "왜? 안 돼?"

그녀는 생각에 잠겨, 약간 차갑게—그녀의 두 눈에 냉랭함이 서려 있었다—그를 바라보더니 이내 부드러운 투로 말했다. "안 될 이유는 없지. 좋은 밤 보내." 그러고는 다시 종이로 돌아가 타이핑을 시작했다.

"나 기다리지 마." 그는 그렇게 문을 나섰다.

*

윌슨에 들어섰을 때는 이미 늦은 시각이었고, 안에는 몇 사람만 있었다. 뒤쪽 당구대에 키가 크고 등이 곧은, 회색 더블 정장을 입은 백발의 나이 많은 남자가 있었다. 그는 연습 중이었고, 에디는 출입문 앞쪽 카운터에 서서 잠시 그를 지켜보았다. 남자는 약간 삐걱대며 공을 쳤지만—적어도 예순 살은 되어 보였다—실력이 제법 괜찮았으며, 스트레이트 풀을 연습 중이었고, 큐볼을 처리하는 수준을 보니 그 게임을 잘 알고 있는 것 같았다. 그는 공에 거칠게 회전을 먹이거나 마구잡이로 굴리지 않고 적재적소에 잘 배치했다. 하지만 스트로크에 매끄러움과 부드러움, 손목 움직임의 정확도가 약간 부족했기에 일류 선수의 실력이라고 할 수는 없었다. 일반적으로 봤을 때 에디보다 한참 아래 리그에 속하는 실력이었다.

에디는 카운터에 있는 노쇠한 남자에게 담배 한 갑을 주문하고 건네받으면서 저 뒤 테이블에 있는 남자가 누구냐고 은밀하게 물었다.

노쇠한 남자가 씨익 웃더니, 간혹 늙은 남자들이 내는 음탕한 목소리로 쌕쌕거리며 말했다. "저자는 아주 제대로 된 당구 허슬러지." 그가 계속했다. "디모인에서 온 빌 데이비스라네. 아마 지금 막 베닝턴에서 왔을걸. 거물 중 하나야."

어디선가 그 이름을 들어 본 적이 있었다. 그가 기억하기로 삼류 허슬러였던 것 같았다.

"저 남자는 뭘 치죠?" 에디가 물었다.

"무슨 말이지?"

"저자가 제일 잘하는 게임이 뭐예요? 어떤 게임을 주로 해요?"

"아." 카운터 남자가 그의 쪽으로 몸을 숙였다. "스트레이트." 그가 말했다. "스트레이트 풀."

그거 잘됐군. 에디는 뒤쪽에서 연습 중인 그 남자에게 다가가면서 생각했다. 그래도 스트레이트 풀을 제대로 치려면 균형을 잘 잡아야만 해. 그는 아직 충분히 회복되지 않은 자기 손을 믿어도 될지 확신이 서지 않았다. 어쩌면 원 포켓으로 그를 유인하는 편이 더 영리한 방법일 수도 있었다. 보통 원 포켓에서는 손재주에 의존할 필요 없이 두뇌 회전과 인내심에 더욱 집중해야 한다. 그리고 모든 스트레이트 풀 허슬러는 원 포켓을 친다. 저 나이 든 남자도 당연히 그 게임을 잘 알고 있을 것이다. 그때 문득, 저 키 큰 남자가 '패스트 에디 펠슨'이라는 명성을 지닌 그를 알고 있는 건 아닌지 또는 어디선가 그가 경기하는 모습을 본 적이 있을지 궁금해졌다. 그러다가 이제야 겨우, 몇 주 만에 처음으로 괜찮은 수익을 낼 만한 게임을 치르게 되었는데, 그 기회마저 잃게 될지도 모른다는 생각이 불쑥 그를 잠식했고, 갑자기 긴장감과 함께 불안감까지 몰아치기 시작했다. 그러나 그 순간 그는 자기 자신이 우스웠다. 버트가 그랬던 것처럼 그 역시 게임을 분석하고 큐대의 각도를 계획하고 이길 확률을 따지고 있었다. 몸에 꽉 끼는 옷을 입고 입술을 오므리고 있는 땅딸막한 버트가 뒤편의 의자에 앉아서 감자칩을 먹으며 자기가 산출해 낸 모든 것을 그에게 이야기하는 모습을 떠올리니 웃음이 났다. 하지만 그거야 어찌 됐든 버트는 새 차를 뽑았다. 그것도 매년.

에디는 근처 당구대에 기대어 서서 빌 데이비스가 래크된 공들을 치는 모습을 지켜보았다. 데이비스가 연습을 마치고 공 14개를 삼각틀에 넣어 래크했다. 그리고 열다섯 번째 공으로 스트레이트 풀에 브레이크를 해서 뱅크 샷으로 색깔 공을 세모 모양 옆쪽으로 보내 코너 포켓 근처로 미끄러지게끔 만들려고 했다. 공이 포켓 근처 레일에 부딪혔다. 데이비스가 큐볼 위로 몸을 홱 숙이더니 마치 매처럼 공으로 돌진해 굉장한 강도로 샷을 쳤다. 그는 간혹 공을 잘못 칠 때면 크게 숨을 내쉬고 이마를 쓱쓱 문지르곤 했다.

에디는 그에게 호의적으로 보이려 노력했다. "확실히 어려운 샷이었습니다." 그가 말했다.

남자가 돌아서서 에디를 쳐다보았다. 한동안 그렇게 바라보더니 미소 지으며 "맞는 말이죠."라고 했다. 굉장히 굵은 목소리였고 사투리가 심했다. "당구에서는 깨나 까다로운 샷이지요." 그의 큰 목소리에 대단한 신념과 진지함이 담겨 있었다.

에디가 그를 보고 싱긋 웃었다. "다 잘할 순 없죠."

"맞소. 당연히 다 잘할 순 없죠." 그의 목소리와 웃음이 굉장히 크고 환했다. 그 모습에 에디는 약간 어안이 벙벙했다. "나는 단지 당신이 해낼 수 있기를 바랄 뿐이오. 이 지긋지긋한 게임을 15년째 하고 있는데, 망할 공들을 전부 처리하는 사람을 아직까지 단 한 명도 보지 못했소. 단 한 명도." 남자의 목소리가 한층 부드러워졌고, 에디는 그가 어떤 사람인지 여전히 확신이 서지 않았지만 한편으로는 안심이 됐다. 그러다 문득 데이비스가 사기꾼 부류에 속할 수밖에 없다는 생각이 뇌리를 스쳤다. 그러나 데이비스의 목소리가 정직함과 진지함으로 진동하는 걸 보면 에디가 본 사람 중 가장 신뢰가 가는 유형인 듯했다.

에디는 데이비스가 공을 세팅하는 모습을 지켜보다가 입을 열었다. "같이 게임하는 거 괜찮을까요?"

"그렇소, 괜찮아요. 뭐로 할까요?" 그가 삼각틀을 당구대에 쾅 내려놓더니 공들을 틀 안으로 줄기차게 집어넣기 시작했다. 그의 큼직한 손은 힘이 대단해 보였고 거칠었다. 그는 그 손으로 마치 골프공 다루듯 당구공들을 옮겼다.

"원 포켓, 괜찮습니까?"

"물론이요." 남자가 주머니를 활기차게 뒤적이며 50센트를 꺼냈다. 그러고는 공중으로 휙 던져 당구대 위로 안착시켰다. "어느 쪽을 위로 할래요?" 그가 물었다.

"뒷면이요."

앞면이 나왔다. 데이비스가 브레이크를 할 것이다. 원 포켓 게임에서는 스트레이트 풀과는 다르게 브레이크를 하는 사람이 유리하다. 브레이크를 하면 꽤 많은 공들을 점수 획득이 가능한 포켓 쪽으로 배치할 수 있고, 만약 제대로 된 방법을 알고 있으면 게임 내내 상대 선수를 완벽하게, 그리고 안전하게 방어할 수 있다. 추가 샷 없이.

남자가 큐에 초크 칠을 시작하며 물었다. "돈 걸겠소? 몇 푼이라도?"

에디가 활짝 웃었다. "10달러 어때요?"

나이 든 그 남자가 텁수룩한 회색 눈썹을 추켰다. "물론이요."

그가 몸을 일으켜 당구대 헤드 쪽으로 가 허리를 뻣뻣하게 구부리고 브레이크를 준비했다. 그는 큐대를 여러 번 앞뒤로 활기차게 흔들다가 멈추고 다시 공을 겨냥하더니 큐대를 다시 흔든 다음 브레이크 샷을 했다. 집중력이 대단했다. 그의 이마에 자줏빛의 굵은 정맥이 툭 불거져 있었다. 브레이크 샷은 상당히 괜찮았다. 완벽하진 않았지만.

에디는 게임이 시작될 때부터 자신의 게임을 폄하해 봐야 별 의미 없을 거라고 마음을 다잡았다. 최선을 다해 경기에 임한다 해도 이기리라는 확신도 어차피 없었다. 자신을 과소평가하고 깎아내려 봤자 아무 의미 없을 것이며, 그저 질 수도 있는 빅게임을 준비하는 수밖에 없었다.

그렇기 때문에 에디는 손가락으로 오픈 브리지를 만든 다음 큐대를 어색하게 잡고 최선을 다해 샷을 쳐 가면서 신중하게 경기했다. 10달러짜리 지폐라도 따기만 한다면 바로 쓸 수 있었다. 그는 샷 대부분을 방어적으로 치며 확실히 가능할 때만 공을 처리하려 했고, 그렇게 조심스레 경기를 해 나가다가 결국 아슬아슬하게 승리를 거머쥐었다. 8 대 6으로.

두 사람은 게임을 이어 나갔고, 에디가 또 이겼다. 남자는 실력은 좋았으나 거친 구석이 있었다. 게다가 그리 영리한 편이 아니었다. 그는 세 게임을 내리 지더니 그다음 게임에서 이겼다. 경기가 끝났을 때 그가 에디에게 활짝 웃으며 말했다. "손을 그렇게 편평하게 펴서 브리지를 하는데 어떻게 그런 샷을 칠 수 있소? 계속 기가 막히게 치다니 정말 대단하군."

"손을 다쳤거든요. 사고로요."

두 사람은 그 후 몇 시간 동안 게임을 이어 갔고, 에디는 90달러를 벌었다. 그러나 이내 손에 통증이 오기 시작하면서 샷이 뻣뻣해졌고, 엄지손가락 2개 중 한쪽에 압박이 가해질까 봐, 통증이 그 엄지손가락을 관통할까 봐 두려움이 엄습했다. 반면 나이가 지긋한 남자의 활력은 좀처럼 약해지지 않았다. 그는 미네소타 뚱보처럼—그 정도 실력은 아니지만—지치지 않고 게임 실력을 지속하는 면만큼은 프로였다. 그리고 재밌는 사람이었다. 한번은 게임 중에 데이비스가 난해한 샷을 치기

위해 당구대 끝 쪽에서 큐볼 위로 상체를 삐걱대며, 구부리고
퍼런 정맥이 불룩 튀어나온 이마를 들이밀며 집중하는 중이
었다. 그러더니 갑자기 뒷걸음질치고는 등을 바짝 세우며 엉
덩이에 큼직한 손을 턱 얹은 채 테이블 가운데를 빤히 바라보
았다. 에디도 그쪽으로 시선을 돌렸다. 그곳엔 새까만 작은
벌레가 초록색 바닥 위에서 그가 샷을 쳐야 하는 라인을 따라
태연하게 기어가고 있었다. 각다귀 크기에, 날개가 없는 벌레
였다.

벌레를 뚫어지게 보고 있던 데이비스의 눈이 분노로 졸도
할 것처럼 툭 불거졌고, 마침내 벌레가 걸음을 우뚝 멈추었
다. 그리고 뒤로 돌아왔던 길을 다시 기어가기 시작했다.

데이비스가 벌레를 노려보았다. "이런 빌어먹을 벌레 새
끼!" 그가 내뱉었다. "망할, 너한테 기회를 줬잖아. 충분히 줬
다고." 그리고는 갑자기 앞으로 돌진해 큐대의 얇은 끝을 내
밀어 초록 천 위에 있는 벌레를 쾅 내리칠 것처럼 테이블 위
를 아주 빠르게 톡톡 두드렸다. 그런 다음 상체를 구부리고
두툼한 엄지와 집게손가락을 이용해 벌레 시체를 당구대 밖
으로 신중하게 튕겨냈다. "좋은 거 배웠을 거다, 이 벌레 새끼
야." 그가 뱉어 냈다.

그와 경기를 하며 에디는 오랫동안 자신조차 인식하지 못
했던 사실을, 자신이 당구를 무척 좋아한다는 그 사실을 서

서히 깨닫기 시작했다. 그런 건, 그렇게 단순한 사실은, 돈과 도박, 재능과 기질, 타고난 승자와 패배자에 관한 모든 문제는 쉽게 잊히고 충격으로 다시금 다가오기도 한다. 에디는 당구를 무척 사랑했다. 당구에는 어떠한 힘과 마음, 재능의 눈부신 화합이 존재했고, 그것은, 자신이 여태 해 왔던 그 일은, 그에게 이 세상 무엇보다 큰 기쁨을 줄 수 있었다. 어떤 것에도 그런 감정을 절대 느끼지 못하는 이들이 있을 테지만 에디는 그가 기억하는 한, 당구를 떠올릴 수 있는 한 그 감정을 오롯이 느꼈다. 공들이 딱딱 부딪치는 소리가 좋았고, 손아래의 초록색 모직 천 감촉과 큐대의 아랫부분을 부드럽게 잡고서 상아 위에 덧대어진 가죽 팁을 톡톡 두드리는 느낌이 좋았다.

그 뒤 에디가 세 게임을 연달아 이기자 남자는 치아를 드러낸 채 환하게 웃으며 이렇게 말했다. "이제 그만합시다. 당신이 너무 잘하는군."

"물론입니다." 에디 역시 미소를 띠며 답했다. 마지막 10달러를 챙겨 지갑에 넣을 때는 손을 잡아당기는 듯한 극심한 통증이 거의 느껴지지 않았다. 이번 게임은 전부 완벽했다. 게다가 두 사람은 딱 적절한 시기에 게임을 멈추었다. 정확하지는 않지만 적어도 150달러는 벌었을 테니 돈을 좀 써도 될 것이다.

"한잔하실래요?" 에디가 상냥하게 물었다. 둘은 당구를 치는 동안 술을 마시지 않고 커피만 마셨었다.

"물론이요." 남자의 목소리가 처음 만났을 때처럼 다시 우렁차게 울렸다. "마티니 어떤지?"

"좋지요." 에디가 답했다.

그들은 안쪽 세면실로 가서 손에 묻은 때와 초크 자국을 닦아 냈다. 남자는 손을 씻을 때도 열정적으로 박박 문질렀다. "그런데 이름이 뭡니까?" 그가 물었다. "당구를 기가 막히게 잘 치는데 내가 당신 이름을 모르고 있으면 안 되지. 다음번을 위해서."

에디가 웃었다. "펠슨이요. 에디 펠슨."

"에디 펠슨?" 남자는 잠시 생각에 잠겼다. "아하, 역시. 그렇고말고." 작은 세면실 안 그의 우렁찬 목소리가 거울을 깨고 자기에 금이 가게 할 것만 같았다. "누가 당신에 대해 말한 적이 있소. 패스트 에디, 맞아요?"

"맞습니다."

"이야." 그가 거대한 손을 불쑥 내밀었다. "내 이름은 빌 데이비스요. 아이오와의 디모인에서 왔소." 에디는 그가 손을 꽉 쥘까 봐 불안해하며 그와 악수했다. 하지만 그는 통증을 알고 있는 듯 손을 부드럽게 흔들었다. "당신은 정말 훌륭한 당구 선수요. 나중에 손이 다 나으면 최고의 선수가 될 겁니다."

"고맙습니다." 에디가 말했다.

"아무래도 내가 당신에게 술을 사야겠구먼."

"괜찮아요. 제가 사겠습니다." 에디가 싱긋 미소 지었다.

*

데이비스의 손안에서 마티니 잔이 사라진 것 같았다. 그가 술을 꿀꺽 마시고 잔을 카운터에 내려놓았다. 순간 에디는 그가 당구 삼각틀을 당구대에 놓을 때처럼 세게 내려쳐서 유리 조각이 사방으로 날릴까 봐 걱정이 되었다. "내가 어렸을 때 당구 치는 법을 배울 기회가 있었더라면 나는 훌륭한 선수가 됐을 거요."

"지금도 훌륭하십니다." 에디가 말했다.

"그럼, 그렇고말고. 나도 당구를 꽤 칩니다. 나와 겨룬 사람들은 거의 이겼으니까. 하지만 이제 난 늙었소. 살면서 처음 당구대를 마주했을 때 나는 늙은이였지. 15년 전에. 여기 미국에 살아 보려고 왔던 첫 해에."

"전에 살던 곳에는 당구대가 전혀 없었다는 뜻인가요?"

"글쎄. 조금은 있었겠지요. 하지만 알바니아에서, 아, 나는 15년 전에 알바니아에서 여기로 왔다오. 하여튼 그때 나는 늘 일만 했소. 정비공이었거든. 돈도 벌고 사업을 하려고 여기로 왔지. 차고를 매입했고. 그런데 망할, 차고에서는 돈을 벌 수 없더군. 그래서 아이오와 디모인에서 당구장을 싸게 매입했어요. 이제 난 예순여덟이고, 이 빌어먹을 당구를 막 배우는 중입니다." 그러고는 말의 이빨처럼 큰 치아를 번쩍 드러내며 환하게 웃었다. "어쨌거나 나는 당구를 좋아해요. 현존하는 게임 중 최고의 게임이지. 망할."

예순여섯이라니, 믿어지지 않았다. 자기 같았으면 벌써 얼이 빠졌거나 노쇠해 있을 것이다. 남자의 얼굴에는 바퀴 자국 같은 깊은 주름이 나 있고, 굵은 주름들 사이에 몇 년에 걸쳐 생겼을 잔주름들이 수도 없이 많았다. 그런 자연스러운 현상을 그가 어떻게 할 도리는 없었을 것이다.

갑자기 그가 자리에서 일어나 에디의 등을 툭 치더니 말했다. "당신은 아주 훌륭한 당구 선수요, 에디 펠슨." 그러고는 허리를 꼿꼿하게 세우고 팔을 뻣뻣하게 흔들며 문밖으로 성큼성큼 걸어 나갔다.

*

집에 도착했을 때 에디는 기분이 좋았다. 드러그스토어에 들러 새라에게 줄 사탕 한 상자를 사고, 집에 도착해서 그녀를 깨운 다음 사탕을 건넸다.

"대체 이게 뭔데?" 그녀의 목소리는 잠과 술에 취해 걸걸했다.

"사탕." 그가 말했다. "상자째 샀다고. 당신 주려고."

그녀는 몸을 일으켜 앉았다가 다시 침대로 풀썩 누웠다. 머리칼이 이마 위로 떨어졌고, 두 눈을 뻑뻑하게 깜박였다. "무슨 생각이야?"

"선물이야. 선물."

그녀는 침대 끝자락으로 사탕을 툭 던지고 옆으로 돌아누웠다. "내가 원했던 건 단지," 그녀가 말했다. "어디 갔었어? 당구 쳤어?" 졸린 탓인지 혹은 억울한 탓인지 정확히 알 수 없었지만, 어쨌거나 그녀의 목소리는 푹 잠겨 있었다.

"응."

돌연 그녀가 몸을 되돌리고 악의 가득한 눈으로 그를 바라보았다. "에디……." 그러고는 다시 돌아 누웠다. "됐어. 당신은 내가 무슨 말 하는지 모를 거야."

그의 목소리도 무척 냉랭해졌다. "아마 그렇겠지."

14

며칠 동안 에디는 하루도 빠짐없이 통증이 너무 심해 당구 연습을 계속할 수 없을 때까지 끈질기게 공을 치고 또 쳤다. 썩 내키지 않는 행동이었지만, 그 과정에서 약간의 카타르시스가 느껴지기도 했다. 마치 오클랜드에서의 날들 같기도 했다. 당시 그는 최고로 멋지고 훌륭한 당구 허슬러가 되고 싶었고, 매일매일 강도 높은 연습에 집중했었다. 그렇다고 대단한 확신이나 신념을 가진 건 아니었으나, 어쨌든 지금—보험설계사나 신발 판매원으로 살아갔을 생각을 하면 우습긴 하지만—당구는, 그의 정신을 과도하게 몰입하게 만드는, 그에게 거의 종교나 다름없는 당구 연습은 그 자신이 누구였는지, 여태 무엇을 해 왔고 앞으로 무엇을 하며 살 것인지 상기시켜 주었다. 그리고 그런 생각들에서, 그가 베닝턴 당구장으로 들어간 이후 아니 그 이전에도 연신 그를 귀찮게 했던 희미한 모든 기억들에서, 그 기억을 떠올리느라 머리를 쥐어짜던 순간들에서 벗어나게 했다.

어느 날 오후 에디는 월슨의 뒤쪽 테이블에서 당구공을 치고 있었다. 당구대 중앙에 줄 지어 있는 공들을 예리한 샷으로 사이드포켓에 넣고 있을 때 버트가 들어왔다.

버트는 보수적인 스타일의 갈색 정장 차림이었다. 그는 에디를 보고 얇은 입술에 힘을 주며 슬쩍 미소 지었다. "잘 지냈나?" 그가 인사했다.

그 순간 에디는 사이드포켓으로 넣으려 겨냥하고 있던 공을 힘껏 밀었다. 그러고는 몸을 큐대에 살짝 기댄 채 말했다. "안녕하세요. 그동안 어디에 있었어요?"

버트가 정장 바지를 매만지며 자리에 앉았다. "여기저기." 그의 말투는 태연했다.

"사업은 좀 어때요?"

버트가 입술을 오므렸다. "그거 참 더디군."

달리 할 말이 없었다. 에디는 버트가 지켜보고 있다는 걸, 아마 자기 실력을 평가하고 있을 거라 의식하며 다시 공을 치기 시작했다. 그가 공들을 다 처리했을 때 버트가 입을 뗐다. "왜 오픈 브리지로 하나? 손에 무슨 문제라도 있어?"

에디가 그에게 미소 지었다. "사고가 있었어요. 아서에서."

에디는 버트가 "그러게, 내가 뭐라고 했는가." 와 비슷한 말을 할 거라 기대했지만 버트는 그렇게 하지 않았다. 그는 예상외로 옅은 눈썹을 올리며 "아?" 라고만 했다. "그런데도 꽤 잘하는 것 같군."

"그럼요." 에디는 공을 래크하기 시작했다. "실력이 한 20퍼센트 정도 줄었을 겁니다. 그 이상일 수도 있고요."

"그게 진짜라면 상태가 그리 나쁘진 않네. 무슨 일이 있었나? 손을 밟힌 건가?"

"엄지손가락이요." 에디가 공을 치며 말했다. "덩치가 크고 턱수염 난 남자가 내 엄지손가락을 부러뜨렸어요."

버트는 관심을 보였다. "그자 이름이 거북이 베이커, 맞나?"

놀라지 않을 수 없었다. "여기 사람들을 다 알고 있나 보군요?"

버트는 아주 재밌어 하는 얼굴이었다. "날 해칠 수 있는 사람이라면 누구든." 그리고 다시 입술을 오므리더니 "날 도울 수 있는 사람들도 잘 알지. 알아 두는 게 편하거든."

에디는 큐볼이 자연스럽게 굴러가게끔 짧게 끊어 치며 코너 포켓 샷에 열중하고 있다가 마침내 입을 열었다. "저한테 조언 좀 해 주셔야겠네요."

버트는 생각에 잠겨 그를 바라보았다. "사인하게."

에디는 대답하지 않은 채 다시 당구에 집중하고 흰 공으로 사이드 레일에 있는 색깔 공들을 획획 굴리며 포켓 속으로 매끄럽게 밀어넣었고, 그 사이 큐볼은 당구대 위를 활보하며 굴러 다녔다. 기분 좋은 샷이었다. 그 샷은 제대로만 맞는다면 빠름과 느림, 그리고 필연적인 모션의 조합으로 이루어진 샷이라 할만했다. 이윽고 열다섯 번째 공을 처리했을 때 에디는 고개를 들어 다시 버트를 바라보았다. "어디죠?"

버트가 콧대 위의 철제 안경테를 매만졌다. "렉싱턴?"

"당신이 말하는 곳이라면 어디든지요." 에디가 싱긋 웃었다. "보스."

버트가 눈을 휘둥그레 떴다. 두꺼운 안경을 쓰고 있어서 그의 눈이 더욱 커 보였다. "대체 자네에게 무슨 일이 있었던 거지?"

"아까 말한 그대로예요. 엄지손가락을 다쳤죠."

"엄지손가락 말고. 그 부분에 대해선 이미 말했잖아."

에디는 잠시 생각에 잠겼다. 그러다가 "쭉 생각해 왔던 것 같아요."

"뭘를?"

"지금 당장은 내가 고급 인력이 아닐 수도 있다는 생각이요. 그리고 판돈이 큰 게임에서 25퍼센트만 손에 쥐는 것이 푼돈이나 겨우 따내는 게임에서 경기하는 것보다 낫겠다는 생각이요."

"음," 버트가 의자에 등을 기대고 아담한 두 손을 무릎 위에 가지런히 올렸다. "당연하지. 자네 손이 그런 상황이라면……"

에디가 씨익 웃었다. "그딴 생각은 당장 집어치워요. 엄지가 있든 말든 내가 당신의 핀들리를 단번에 이길 수 있다는 거, 당신도 잘 알잖아요. 그리고 그 깡패 새끼들은 아서에서 내 '개성'을 부러뜨린 게 아닙니다. 당신이 나한테 그랬잖아요. 나한테는 개성이 문제라고. 기억나요?"

"기억하지." 버트가 답했다. 몇 분간 그는 침묵했다. 깊은 생각에 잠겼는지 말끔하게 손질된 손톱과 아담한 손이 무릎 위에서 슬쩍슬쩍 실룩댔다. 마침내 그가 입을 열었다. "좋아. 내일모레. 아침 7시."

에디가 그를 보고 눈을 깜박였다. "아침 7시요? 그 시간에 뭘 하는데요? 주일학교에 다녔을 때 이후로 그런 한밤중에 일어난 적은 없어요."

버트가 웃었다. "주일 학교를 그만두면 안 되네. 자네는 그런 타입이야. 도덕적인 사람처럼 보이지."

"고맙습니다. 당신은 산타 할아버지 같아요."

"아, 나도 도덕적인 사람이라네. 나는 올바르게 자랐어. 그런데 왜인지 딱 자네만 괜찮은 도덕성을 지닌 사람 같아 보여. 어쨌든 내일모레 일찍 일어나서 7시 정각에 만나자고. 주일 학교에 가는 것처럼. 그래야 그날 렉싱턴까지 갈 수 있어." 그러고 나서 한결 편안해진 목소리로 덧붙였다. "나도 7시에 일어나고 싶어서 이러는 게 아니야."

"알겠습니다." 에디가 말했다. "그럼 큐대 가지고 나갈게요."

"그리고 한 가지 더." 버트가 덧붙였다. "모든 비용은 내가 대겠네. 모든 위험도 내가 감수하고. 그러니까 나와 함께 있는 동안 자네는 내 방식대로 경기해야 해."

"그렇게 하죠." 에디는 그를 쳐다보지 않고서 말한 뒤, 허리를 숙이고 테이블 가운데에 차분하고 희미한 그림자 속에 놓인 4번 공에 롱샷을 치려고 집중했다. 주의 깊게 겨냥하고 힘 있게 밀어 쳐서 공을 저 멀리 코너 포켓으로 쏙 집어넣었다. 큐볼이 포켓 앞에 딱 멈추었다. 그는 버트를 바라보았다.

버트는 아기처럼 매끈한 얼굴에 기쁜 표정을 지어 보이며 자신의 작고 편안한 세계에 만족한 얼굴로 높은 의자에서 천천히 내려오고 있었다. "이리 오게." 그가 에디에게 말했다.

"어디요?"

"내가 술 사지. 이제 우리는 비즈니스 파트너 관계니까……."

15

다음 날 에디는 거의 하루 종일 연습을 했고, 연습을 마치고 나니 너무 무리한 게 아닌가 걱정이 되었다. 엄지손가락이 한층 더 뻣뻣해지고 통증도 심해졌다. 그래도 내일 렉싱턴 가는 길에 좀 쉬면 긴장이 풀릴 터였다.

곧 떠날 거라고 새라에게 어떻게 말하면 좋을지 고민이었다. 빌 데이비스한테 딴 돈에 대해서도 아직 털어놓지 않았고, 그녀에게 뭘 기대해야 할지도 정확히 판단이 서지 않았다. 분명한 건 친근하고 사교적인 분위기에서 말을 꺼내는 게 가장 좋은 방법이라는 것이었다. 그녀를 적당히 취하게 한 다음 말하면 될 거다.

연습을 끝내고 나니 오후 4시였고, 에디는 곧바로 당구장에서 나와 새라의 집으로 갔다. 그가 집에 들어섰을 때 그녀는 주방에서 글을 쓰고 있었다. 그는 안으로 들어가 아침에 마시고 남은 커피에 불을 올린 후, 그녀의 맞은편에 앉아 물었다. "50달러로 어떤 옷을 살 수 있지?"

새라가 오래전부터 그녀의 얼굴에 배어 있었던 당황한 표정을 지으며 안경 너머로 그를 빤히 쳐다보았다. 그녀는 뒷자락을 길게 늘어뜨린 하얀색 셔츠에, 초록색 코듀로이 치마를 입고 있었다. "드레스나 신발, 모자 이런 거?"

"맞아."

"한 벌. 여름옷으로. 여름옷은 저렴하니까. 왜?"

그가 담배를 꺼내 불을 붙였다. "75달러면?"

"괜찮은 옷을 살 수 있지. 아주 잘빠진 걸로. 뭐 때문에 그러는데? 누구한테 주려고?"

"당신에게. 저녁 식사용으로, 오늘 저녁에."

그녀가 안경을 벗고 인상을 찌푸렸다. "나는 옷 필요 없어. 오늘 저녁에 무슨 일이 있어? 왜 그래?"

"당신이랑 나가서 식사할 거야. 당신이 고른 최고급 레스토랑에서." 그는 자리에서 일어나 커피 불을 끄고 깨끗한 컵을 찾기 시작했다. "그리고 옷도 좀 빼입고."

"잠깐만. 에디, 대체 무슨 생각이야? 처음에는 사탕이었지, 새벽 2시에. 그리고 지금은 옷이고. 돈이 어디서 났는데?"

그는 컵을 찾아 헹구기 시작했다. "어떤 남자가 줬어."

"아, 그러시겠지." 그녀는 그에게서 고개를 돌렸다. "당구로?"

"맞아."

"그거 좋네. 잘됐어. 거기에서 딴 돈에 내 몫도 있나 보지? 왜 나한테 떼어 줘? 왜, 양심에 찔려?"

"새라," 그가 말했다. "아무래도 잊어버릴 것 같아서."

"그렇겠지. 그런데 나한테 뭐 사 줄 필요는 없어. 당신은 이미 날 꼬셨잖아, 기억나?"

그는 커피 반 잔을 단번에 마셨다. 미지근하고 엉망이었다. "기억하지." 커피를 마저 마시고 컵을 싱크대에 내려놓았다. "옷 갖고 싶지 않아? 언젠가 어떤 사람이 그랬는데 여자들은 옷을 좋아한다던데. 사탕이랑."

그녀의 목소리가 냉랭해졌다. "그거 참 대단한 이론이네. 내가 옷과 사탕을 좋아한다고 누가 그래? 외식은 또 뭐야?"

"그런 사람 없어. 됐어. 관두자." 그는 거실로 가서 자리에 앉아 시사 잡지를 집어 들었다. 어떤 이가 전쟁에서 전투 중이었고, 에디는 별 관심도 없으면서 기사를 읽어 내려갔다. 그녀의 타자기가 몇 분간 통탕통탕대더니 멈추었다. 그러고 나자 유리잔에 얼음을 넣는 소리가 들렸다. 잠시 후 그녀가 다가와 하이볼을 내밀었다.

그녀는 가볍게 웃었다. "가끔 난 좀 못되게 굴어."

"맞지." 그가 술을 받았다.

그녀는 그의 의자 앞에 있는 발받침 스툴에 앉아 조용히 술을 마셨다. 그가 잡지를 내려놓고 그녀를 빤히 쳐다보았다. 그녀가 입고 있는, 남자 셔츠 같아 보이는 윗옷의 단추 2개가 풀려 있었다. 브래지어가 헐렁하게 떠 있고, 안쪽으로 시선을 옮겼더니 젖꼭지가 보였다. 곧바로 그녀의 빤한 속셈이 재밌게 느껴졌다. 아무런 목적 없이 가슴을 저렇게 내놓는 여자는 절대 없다는 사실을 그는 너무도 잘 알고 있었다.

마침내 그녀가 약간 씁쓸한 미소를 띤 채 부끄러워하며 그를 다시 쳐다보았다. "지금도 날 데리고 나가고 싶어?" 그렇게 말한 뒤 과하게 숨을 몰아쉬며 가슴을 부풀렸다.

그는 웃음을 참을 수 없었다. "좋아." 그가 손을 뻗어 그녀의 팔 아래를 잡았다. "당신이 이겼어. 이따 옷 사러 가자."

"서두르는 게 좋을 걸." 그녀가 말했다. "가게가 문을 닫을 수도 있으니까." 그는 그녀를 침실로 데리고 갔다.

얼마 후 에디는 땀에 젖은 채 침대에 누웠다. 기분이 아주 좋았고 무척 편안했다. 배 속에서 좋은 느낌이, 무언가 시작된다는 느낌이 생생했다. 새롭게 갈 곳과 새로 치를 경기가 떠올랐다. 새라는 침대에서 담배를 피우며 편안한 상태로 생각에 잠겨 있었다. 그녀의 자그마한 몸은 이불로 덮여 있었다.

그녀가 옆으로 굴러 가 그에게 기대며 침대 너머에 있는 재떨이에 담배를 비벼 껐다. 담배 끝부분을 재떨이에 짓이기는 동안 그녀의 머리칼이 얼굴 앞으로 흘러내렸다. 그녀가 그를 내려다보며 싱긋 웃었다. "이제 나가자." 그녀가 말했다.

*

새라는 옷 쇼핑에 별 관심이 없는 것처럼 행동했지만, 에디의 눈에 그녀는 즐거워 보였다. 온갖 옷들을 구경하면서 일부러 시큰둥한 척 냉소적인 낯빛을 내비쳤으나 어떤 옷을 살지 굉장히 신중하게 고민하고 있다는 걸 그는 눈치챘다. 마침내 고른 옷은 그녀에게 무척 잘 어울렸다. 몸에 완벽하게 딱 붙는 짙은 감색 원피스가 엉덩이를 더욱 돋보이게 했고, 장식이 없는 짙은 감색 신발과, 하얀색과 감색이 섞인 모자 그리고 흰 장갑 역시 멋져 보였다.

새라는 화장실에서 1시간 정도는 있었던 것 같았다. 에디는 깨끗한 셔츠와 양말을 신고 면도까지 하는 데 20분밖에 걸리지 않았고, 그녀를 기다리는 동안 전쟁을 다룬 글과, 부자들이나 배우, 또는 그 둘 모두에 해당하는 이들이 흥미로워할 법한 사람들에 대한 책을 읽었다.

"와우!" 에디가 자리에서 일어나 새라에게 걸어가며 말했다. 그녀에게서 좋은 향기가 났다. 그는 그녀가 원래 향수를 뿌린다는 사실을 이때까지 전혀 모르고 있었다. "정말 멋져.

최고야."

새라가 애써 목소리에 평정을 유지하려 한다는 것이 느껴졌다. "고마워." 그녀가 그를 보며 말했다. "당신도 이렇게 보이고 싶으면 당장 옷을 갈아입는 게 낫겠어. 다 구겨졌잖아."

그가 웃었다. "그래야지."

그는 유일하게 갖고 있던 와이셔츠 하나와 넥타이 하나를 회색 정장 안에 갖춰 입었다. 그가 나오자 그녀가 웃었다. "당신이 넥타이 맨 거 처음 봐. 어디 사교 클럽 회장 같은데?"

"뭐가 어떻든 간에 당신은 내 애인이야. 자, 가자고."

두 사람이 문 밖을 나섰을 때 그녀가 잠시 그를 멈춰 세우고 올려다보며 말했다. "에디, 고마워."

*

새라가 레스토랑을 골랐다. 에디는 그곳에 가 본 적은 없지만 들어 본 적은 있었다. 그 레스토랑은 그가 생각했던 정확히 그런 장소였다. 큰 공간과 어스름한 조명, 조용한 분위기, 우아한 소품들로 꾸며진 곳. 레스토랑에 들어서자마자 마음에 들었다. 그는 이곳에서 모든 걸 해결하자고 마음먹은 뒤 레스토랑 매니저에게 5달러를 건네고 벽 쪽에 있는 테이블에 앉겠다고 했다. 5달러로 두 사람은 깍듯한 인사와 흠잡을 데

없는 웨이터를 안내받았고, 새라는 그녀의 나이만큼 숙성된 셰리주로 식사를 시작했다. 한 가지 특이한 점은, 새라가 약간 불안한 듯 방어적인 태도로 어색해 하면서 레스토랑을 불편해 하는 것 같아 보였다는 점이다. 에디는 그런 그녀의 모습이 의외여서 놀라웠다. 반면에 그는 살면서 이런 레스토랑에 와 본 적이 한 번도 없었는데도 집에 있는 것처럼 완전히 편안했다. 그녀 역시 와인 두 잔을 마신 뒤, 밴드가 조용하고 은은하게 연주를 시작한 뒤에야 조금씩 긴장을 풀었다. 에디는 기분이 무척 좋아져서 원래 거의 하지 않는 자기 이야기를 털어놓기 시작했다. 하지만 미네소타 뚱보에 대해서는 말하지 않았다. 두 사람이 식사를 하고 있을 때, 새라가 주문했지만 그의 입맛은 아니었던 베네딕틴을 한 잔씩 마시고 있을 때, 그가 팔꿈치를 테이블에 올리고 몸을 앞으로 기울이며 말했다. "내가 이러는 데는 이유가 있다는 걸 당신도 눈치챘을 거야."

잠시 후 그녀의 얼굴에 생기가 돌았다. 그러나 즉시 표정이 굳어졌다. "사람은 언제나 각을 재지, 안 그래?"

"나는 각을 재지 않아. 당신한테는."

"뭐, 그렇겠지." 그녀의 목소리에는 전혀 확신이 없었다. 그녀는 베네딕틴을 마저 마시고 등을 기대고 앉아 가슴 앞으로 팔짱을 꼈다. "좋아. 그럼 뭐야, 에디?"

그가 그녀를 차분하게 쳐다보았다. "한동안 여기를 떠나 있을 거야."

그녀의 시선이 그의 얼굴에 박혔다가 빠르게 사라졌다. 그녀의 두 눈에는 호기심 외에 그 어떤 감정도 담겨 있지 않았다. 하지만 그는 그것이 어떤 마음가짐을 나타낸다는 걸, 여느 도박꾼처럼 이미 시작한 게임에는 이유가 있다는 사실을 알았고, 솔직히 오래전에 자신의 게임에서 그녀를 기만했다는 걸 알고 있었다. 그러나 지금 그녀의 마음가짐에 무엇이 숨겨져 있는지는 알 수 없었다. 새라에 대해서는 확신할 수 있는 게 거의 없었다.

그녀가 완고한 눈빛으로 그를 쳐다보더니 물었다. "얼마나, 에디?" 사실 그에게 커피 한 잔 더 마시겠냐고 물어봤을 수도 있었다.

"모르겠어."

"일주일? 일 년?"

"일주일은 넘어. 돌아올게."

그녀가 장갑을 끼기 시작했다. 그녀는 한 번에 이것저것 많은 일들을 하는 듯 재빠르게 그러나 신중하게 움직였다. "그래." 그러고는 자리에서 일어섰다. "집에 가자, 이제."

두 사람은 조용히 밖을 걸었다. 그녀는 드레스에 있는 주머니에 최대한 손을 밀어넣었다. 그러자 조금 전의 굉장히 세련되어 보였던 모습이 안타깝게도 다리를 절룩이는 볼품없는 모습으로, 아마도 바깥세상에서 가장 자연스러울, 원래 그녀의 모습으로 마법처럼 변했다.

몇 분 뒤 그가 점잖게 물었다. "내가 어디로 가는지 알고 싶지 않아?"

"응, 아니. 어디로 가는지 알고 싶어. 그리고 왜 가는지도. 그냥 물어보고 싶지 않을 뿐이야."

"켄터키로 가." 그가 말했다. "렉싱턴으로. 친구와 함께."

그녀는 아무 말 하지 않고 계속 걸었다. 여전히 주머니에 손을 꽂은 채 앞만 바라보았다.

"돈을 좀 벌어 오려고. 돈이 좀 필요해서." 에디는 자신의 목소리에 담긴 사과의 뉘앙스에 숨죽여 구시렁댔다. 사실 그녀에게 사과할 건 없었다. 그가 조심스레 입을 열어 사무적인 말투로 내뱉었다. "내일 아침 일찍 떠날 거야."

그녀는 얼마 간 그를 바라보았다. 그녀의 목소리가 얼음장처럼 차가웠다. "지금 가지, 왜."

그는 그 말에 순간적으로 짜증이 치밀어서 그녀를 빤히 응시했다. "철 좀 들어." 그가 툭 내뱉었다.

그녀는 그를 돌아보지 않았다. "그러게. 철 좀 들어야겠네. 그런데 왜 진작 얘기하지 않았어? 노름꾼들은 원래 그런 식인가 보지? 오늘은 여기에 있고 내일은 훌쩍 떠나 버리는, 영화에 나오는 노름꾼들처럼?"

에디는 누군가의 입에서 '노름꾼'이라는 말이 나오는 걸 정말 싫어했고, 새라가 그 말을 하는 것 역시 듣고 싶지 않았다. "나도 미리 알고 있었던 건 아니야."

"당연히 그랬겠지. 내가 장담하는데, 렉싱턴에서 아주 큰일이 벌어질 거야. 자신감 넘치는 거물급 도박꾼들 천지일 거고. 프랭크 코스텔로나 럭키 루치아노, 안 그래?"

그는 한동안 아무 말도 하지 않았다. 두 사람은 그녀의 집에 가까워져 갔다. 그는 그녀를 집 안으로 데리고 들어가 자리에 앉힌 다음 설명을 시작했다. "켄터키로 가서 핀들리라는 사람과 당구를 칠 거야. 나는 내기 경기를 해야 돼. 돈이 필요하다고. 그게 다야. 원한다면 같이 가도 좋아."

갑자기 그녀가 크고 누추한 거실 한가운데 서서 웃기 시작했다. "그게 바로 나한테 필요한 거야. 알아?" 그녀의 자세에 깃든 오만과 자기 연민이 그를 당황스럽고 화나게 했다. 그는 벽에 걸린 커다란 광대 사진을 보며 그녀에게서 돌아섰다. 그녀가 웃음을 멈췄지만, 그는 그녀의 목소리에 담긴 빈정거림 때문에 그녀를 돌아보지 않았다. "아니, 에디." 그녀가 말했다. "나는 당신을 기다릴 거야. 당신의 충성심 넘치는 원 나이트 상대거든. 어때?"

공허한 그 말이 돌연 그의 분노를 다른 무언가로 바꾸어 놓왔다. 에디는 주머니에 작은 손을 꽂은 채 두 발을 넓게 벌리고서 그를 노려보고 있는 그녀 쪽으로 돌아섰다. 그녀가 작은 유리병에 든 조그맣고 성가신 생물체 같다는 생각이 들었다. 날카로운 소리를 내며 날아다니는, 마음만 먹으면 언제든 막대기로 찌를 수 있는 그런 곤충.

"잘됐네." 그는 자기의 목소리가 낯설게 들렸다. 그러나 편안했다. "아주 대단한 원 나이트 상대야. 최고의 상대야."

그녀가 그를 응시했다. "에디," 그녀의 목소리가 부들부들 떨렸다. "이제야 알겠어. 당신은 싸구려 사기꾼이야."

"이제 알았다니." 그의 목소리는 차갑고 단조로웠다. "빌어먹을, 이미 오래전부터 그런 생각이 들었겠지. 범죄자와 동거한다는 생각 때문에 끊임없이 불안했겠지. 아니야?"

"맞아. 그럴 거야. 또는 그랬거나. 그리고 나는 이제야 범죄가 뭔지 제대로 배우기 시작한 것 같고."

그는 얼굴에 경멸을 감추지 않고 그녀를 쏘아보았다. "이런 제길, 당신, 범죄에 대해 아무 생각 없었잖아. 내가 누구인지도 전혀 모르고. 내가 바텐더 출신 사기꾼이었어도 당신은 몰랐을 거야. 그러면 나를 사기꾼이라고 부르는 당신은, 자기 자신을 뭐라고 생각하는데? 내가 어떤 일을 하며 사는지 제대로 알기나 해?" 그는 그녀에게서 다시 돌아섰다. "됐고, 술이나 가져와."

꽤 오랜 시간 움직임도 숨소리도 들리지 않았다. 그녀가 주방으로 걸어갔다. 술을 따르는 소리가 들렸다.

다시 돌아왔을 때 그녀는 그에게 졌음에도—또는 그가 그녀를 궁지에 몰아넣었음에도—그래 보이지 않았다. 그가 본 중 최고로 멋진 모습이었다. 다음에 무슨 일이 벌어질지 서서히 궁금해지기 시작했다. 그는 이제 이 상황을 즐기고 있었다.

마침내 그녀가 입을 열었다. "좋아. 당신이 또 이겼어. 당신이 항상 이기네. 다음번에는 비법 좀 가르쳐 줘, 응?"

"물론. 가능하다면."

그리고 나서 그녀는 마치 고민을 입 밖으로 내뱉듯 소리 내어 말했다. "다음번이 있다면 말이야."

그는 그냥 지나치고 싶지 않았다. 버트가 느꼈을 감정이, 밀치는 느낌, 밖으로 내몰리고 밀려나는 감정이 야금야금 느껴졌다.

"다음번? 왜? 안 될 거 같아?"

하지만 그녀는 답하지 않았다. 대신 또다시 활활 타오르는 눈빛으로 그를 쏘아봤다. 그러더니 갑자기 말했다. "당신이 나한테서 뭘 빼앗아 갔는지 알아? 내가 당신에게 뭘 줬는지?"

"뭔데?"

"다른 무엇보다, 나 자신."

그는 불쑥 웃음이 나올 것 같았다. "나한테 그걸 주지 말았어야 했다고 생각해? 그렇다면 팔았어야지."

그녀는 어이없는 듯 주저하다가 다시 입을 열었다. "대체 밑바닥이 어디까지인 거야, 에디?"

"지금부터 당신이 찾아봐. 그게 맞을 테니까. 당신은 나한 테서 가져가는 것이 없으면 아무것도 주지 않았어. 당신도 알 거야. 나는 당신을 절대 기만하지 않았다고. 내가 당신을 속 이고 있다고 생각할 때조차도. 그것 역시 잘 알 거야. 당신이 나에게 준 건 허리 아래쪽, 그것뿐이야. 그게 다라고. 내가 당 신에게 준 유일한 것도 마찬가지고. 당신이 제공해 주는 것, 그것에 대한 보상으로 뭘 또 원하지?"

그를 무너뜨릴 말이 그녀에게 간절히 필요해 보였다. 결국 그녀는 비겁한 길을 택하기로 했다. "사랑." 그녀는 그 단어가 굉장히 추상적인 의미로 중요한 것처럼 말했다.

그가 그녀를 응시하며 미소 지었다. "사랑은, 길을 걸어가 면서 마주쳐도 알아차리지 못하는 그런 거야. 나 역시 마찬가 지고."

그녀가 술을 꿀꺽 마셨다. "당신은 나랑 뭘 하고 싶은 건데? 나는 당신을 사랑해. 빌어먹을, 사랑한다고."

그는 그녀를 가만히 쳐다보았다. 그녀는 아까보다 더 유리 병을 탈출하려 애쓰는 곤충 같아 보였다. 벽면이 미끌미끌하 고 투명한 유리병을 벗어나려는 곤충. "쓸데없는 소리. 그건 거짓말이야." 그가 말했다. 그녀는 한동안 그를 바라보며 아무 말도 하지 않았다.

"좋아, 에디." 그녀가 다시 입을 열었다. "당신이 이겼어. 그러니까 큐대나 올려. 당신은 항상 이기잖아."

그가 그녀를 뚫어지게 쳐다보았다. "더 쓸데없는 소리군." 그러나 말이 잘 나오지 않았다. 그녀는 그 상황에서 벗어났다.

"날 보고 있는 당신의 눈은," 상처받고 화가 난 그녀가 눈을 크게 뜨고서, 그러나 목소리에는 평정을 유지하고서 말했다. "당구 게임에서 당신한테 진 사람을 바라보는 눈이잖아. 방금 돈을 땄으니까 이제 자존심까지 원하는 건가?"

"내가 원하는 건 돈뿐이야."

"그렇겠지." 그녀가 말했다. "아무렴 돈뿐이지. 그리고 인간이 무너지는 모습을 보는 우아한 즐거움도." 그녀는 이제 그를 더욱 차분하게 바라보았다. "당신은 고대 로마인과 다를 바 없어, 에디."

"전부 다 가져야 하지."

그가 액자 속 주황색 광대 쪽으로 고개를 돌렸다. 그는 그녀의 말이 마음에 들지 않았다. "전부 다 가질 수 있는 사람은 없어."

놀라움과 경멸 속의 순간적인 섬광 안에서 문득 그는 새라의 모든 진심이 처음으로 오롯이 느껴졌다. 곧바로 그녀 쪽으로 돌아섰다. "당신은 타고난 루저야." 그가 말했다.

그녀의 목소리는 부드러웠다. "맞아." 그녀는 허리를 펴고 아이나 인형을 안고 있는 것처럼 두 손으로 술잔을 지그시 잡은 채 소파에 앉아 있었다. 팔꿈치를 무릎 위에 올리고 입술을 앙다문 그녀는 더 이상 그를 보지 않았다. 얼마 후 그는 그녀가 무얼 하고 있는지 깨달았다. 그녀는 울고 있었다.

그는 침묵했다. 어떤 이상한, 상반된 무언가가 그에게 다가와 그를 일그러뜨리고 시야를 왜곡시키면서, 또 한편으로는 시야를 아주 선명하게 만들어 놔서 눈앞의 것이 전부 다 느껴지는 것 같았다. 모서리 주변과 벽을 통과해 태양의 눈 속으로 들어가는 듯했다. 마음속으로 기분 좋은 경멸과 함께 버트가 그에게 했던 말이 스며들었다. *자기 연민. 최고의 실내 스포츠.*

그때 갑자기 그녀가 그를 돌아보고 말했다. "당신이 승자야, 에디. 진정한 승자······."

16

버트는 그날 아침 정확한 시간에 도착했다. 늦여름의 따뜻한 햇살이 아름답게 반짝이는 기분 좋은 아침이었다. 하지만 에디는 그 분위기를 느끼지 못했다. 드문드문 들리는 날카로운 새소리와 마음속에 형성된 차가운 난기류 때문에 새벽 4시 반에 잠에서 번뜩 깼고 결국 뜬 눈으로 지새웠다. 그래서 우아한 도시의, 일리노이 주 시카고의 아침 분위기를 만끽하지 못했다. 버트의 차의 시트에, 고급 천으로 세심하게 감싸져 있는 시트에 등을 기대고 큐대가 든 자그마한 가죽 케이스를 무릎 위에 올려놓고서 애써 아무것도 생각하지 않으려, 느끼지 않으려 했다.

버트는 포커를 칠 때처럼 허리를 꼿꼿이 펴고 입술을 앙다물고 앉아서 눈앞에 보이는 것들을 단 하나도 놓치지 않으려는 듯 시선을 정면에 유지한 채 운전했다. 그는 말이 없어도 너무 없었다. 그들은 서로 간에 긴장감을 느끼는 것도 아니면서 정오가 될 때까지 거의 대화를 하지 않았다. 에디는 버트가 무슨 생각을 하는지 도무지 알 수가 없었다. 사실 자신의 마음속에서 무슨 일이 일어나고 있는지도 확신하지 못했던 것 같았다.

두 사람은 햄버거와 커피를 사기 위해 차를 세웠고, 에디는 버트가 거절했음에도 술을 한 잔 샀다. 그리고 나서 이제 대화를 좀 하고 싶어서 버트를 보며 말을 꺼냈다. "켄터키에서 무슨 경기를 해요? 빅게임은 뭐로 합니까?"

버트는 늘 그랬듯 잠시 생각에 잠겼다가 입을 열었다. "뱅크 풀." 그가 답했다. "그리고 원 포켓."

"좋아요." 에디가 말했다. "원 포켓 좋습니다. 핀레이는 무슨 게임을 하죠?"

버트가 또 침묵했다. "글쎄, 모르겠네. 그자가 경기하는 걸 본 적이 없어서 말이야. 포커 게임에서만 봤네."

에디가 빙긋 웃었다. "그렇다면 당신은 나에 대해 더욱 확신을 갖고 있겠네요."

"아니."

"그러면 그가 날 이기지 못할 거란 걸 어떻게 알죠? 그자가 나보다 포켓 당구를 못 칠 거란 걸 어떻게 아냐고요."

"나도 모르네. 그리고 난 자네에 대해 그렇게 대단히 확신을 갖고 있진 않아. 오히려 핀레이에게 확신이 있지."

"그게 무슨 뜻이에요?" 에디는 주머니에서 담배 한 개비를 꺼내 불을 붙였다.

"내 말은 핀레이가 패배자라는 확신이 있다는 거네. 그자는 어디로 보나 패배자지. 그리고 자네는 절반은 패배자, 또 절반은 승자일 뿐이고."

"그걸 어떻게 알죠?"

버트가 핸들 뒤로 몸을 쭉 펴더니 도로를 유심히 살피며 말을 하면서도 몸에 살짝 긴장을 풀었다. "내가 말했지 않은가. 나는 당신이 지는 걸 이미 봤다고. 이겨야 할 남자에게 지는 걸 봤다고."

버트가 또 보수적인 성향을 드러내기 시작했고, 에디는 그런 게 마음에 들지 않았다. "저기요," 에디가 말했다. "전에도 말했지만⋯⋯."

"자네가 전에 무슨 말을 했는지 나도 알지." 버트가 끼어들었다. "그 말을 또 듣고 싶지는 않군. 특히나 지금 당장은." 에디가 아무 말도 하지 않자 버트는 숨을 들이마시고 말을 이었다. "내 머릿속에 있는 건 자네와 핀들리에 대한 개별적인 부분이지, 자네가 치를 당구 게임이 아니야. 어쨌든 핀들리는, 자네가 그를 받아들이길 원한다면, 그리고 그가 그의 당구에 개성을 갖게 된다면, 그는 자네를 충분히 이길 수 있을 거야. 하지만 그에겐 개성이 없어. 그게 바로 요점이지."

버트는 큰 차 뒤를 시속 65킬로미터로 따라가며 한동안 말

없이 운전했다. 그러고는 다시 입을 열었다. "술에 취하거나 바보처럼 게임하지 않는 한, 자네는 판돈이 큰 게임에서 이전보다 경기를 더 잘 치를 거야. 포커와 마찬가지로, 정말 가치 있는 포커 게임에서처럼, 다들 승률을 따지며 게임을 할 줄 알고, 판돈을 염두에 두고 카드를 세어 가며 스트레이트와 플러시를 만들어 낼 줄 알지. 나는 이 모든 걸 열다섯 때 터득했어. 하지만 게임에서 승리하는 사람은 큰돈을 기다리면서 직감적으로 마음을 가다듬고 다섯 명의 상대 선수들을 지그시 내려다보며 내기를 할 수 있는 자기만의 개성을 자신에게 부여하는 사람이야. 그 누구도 실행할 생각조차 하지 못하는 내기를 대비하지. 그건 운이 아니네. 나는 운 같은 건 없을 거라고 보네. 만에 하나 있다고 하더라도 운에 의존해서는 안 되지. 자네가 할 수 있는 건 확률에 따라 경기하고 최선을 다해 게임에 임하는 거야. 중요한 내기 게임 앞에선,—돈이 걸린 모든 게임은 언제나 중요하지만—배를 팽팽하게 조이고 세게 밀어붙여야 하네. 그게 바로 클러치야. 그때 타고난 루저는 죽고 자네는 다시 태어나는 거지."

에디는 잠시 생각에 잠겼다. "당신 말이 맞을 수도 있겠네요."

"그러나 경기 중에 언제 클러치를 해야 할지 알아야 하네." 버트의 말투가 더욱 단호해졌다. "그 어떤 목소리가 당신에게 힘을 빼라고 해도 그걸 인지하고 견뎌 내야 해. 미네소타 뚱보와 당구 경기를 했을 때처럼, 자네가 그자를 이겼을 때처럼, 너무 피곤해서 눈알이 튀어나올 것 같았을 때처럼, 무언가 어딘가에 있어야만 했을 때처럼. 자네에게도 뚱보에게도." 버트는 잠깐 말을 멈추었다. 그가 다시 입을 열었을 때 그의 말투는 직설적이고 확고했다. "그게 언제인지 알겠는가? 뚱보가 본인이 이길 거란 걸 인지했을 때가?"

"아니요."

"내가 알려 주지. 뚱보가 화장실에 갔을 때, 그러니까 자네가 의자에 앉아 퍼져 있을 때. 뚱보는 게임이 클러치라는 걸 알았어. 게임을 멈추기 위해 무언가를 해야 한다고 생각하고 있었지. 그래서 영리하게 게임을 할 수 있었던 거야. 다시 화장실로 돌아가서 세수를 하고, 손톱을 깨끗하게 닦고, 마음을 비운 다음 머리를 빗으면서 돌아갈 준비를 했지. 그때 그자의 모습은 자네도 봤을 거네. 다시 깔끔해진 모습이었지. 전면적으로 새로 시작할 준비와, 단단히 조이고 밀어붙일 준비가 되어 있던 거지. 그 당시 자네는 뭘 하고 있었는지 아나?"

"경기를 기다리고 있었어요."

"맞아." 버트가 거들었다. "게임에서 질 준비를 하고 있었지. 위스키 속에서, 그리고 영광 속에서 헤엄쳐 다니며 엉덩이가 퍼지도록 의자에 파묻혀 있었지. 또는 어떻게 하면 질 수 있을까 열심히 고민하고 있었을지도 모르겠군."

에디는 당치도 않은 말에 대한 분노를, 일종의 치밀어 오르는 울화를 느끼며 한동안 아무 말도 하지 않았다. 그리고 잠시 후 입을 열었다. "당신이 그걸 어떻게 다 알죠? 내가 당구를 칠 때 무슨 생각을 하는지 당신이 어떻게 아냐고요."

"그냥 알아." 버트가 답했다. "나도 겪어 봤으니까, 에디. 우리 모두 겪어 본 일이니까……."

*

에디는 입을 열지 않고 가만히 앉아만 있었다. 아직도 팽팽한 배 속과 근질대는 손의 통증이 신경에 거슬렸다. 무언가와 맞서고 싶었다. 무언가를 내려치고 싶었으나 그게 뭔지 알 수 없었다. 그저 눈앞에 놓인 길만 바라보고 있었더니 조금 뒤 마음이 차분해지기 시작했다.

그렇게 1시간이 지나고 버트가 말했다. "전부 다, 빌어먹을 그런 식이야. 자네는 자네가 선택한 인생에 몰두해야 해. 그 또한 자네의 선택이지. 사람들은 대부분 그렇게 하지도 않지만 자네는 똑똑하고 젊어. 그리고 전에 내가 말했듯이 재능이 있지. 자네는 여유 있으면서도 빠르게 살아가길 원하고 영웅이 되고 싶어 하잖아."

"영웅이요? 내가 영웅이 되고 싶다고 누가 그래요?"

"내가. 당신을 비롯한 체면치레하는 망할 도박꾼들은 모두 영웅이 되고 싶어 해. 하지만 영웅이 되려면 본인 스스로와 계약을 맺어야 하지. 그 계약은 영광과 돈을 원한다면 자신에게 엄격해야 한다는 내용이야. 그렇다고 자비심을 갖지 말라는 말은 아니네. 자네는 사기꾼이나 도둑, 그러니까 자비심을 갖고는 살아갈 수 없는 부류의 자들과는 다르니까. 하지만 나는 나 스스로를 그런 식으로 몰아세웠어. 물론 부드러운 구석도 있긴 했지만. 어쨌든 나는 스스로에게 엄격하면서도 약해지지 말아야 할 시점을 알고 있네. 여자를 거칠게 대할 때처럼 행동해야 하지. 망설이지 말게. 예측은 나중에 하고. 아니면 그 전에 미리 해 놓든가. 그러나 여자와 무언가를 할 때는 계약이 필요하다네. 계약에 어떤 말들이 적혀 있는지 알 순 없지만, 계약이 존재하는데도 불구하고 자네가 그 내용을 모른다면 사람이라고 할 수 없지. 게으름뱅이들이나 개자식들, 자유롭게 사랑을 하는 사람들이 뭐라 하든 나는 신경 쓰지 않아. 자네는 여자를 거칠게 대할 때, 또는 '나는 이 내기 당구 속에 파묻혀 당신을 무너뜨릴 것이다'라는 계약을 할 때 결코 주저해선 안 돼. 등 뒤에 기생하는 조막만 한 미치광이가 '거기에서 벗어나'라고 말하게 두지 말아야 하네. 자기 자신을 내던지지 말라 이 말이야. 그 무엇에도 설득당하면 안 돼. 그리고 그 미치광이 입을 닥치게 해야 해. 대신 죽이려 하지는 말게. 그 미치광이가 또 필요할 때가 있으니까. 하지만 미치광이가 계약서에 있지도 않은 말을 시작하면 입을 다물게 해야 해. 그리고 자네가 게임에서 어느 일정한 시기에 다다르면, 그 미치광이가 '목숨 걸지 마. 영리하게 굴어. 뒤로 물러서'라고 말할 거야. 그는 자네를 위해 돈을 모아 두려는 게 아니라 자네를 잃고 싶지 않기 때문에, 자네의 그 빌어먹을 마음이 게임으로 쏠리길 원하지 않기 때문이지. 미치광이는 자네가 지길 원하고, 자네가 스스로를 안쓰럽게 여기는 모습을 보고 싶어 하며, 자네가 자기에게 다가와 공감을 얻길 원해."

에디는 그를 쳐다보았다. "그래서 지면요?"

"그럼 지는 거지. 패배는 자네의 영혼을 아프게 할 거야. 그렇지만 영혼은 그 아픔을 받아들일 수 있지."

에디는 이게 다 무슨 소리인지 정확히 이해가 가지 않았다. 그러나 잠시 후 이렇게 말했다. "당신 말이 맞을 수도 있겠네요."

"그럼. 내 말이 맞아." 버트가 답했다.

*

늦은 오후 그들은 신시내티를 지나갔다. 신시내티는 북적북적한 잿빛 도시였고, 켄터키로 이어지는 가교 역할을 하는 곳이었다.

잠시 후 잎이 넓적하고 키가 큰 식물들이 있는 밭이 나타났다. 에디는 그 들판을 가리키며 물었다. "저건 다 뭐죠? 양배추인가요?"

버트가 웃으며 답했다. "담배."

에디는 거대한 들판의 큰 식물들을 가만히 바라보았다. "어떻게 알아요?" 그가 물었다. 식물의 잎들이 반짝였다. 끈적해 보이기도 했다.

저 뒤로 새로 설치한 것 같은 하얀색 대형 울타리가 보이기 시작하더니 하얀 헛간들도 모습을 드러냈다. 울타리에 둘러싸인 헛간들 주변의 목초지는 매우 푸르고 보들보들해 보였다. 그 가운데에 말들도 드문드문 있었다.

"경주마네요, 맞죠?"

"맞아." 버트가 말했다.

"제 눈에는 다른 말들과 비슷해 보이는데."

버트가 웃었다. "허슬러의 눈에 들어오는 말의 종류가 경주마 말고 또 뭐가 있겠어?"

*

렉싱턴 시내는 어디든 시내라 해도 될 만큼 혼잡했다. 거리에 네온사인과 차량들이 가득했다. 다른 호텔도 많았지만 '할

시언'이라는 호텔에만 유일하게 당구장이 있다고 버트가 귀
띔했다. 두 사람은 그 호텔 앞에 멈추었다.

에디는 차에서 내리고 따뜻한 저녁 공기 속으로 들어가 팔
을 쭉 폈다. "여기가 켄터키군." 주위를 둘러보았다.

"그래 맞아." 버트가 호텔 로비로 걸어갔다. 로비는 크고 우
아했으며, 저쪽 벽 출입문 위에 고상한 글씨로 **당구장**이라고
적혀 있었다. 출입문 밖으로 언제 들어도 알아챌 수 있는 소
리가—공들이 부딪치는 소리와 남자들의 낮은 웅성거림이—
들렸다.

"예약 확인 먼저 하고 열쇠 주겠네." 버트가 말했다. "먼저
가서 전쟁터를 확인해 보게나. 원한다면."

"고마워요." 에디가 말했다. 그는 자그마한 가죽 케이스를
들고 출입문으로 걸어갔다.

17

문을 열기도 전에 에디는 긴장과 흥분을 느꼈다. 톤이 낮은 묵직한 웅성임과 공들이 부딪히는 소리, 잔잔한 탄식과 메마른 웃음소리, 큐대가 바닥에 탕탕 부딪히는 소리가 들렸다. 문을 열고 안으로 들어가자 당구를 치는 움직임과 돈의 향내가 나는 것 같았다. 심지어 신발 밑부분에서도 어떤 감각이 느껴졌다. 마치 토요일 밤의 사창가나 광산의 봉급날, 전쟁이 끝난 날 또는 크리스마스 같았다. 큐대 무게 때문에 에디의 손바닥에는 땀이 맺혔다.

모든 당구대에서 포켓 당구가 진행 중이었다. 둘이서, 넷이서, 심지어 여섯이 하는 게임도 있었다. 게다가 대부분이 허슬러였다. 앞쪽 당구대에 연초록 슬랙스 차림의 빨강 머리 웨트스톤 키드가 있었다. 에디는 그를 라스베이거스에서 만나

나인 볼을 친 적이 있었다. 그 뒤편 당구대에는 키가 작은 남자가 있었는데, 놀라울 정도로 추레한 그 남자는 주정뱅이들과의 당구 경기, 그리고 카드 판매를 전문으로 하는 사람이었다. 그가 판매하는 카드 뒷면에 클래식 카드 쉰두 장의 그림이 세 가지 색으로 그려져 있었다. 그는 '조니 점보'라고 불렸고, 에디는 그를 오클랜드에서 봤었다. 당구장 한가운데에 온갖 기수들과 암표상들로 이루어진 작은 무리가 있었고, 뉴올리언스 출신의 프레드 마컴이, 짙은 초록색 눈동자에 에나멜가죽 표면처럼 머리가 번들번들한 그가, 에디 기억에 이름이 프랭크였던 남자에게 잔잔하게 불만을 섞어 가며 이야기를 나누고 있었다. 프랭크는 사람들이 잘 하지 않는 당구 게임 중 하나인 잭업 풀에서 인정받는 마스터로 알려져 있었다. 그 외에 다른 이들도 있었다. 에디는 그들을 알지 못했지만, 경기 스타일과 분위기를 보아하니 당구 선수가 수십 명 정도는 있는 것 같았다.

그곳은 파노라마이자 갤러리였다. 버트는 에디에게 그들이 경마 때문에 여기까지 온 거라고 했었다. 그래서 에디는 이런 것을, 어떠한 신뢰를 바탕으로 이루어진 소집 또는 이런 특정 집단의 만남을 전혀 기대하지 않았었다.

당구장은 사람들로 가득했다. 길 잃은 순진한 양들, 즉 스웨터 차림의 대학생들과 모로 봐도 회사원인 남자들도 더러 있었다. 그들은 누군가 큐질을 엉뚱하게 하거나 당구대 밖으로 공을 떨구거나 실수로 샷을 잘못 칠 때마다 시끌벅적하게 웃어 젖히며 형편없이 로테이션 풀을 치고 있었다.

에디는 당구장 안으로 들어가 프레드 마컴과 웨트스톤 키드에게 인사를 했고, 그러자 어떤 남자들이 그를 은근슬쩍 쳐다보았다. 괜스레 기분이 좋아지면서 왠지 자기가 영향력 있는 사람이 된 듯한 느낌이었다. 그리고 포켓 당구 게임 여러 개가 한눈에 보이는 벽 앞에 서서 경기들을 지켜보았다.

서너 시간 뒤 사람들이 어느 정도 줄어들고 나서—담배 연기와 돈 냄새는 아직 가득했지만—버트가 안으로 들어왔다. 그는 여전히 깔끔한 모습이었으나 머리가 살짝 부스스해졌고, 바지 앞쪽에는 가로 주름도 잡혀 있었다. 그는 목적 있는 발걸음으로—근엄한 중개인이 거래를 하기 위해 의기양양하게 내딛는 듯한 발걸음으로—당구장을 가로질렀다.

에디가 그를 바라보았다. "어디에 있었어요?"

"카드 게임 구경하고 있었네."

"게임했어요?"

"아니, 아직. 아마 얼마 동안은 굳이 게임을 할 만한 가치가 없을 거야. 나중에는 괜찮겠지만. 거물들이 게임 중이거든."

"여기에도 거물들이 있어요." 에디가 당구장 쪽으로 고개를 까딱했다.

"알지."

"여기는 항상 이런가요? 사람들이 켄터키에서 하는 게 이 거예요?"

버트가 엷은 미소를 지었다. "아니. 전에는 이런 걸 본 적이 없어. 저자들은 내가 말했듯이 경마를 보러 여기로 온 거네. 이렇게 많은 당구 선수들은 나도 처음 봐. 포커들도 마찬가지 고. 무슨 컨벤션 같군 그래." 그는 에디를 바라보았다. "저자 들 어때 보이나? 돈이 어떻게 움직이는 것 같아?"

에디가 그를 내려다보며 활짝 웃었다. "상당히 빠르게 움직 이네요."

버트는 입술을 오므리며 생각에 잠겼다가 만족스러워했 다. "그거 잘됐군."

"자, 이제 뭘 해야 하죠?"

"일단 먼저," 버트가 천천히 말했다. "내가 자네를 당구 게 임에 넣어 주지. 중간 정도의, 규모가 약간 작은 게임에. 그리 고 나는 뒤쪽으로 가서 카드 게임이 어떻게 돌아가는지 볼 거 고."

"알았어요." 에디가 말했다. 그러고는 "핀들리는요? 우리가 만나러 온 그 남자는요?"

"그도 여기로 올 거야. 오늘 밤늦게. 아니면 내일이나."

"어쩌면 우리가 그의 집으로 갈 수도 있겠네요. 어디인지 알잖아요."

버트가 고개를 저었다. "아니. 그는 그런 식으로 게임을 하지 않아. 핀들리는 자기 집 초인종을 누르는 사람에게 당구 한 게임하자고 묻는 타입이 아니네. 이 주변으로 직접 올 거야. 기다려 보게. 기다리고 있으면 충분히 찾아낼 수 있을 테니."

에디가 웃었다. "알겠어요, 보스. 게임이나 골라 줘요."

"지금 막 하려던 참이었네. 뒤쪽 당구대에 있는 저 기수, 연습하고 있지? 보여? 이름은 바니 피어스."

"보여요. 그렇게 잘하는 것 같진 않은데." 기수는 티 하나 없이 깔끔하게 옷을 차려입은, 목청이 좋고 키가 작은 남자였다. 그는 잔뜩 긴장해서 샷을 너무 빠르게 치고 있었다.

"보기보다는 잘해. 저자는 나인 볼을 치지. 자네가 잘만 하면 이길 수 있을 거야."

"알겠어요." 에디가 답했다. "좋아요. 그런데 한 가지 조건이 있어요."

"뭐지?"

"저 남자와는 내 돈으로 게임하고 싶어요. 돈을 좀 따야 할 필요가 있어서요."

버트는 답을 하려다가 멈칫했다. 아랫입술을 지그시 깨물며 잠시 생각에 잠겼다가 입을 열었다. "좋아. 하지만 핀들리와 대적할 때는 안 돼."

"네. 그럴게요."

"그럼 그렇게 하지. 아무튼 저자는 게임당 20달러를 걸 리가 없네. 그러니까 5달러로 시작해."

"고마워요." 에디가 가죽 케이스를 들고 뒤쪽 당구대로 가며 말했다.

*

기수는 기대 이상으로 실력이 상당히 좋았고, 버트가 말한 대로 그는 게임당 20달러를 넘기지 않았다. 에디보다 나인 볼에 대해 더 잘 알았고, 에디가 전에 본 적 없는 아주 훌륭하고 안전한 수비 샷들에 익숙했으며, 공을 예리하게 쳐 내는 방법을 무척 잘 파악하고 있었다. 그러나 에디는 자신의 샷에 집중하며 신중하게 경기를 치렀고 결국 스트레이트 샷으로 그를 이겼다. 그 키 작은 남자가 큐대로 삼각틀 안을 쿵 내리치며 경기를 그만두고 떠나기 전까지 에디는 100달러를 넘게 따냈다. 작은 게임을 이기면서 에디는 렉싱턴의 시작을 상쾌하게 맞이했다. 그 느낌은 참 좋았다. 중요한 게임은 아니었지만, 어쨌든 주머니에 돈이 들어 있는 느낌은 역시나 좋았다.

게임을 끝내고 나니 11시였다. 당구장에서 아직 경기들이 진행되고 있긴 했으나 새로운 게임을 시도하기엔 너무 늦은 시간이었다. 주위에 버트가 보이지 않았다. 포커 게임이 언제 끝날지는 그 누구도 알 수 없었다.

에디는 가만히 있지 못하고 당구장을 나와 걷기 시작했다. 비가 와서인지 길이 젖어 있었고, 공기는 시원하고 상쾌하며 축축했다. 밖에 사람이 별로 없었다. 술 취한 이들과 신문 배달원, 경찰관들만 간혹 있었다. 그 도시는 버트와 함께 저녁 식사 직후 도착했을 때보다 밤에 더욱 좋아 보였다. 그는 주머니에 손을 꽂은 채 상점들 유리창을 멍하니 바라보며 계속 걸었다. 마음속에 약간 초점이 나간 새라와 핀들리, 미네소타 뚱보의 희미한 모습이 스며들었다. 버트가 핀들리의 생김새를 설명해 준 적은 없지만 에디는 이미 그의 모습을 상상 속에 만들어 놓았다. 그 순간만큼은 그들 중 누구도 중요하게 느껴지지 않았고, 그는 어느새 자기도 모르게 그들과 거리를 둘 방법을 궁리하고 있었다. 새로 맞이한 깨끗한 마을을 자정에 혼자 걷고 있으니 모든 것이 매우 간단하게 느껴졌다. 골칫거리였던 문제들이 더 이상 문제가 아닌 것 같았다. 핀들리는 쉬운 상대일 것이다. 핀들리에게서 돈을 꽤 많이 딸 가능성이 있었다. 그리고 사실 새라는 별 문제가 아니었다. 그는 새라에게 빚진 게 아무것도 없었다. 어차피 다시 시카고로 돌아가더라도 새라를 찾아가지는 않을 터였다. 그녀는 이제 더는 그에게 제공할 것이 없었고, 그 역시 마찬가지였다.

비가 보슬보슬 내리기 시작했다. 빗줄기가 의외로 차가웠다. 에디는 머리를 숙이고 아직 열려 있는 커피숍을 찾을 때까지 빠르게 걸었다.

그는 커피와 스크램블드에그를 먹으면서 주크박스에서 흘러나오는 노래를 한가하게 듣고 있었다. 스크램블드에그는 새라가 해 준 것보다 맛이 좋았다. 그는 새라의 형편없는 스크램블드에그 생각에 씁쓸하게 웃었다. 시계를 들여다보니 11시 45분이었다. 그가 집에 있다면 지금쯤 그녀와 커피를 마시고 있었을 거다. 집이라니? 그게 대체 무슨 말도 안 되는 소리란 말인가. 그에게는 집이 없었다. 새라랑 같이 사는 건 절대 안 될 일이었다. 하지만 그 상상이, 새라가 어떤 집에서 보통 여자들처럼 집안일을 하는 장면과 그 집에서 그녀와 함께 지내는 상상이 한동안 머릿속에 머물렀다. 그 집에서 신문을 읽고 있는 모습, 매년 새 차를 뽑겠지, 라는 생각 그리고 그들의 아이들이 뒤뜰에서 뛰놀고 있는 모습. 처음에는 그런 생각들이 재미있었지만 조금 지나고 나니 불쾌해졌다. 사실 에디는 무척 오랜 시간 동안 부모님과 함께 살았는데, 그런 식의 생활을 전혀 원치 않았었다. 예전에 한번 이 제도 전체가—결혼, 집, 월급 같은 제도가—여자에 의해 발명된 것이라는, 남자들을 희생시키면서 몸집을 부풀리고 있는 제도라는 생각을 한 적이 있었다. 영광을 바라는 것에 대해 버트가 했던 말은,

그 말은 어떨까? 그 말이 맞을 수도 있고, 어쩌면 집과 월급, 귀여운 아내가 중요한 요소일 수도 있다. 그래서 결혼한 남자들이 모두 자신이 참전한 전쟁에서 운 좋게 죽다 살아난 경험에 대해 이야기를 하는 동안 여자들은 새 주방과 아기들이 하는 행동에서 삶의 의미를 찾는 어리석은 인생을 살고 있는 것일 수도 있다. 그는 아버지를 떠올렸다. 한 번도 제대로 성공한 적이 없는, 늘 지쳐 있고 혼란했던 나이 든 남자였다. 아버지가 진심을 담아 이야기할 수 있는 건 딱 두 가지였다. 전쟁에서 자신이 무얼 했는지, 그리고 돈이 생기면 무엇을 할 건지. 에디는 지난 4년간 아버지를 보지 못했지만, 아마 아직도 오클랜드에서 허름한 전기 수리 가게, We-Fix-It을 운영하고 있을 거고, 여전히 새 차 또는 집, 나이 든 남자가 갖고 싶은 물건이라면 뭐든지 소유하길 바라며 살고 있을 것이다. 혹은 괜찮은 섹스 파트너만 원할 수도 있고.

에디는 혼자 씨익 웃었다. 그에게도 괜찮은 섹스 파트너가 필요했다. 그때 불편한 생각이 뇌리를 스쳤고, 카운터 남자에게 물었다. "주류 판매점이 언제 문을 닫죠?"

"10분 후요. 12시에 닫아요."

그는 서둘러 계산을 하고 커피숍을 나섰다. 무슨 이유 때문인지 완전히 이해가 가지는 않았으나 반드시 술 한 병을 사야 할 것 같은 기분이었다. 다행히 제시간에 주류 판매점을 발견했고 버번 750짜리를 샀다. 같은 브랜드인데 시카고에서보다 40센트를 더 내야 했다. 켄터키 버번이었고, 라벨에 '켄터키 바즈타운 생산'이라고 적혀 있었다. 이해가 가지 않았다. 어쨌든 보통 비즈니스에서는 속임수 같은 게 통하지 않는데, 달러 계산 방식은 늘 제멋대로였기에 그럴 가능성도 있을 듯했다. 아니면 세금 때문이거나.

버트가 아까 에디에게 호텔방 키를 주었지만 그는 아직 들어가 보지 않았다. 아직도 제대로 쉬지 못한 채 방이 있는 4층을 터덜터덜 걷다가 팔 아래에 술병을 꽂고서 열쇠로 문을 딸깍 열었다.

스위트 룸 거실이었다. 우아하고 기다란 금색 소파와 커다랗고 푹신한 안락의자, 구석의 작은 바, 그리고 침실로 이어지는 문을 보자마자 스위트룸이라는 걸 분명히 알 수 있었다.

소파 위에는 여자 둘이, 지나치게 화려한 옷차림의 여자 둘이 앉아 술을 마시고 있었다.

에디는 가죽 케이스와 술병, 달랑거리는 열쇠를 손에 든 상태로 출입문에 서서 문을 잘못 열었나, 방을 잘못 찾아왔나 생각하며 얼빠져 있었다. 그때 두 여자 중 하나가, 키가 더 크고 금발인 여자가 은근하게 히죽대며 말했다. "당신이 에디인가 보네요."

그는 멈칫했다. "맞아요." 그러고는 안으로 들어가서 빈 의자에 짐을 내려놓고 방을 둘러보았다. 안에서 보니 침실이 2개 있었다. 거실은 매우 크고 호화스러웠다. 발아래의 카펫도 두툼했다.

"내 이름은 조르진이에요." 금발이 말했다. "앉아요."

"술 한잔해요." 다른 여자가 권했다. 그녀는 갈색 머리였고 금발 여자보다 예뻤다.

"여기는 캐럴이에요." 금발이 소개했다. "캐럴, 인사해."

"안녕하세요." 캐럴이 미소 지었다. 그녀의 치아는 살짝 고르지 않은 편이었고 립스틱을 무척 진하게 발라 놓았지만, 그래도 예뻤다.

"안녕하세요." 에디는 안락의자에 앉았다. 문득 캐럴의 가슴이 진짜인지 궁금했다. 아닐 것 같아 보였지만 진짜라면 훌륭했다. 금발의 가슴도, 조르진의 가슴도 괜찮았다. 조르진이 바(Bar)로 가서 그의 술을 따르기 시작했다. 검은색 실크 드레스를 입은 그녀의 엉덩이 부분이 금방이라도 찢어질 것 같았으나 그런 일은 일어나지 않았다. 에디는 그녀의 어깨 곡선이 아주 부드럽게 이어질 뿐만 아니라 피부색도 조화를 잘 이루고 있다고 생각했다. 어깨에 파우더를 바르거나 뭘 칠한 건지, 아니면 원래 그런 건지 궁금했다.

금발이 그에게 술을 건네고 소파로 돌아가서 앉았다. 그녀는 입에 담배를 물었고, 에디가 불을 붙여 주려는 움직임을 보이지 않자 어깨를 으쓱하며 성냥으로 직접 불을 붙였다.

에디는 술을 마셔 보았다. 도수가 센 술이었다. 그가 등을 기대고 물었다. "당신들은 이 도시에 오는 모든 방문객들을 이런 식으로 환영하나 보죠?" 그는 말을 하면서 짐작해 보려는 듯 금발의 가슴을 빤히 쳐다보았다.

갈색 머리는 그의 발언을 재밌어 하는 눈치였다. 그녀가 웃음을 멈추고 말했다. "우리는 버트의 친구예요. 우리가 올 거라고 버트가 얘기 안 했어요? 우리한테는 당신이 올 거라고 말했는데." 그녀는 자기가 한 말도 재밌어 하는 것 같았다.

"오, 이런." 그가 말했다. "나는 그런 말 못 들었어요. 어쨌든 지금이라도 알게 되었으니 기쁘네요." 그는 이 모든 것에 대한 감각이 도저히 가늠이 가지 않았다. 버트와 연관되어 있다면 더욱 이해가 가지 않았다. 어쨌거나 깨나 흥미롭긴 했다.

"내가 당신의 데이트 상대예요." 금발이 말했다.

"오, 잘됐네요." 에디는 금발이 이미 술을 너무 많이 마셨다고 생각했다.

몇 분 뒤 그가 술을 다 마시고 조르진이 그의 술을 따르러 갔을 때, 캐럴이 라디오를 켜고 댄스 음악을 틀었다.

그때 버트가 들어왔다. 무척 단정하고 침착한 모습이었지만 얼굴은 약간 상기되어 있었다. "안녕, 조르진." 그가 인사했다. "캐럴도 안녕." 그리고는 에디에게 물었다. "어떻게 됐나?"

"괜찮았어요. 당신 말이 맞았어요. 당신은 어땠어요?"

"잘됐군." 버트가 안경을 벗고 손수건으로 문지르기 시작했다. "술 좀 줄래, 캐럴?" 에디는 버트 목소리 속의 익숙하지 않은 나긋함을 감지했다. 버트가 그에게 미소 지었다. "사실 난 아주 괜찮았네. 게임은 아직 진행 중이고."

여자가 버트에게 술을 가져왔을 때 버트가 놀라운 행동을 했다. 경악할 행동이었다. 그가 옆으로 여자를 부드럽게 당기더니 한 손으로 그녀의 턱을 잡고 말했다. "자기, 오늘 밤 진짜 끝내주네." 그러더니 웃었다. 에디는 버트가 그렇게 웃는 소리를 들어 본 적이 없었다. 충격적이었다.

에디는 술을 마저 마시면서 그를 지켜보았다. 버트가 안경을 내려놓고 자리에서 일어나더니 캐럴과 춤을 추기 시작했다. 그는 무척 신중하게 춤을 췄고 제법 잘 추는 편이었다.

"에디, 이리 와. 같이 하지." 그가 말했다.

이런 제기랄. 에디는 생각했다. 그러고는 슬쩍 웃으며 말했다. "알겠어요, 버트. 당신은 내 보스니까."

조르진은 그의 옆 의자 팔걸이에 앉아 있었다. "같이 출래요?" 그녀가 물었다.

"난 춤을 못 춰요."

"내가 또 그런 타입을 좋아하죠." 그녀가 말하며 그를 의자에서 끌어당겨 자기 몸을 잡게 하고 음악에 맞춰 움직였다.

그녀가 그에게 밀착했고, 그는 너무 가까워서 제대로 움직일
수 없었다. 결국엔 두 발을 그대로 둔 채 그저 그녀만 살짝 잡
고 몸을 살살 흔들었다. 그녀도 그런 움직임을 마음에 들어
하는 눈치였다. 그녀는 아주 따뜻해진, 불룩해진 그의 부위
주변에서 몸을 흔들며 엉덩이를 대고 계속 문질렀다. 얼마 지
나지 않아 그녀가 의도한 효과가 나타났고, 그는 그녀를 옆으
로 끌어당기며 같이 자리에 앉을 수밖에 없었다. 그가 그녀에
게 키스를 하다가 문득 멈추었다. 무언가 맞지 않았다. "술 좀
갖다줄래요?" 그가 말했다.

"지금요?"

"네. 지금."

그녀가 술을 가져왔고 그는 술을 마셨다. 그런 다음 상체를
숙이고 그녀에게 키스했다.

곧바로 그녀가 그의 목을 잡아당기며 혀를 그의 입속으로
쑥 집어넣었다. 뒤이어 그의 손이 그녀의 옷 안으로 들어갔
다. 위스키와 향수 냄새가 진하게 풍겼다.

그녀가 살짝 뒤로 물러났다. "우리 침대로 갈까, 자기?"

"그럴까?" 그는 자리에서 일어나 그녀의 팔을 잡았다.

그러나 그녀는 침실에서 그가 좋아하지 않는 행동을 하기
시작했다. 그녀는 침대 옆에 앉아 차근차근 옷을 벗으면서 담
배를 마저 피웠다. 재빠르게 스타킹을 벗고 침대 옆에 가지런

히 놓은 다음 드레스 지퍼를 내렸다. 그는 그게 마음에 들지 않았지만, 말없이 그녀를 지켜보기만 했다.

*

거사를 끝낸 후 옷을 입고 거실로 나가자 아무도 보이지 않았다. 라디오에서 어떤 이의 촌스러운 목소리가 "귀금속 할인 매장까지 중심가에서 90보만 걸으면 됩니다."라고 했다. 바보 같은 목소리였다. 저쪽 침실 문은 닫혀 있었다. 그는 직접 술을 따라 자리에 앉았다. 그들, 버트와 여자의 소리가 들렸다. 침대에서 그의 모습은 어떨지 상상이 가지 않았다. 보통 사람들처럼 불편한 자세로 땀을 뻘뻘 흘리는 얼간이 같을 터였다. 문득 버트가 안경을 벗었을지 궁금했다. 그러고는 그 공간을 감싸고 있는 음악에 애써 귀를 기울였다.

금발이 그의 무릎에 손을 올렸다. 따뜻해졌다.

"안 돼." 그가 말했다.

"좀 이따가?" 그녀는 이제 그를 사랑스럽게 보는 듯했다. 보아하니 침대 위에서의 그의 작은 퍼포먼스가 그녀를 사로잡은 모양이었다. 진부한 허슬은 두 번째 라운드에서 언제나 잘 먹히는 법이다. 에디는 버트가 두 여자에게 하룻밤 비용을 지불한 건지, 횟수별로 지불하는 건지 궁금했다. 하지만 이런

233

걸 준비하는 데 돈이 얼마나 들었는지 알고 싶지는 않았다. 돈이 꽤 많이 들었을 것이다. 호텔 스위트룸에 파티 드레스 차림의 매춘부 또는 '콜 걸'까지. 어떤 신문에서 그 단어를 읽은 적이 있었다. 프로 도박꾼들은 콜 걸을 데리고 있고 전화를 하면 여자들이 온다. 아주 세련된 일류급 여자들이. 잠시 조르진을 바라보았다. 술에 취해 짓궂은 표정으로 그녀를 보자 그녀가 시선을 바로 알아채고 웃음을 지어 보였다. 조르진은 아마도 신문 기사에 나왔던 콜 걸 유형의 여자 같았다. 그리고 여기, 캘리포니아 오클랜드 출신의 에디 펠슨은 일류급의 비싼 매춘부와 함께 경마의 도시 한가운데 있는 호텔 스위트룸에 있었다. 이곳, 켄터키에서 그는 허슬러들을 속여 가며 돈을 따고 있었다. 이런 세상에! 고등학교를 그만둔 그 해에는 오클랜드에서 게임당 10센트를 걸고 어떤 늙은 남자와 당구 내기를 했었는데, 지금은 고급 위스키를 마시고 몸값이 비싼 일류급 여자를 옆에 끼고 있다니.

그는 조르진을 다시 쳐다보고 술을 한 잔 더 마셔야겠다고 결심했다.

한참 후 마침내 버트가 벌게진 얼굴로 거실로 돌아왔다. 그는 직접 술을 좀 따르더니 에디를 보고 입술을 오므리며 생각에 잠긴 얼굴로 있다가 욕실로 가서 손과 얼굴을 씻기 시작했다.

갑자기 에디가 느슨하게 웃었다. "미네소타 뚱보처럼요?"

그가 버트에게 외쳤다. "클러치 할 준비하는 거예요?"

버트가 욕실에서 나와 수건으로 얼굴을 닦았다. "그렇다고 할 수도 있겠네." 그가 답했다. "하지만 아니야." 침실 쪽으로 고갯짓을 하며 덧붙였다. "저 게임에서는."

"좋은 게임이었나 보군요."

"최고지. 하지만 카드 게임도 마찬가지야. 위층에서 아직 게임 중이고." 그는 머리를 세심하게 빗었다.

캐럴이 맨발로 침실에서 나왔다. 그녀의 머리는 헝클어져 있었다. 그녀가 버트의 팔을 잡고 말했다. "안 갈 거죠, 자기? 아직 밤이 한참 남았어요."

"그렇긴 하지." 버트가 에디를 바라보더니 "당신은 좀 자는 게 낫겠군. 내일 당신하고 할 일이 있으니까."

"오늘 밤에 나하고 할 일이 있었잖아요." 에디는 자신의 목소리가 걸걸해졌다는 걸 무심결에 알아챘다.

"일이 많네. 그리고 경기는 없고……." 버트가 자리를 뜨며 말했다.

여자들은 욕실로 들어가 샤워를 시작했고, 에디는 술을 더 마시면 안 될 것 같았지만 술을 한 잔 만들었다. 거실 조명이 너무 밝았다. 그는 자기가 산 750짜리 버번이 개봉하지 않은 상태로 의자에 놓여 있는 걸 발견했다. 한 달 전에 시카고에서 샀던 것과 같은 용량, 750밀리리터였다.

그때 그 술은 새라의 손에 들어가기 전까지 일주일을 그자리에 그대로 있었다. 그건 스카치 750짜리였고, 일류급 술이었다. 그리고 이건 버번이었다. 그는 소파에서 일어나지도 않고 술병을 들지도 않고서 한참 동안 버번을 응시했다. 술에 취해 멍청한 얼굴로 버번을 쳐다보고 있다가 여자들이 떠날때 무미건조하게 말했다. "잘 가요."

18

다음 날 아침, 정오 조금 전에 잠에서 깬 에디는 손이 욱신거림을 느꼈다. 그리고 뇌 아래에서 무언가 축축한, 살아있는 생물체가 있는 것처럼 둔탁한 통증이 느껴졌다. 쇳덩이가 내려앉은 것처럼 무척이나 무거운 몸을 이끌고 욕실로 향했다. 잠시 목 뒤에 차가운 수건을 대고 있으니 혈액 순환이 되는 게 느껴졌다. 그런 다음 샤워를 하고, 머릿속의 둔탁한 느낌을 떨쳐내고 배 속의 찌르는 듯한 감각을 억누르려 애를 쓰고는 옆방에 있는 버트를 깨우러 갔다.

금세 잠에서 일어난 버트는 아무 말도 하지 않고 에디처럼 곧장 욕실로 가 한참을 머물렀다. 잠시 후 에디가 옷을 입고 나서 양치를 하러 욕실에 들어가자, 버트가 자기의 생식기를 응시하며 살집이 두둑한, 근엄한 군주 같은 모습으로 욕조에 앉아 있는 게 눈에 들어왔다. 에디는 양치를 시작했다.

"좋은 아침이네." 버트가 말했다.

에디는 세면기에 민트 향 거품을 뱉었다. "좋은 아침입니다. 햇살이 좋네요."

"기분은 좀 나아졌나?"

"언제보다요?"

"어제보다."

"아뇨. 안 좋아요. 왜 기분이 더 나아져야 합니까?" 에디는 차가운 물을 뱉으며 입을 헹구었다.

"이유는 없네."

"재밌네요." 에디는 칫솔을 입에 물고 돌아서서, 이젠 분홍빛 팔을 꼼꼼하게 닦고 있는 버트를 바라보았다. "당신은 언제나 이유가 있잖아요."

버트가 생각에 잠겨 입술을 지그시 물었다가 말했다. "그렇지. 하지만 내가 잘못 생각했을 수도 있겠군. 나는 시카고에 있는 여자가 자네를 힘들게 하는 줄 알았네. 그래서 어젯밤엔 자네를 위해 그 여자들을 데려온 거야."

에디는 그를 가만히 내려다보았다. 그러다가 갑자기 미소를 지었다. "제길, 버트. 당신은 전부 다 알고 있었네요, 안 그래요? 그런데 이번에는 유일하게 돈 낭비를 하셨습니다."

버트는 생각에 잠긴 듯한 얼굴로 욕조 밖으로 나왔다. 몸에서 물이 뚝뚝 떨어졌다. "자네, 시카고에 여자 있지 않았나?"

"있었죠. 지금도 있는지는 모르겠지만. 어쨌든 고맙습니다. 하지만 조르진은 별 효과가 없었어요."

버트는 물기를 닦을 뿐 대꾸하지 않았다. 그리고 침실로 가침대에 걸터앉아 양말을 신었다. 에디는 침실에 계속 머물며신발에 광을 내고 있었다. 그때 버트가 차분하게 말을 꺼냈다. "그 여자를 사랑하나?"

에디는 잠시 아무 말 없이 버트를 응시했다. 그러더니 갑자기 웃기 시작했다.

*

엘리베이터를 기다리는 동안 에디는 이제 돈이 좀 생겼으니 버트에게 호텔과 여자 비용을 나눠 내자고 제안했지만 버트는 받아들이지 않았다. 새벽 4시까지 했던 포커 게임에서돈을 제법 많이 딴 모양이었다. 그러면서 핀들리와의 게임에서 얻을 이익을 미리 계산해 놓았다고 거들었다. "알겠어요." 에디가 말했다. "고마워요, 그럼."

두 사람은 호텔 식당에서 배를 두둑하게 채웠고, 에디는 진한 커피를 두 잔 마셨다. 여전히 손가락이 뻣뻣하고 아팠지만커피를 마시고 나니 기분이 한결 나아졌다. 손에 대해서는 버트에게 한 마디도 하지 않았다.

둘은 식사를 마친 후 당구장으로 갔고, 그즈음 당구를 치는
사람은 얼마 되지 않았으나 그래도 머릿수는 꽤 많았다. 당구
장 뒤편의 남자들 다섯은 기수가 확실했고, 그들은 대체로 얼
굴이 홀쭉하고 눈빛이 날카로우며 아주 강단 있어 보였다. 또
다른 무리도 있었는데 대부분 에디가 모르는 사람들이었다.

"핀들리가 여기에 있어요?" 에디가 버트에게 물었다.

"아니. 가서 물어볼 참이네." 버트는 금전 등록기 옆에 서
있는 남자 셋에게 다가갔다. 한 사람이 그에게 인사했다. "어
이, 럭키." 그러나 버트는 인사를 받지 않았다. 버트를 그렇게
부르는 게 어쩐지 이상하게 느껴졌다. 그들은 이야기를 나누
었고, 에디에게는 그들의 말소리가 들리지 않았다.

그는 저쪽으로 가서 기수들 근처에 자리를 잡고 앉았다. 지
금은 파란색 플란넬 재킷을 입은 깡마른 남자가 공을 칠 자세
를 잡고 있는 중이었다. 에디는 그가 누군지 몰랐다.

"무지하군." 그 남자가 말했다. "무지해서 이런 거야." 에디
는 대화에 귀를 기울이지 않으려 했지만, 그가 당구공을 테이
블 위에 유지시키는 공기의 압력에 대해 설명하려는 것 같았
다. 공기의 압력이 없으면 공들은 전부 공중으로 날아다닐 것
이다. 그리고 무엇보다 그 현상은 말들이 경주 트랙을 달릴
때 무척 중요한 요소였다. 그러나 다른 기수들은 회의적인 반

응이었고, 에디 역시 같은 생각이었다.

잠시 후 버트가 돌아와서 말했다. "지난 며칠간 핀들리를 본 사람이 없다는군."

"그래요?"

"경마장에 있는 것 같아. 같이 나가 보겠나?"

"당신이 보스잖아요."

"그렇지." 버트가 말했다. "내가 보스지."

*

에디는 경마장에 가 본 적이 없었다. 물론 시험 삼아 말에 돈을 건 적은 있었지만. 처음인데도 나름 흥미롭고 재미있었다. 벽면에 작은 창문들이 난 경마장 내부는 사람들로 북적였고, 말 냄새와 여자 냄새 그리고 돈 냄새가 풍겼다. 그곳의 돈에서 광활한 들판의 불법 도박 게임 같은, 신선한 바깥 향내가 나는 듯했다.

다섯 경기가 끝나고 난 후, 에디는 계속 서 있어서 발이 아팠고 지루하기도 했다. 그래서 경마를 즐기는 사람들로 가득한 바(Bar)로 가서 자리를 잡고 앉았다. 10분이 지나자 점원이 다가왔다. 점원이 오기 전까지 바에 있는 사람들을 쭉 둘러보자 다들 값비싼 옷들로 화려하게 차려입었음을 알 수 있었다.

에디는 대체 이 사람들이 전부 어디에서 왜 왔는지, 정확히는 어떻게 이런 사치스러운 시간을 보내고 있는 건지 궁금했다. 아무리 생각해 봐도 가늠이 가지 않았다. 그에게 도박은 본인 스스로도 어느 정도 이해했다고 생각하는 행위이긴 했으나, 도박이라 함은 그의 개인적인 기술에 돈을 거는 것, 최소한 개인적인 행위에, 최소한 술을 마시기 위해 25센트를 베팅하는 것이었다. 승률이 조작된 누군가의 말에 돈을 거는 비즈니스는, 다른 말들처럼 행동하고 그렇게 보이는 말에 돈을 거는 건 굉장히 어리석은 행동 또는 그저 그런 단순한 오락이라는 생각이 들었다. 그럼에도 경마장과 마권업자, 또는 누군가는 돈을 땄다. 에디는 전에 경마에 돈을 걸며 생계를 이어 간다고 말하는 사람을 만난 적이 있었다. 하지만 그의 생각에, 아무리 수익이 좋다 하더라도 경마 도박으로 돈을 벌며 생계를 꾸리는 건 적절한 방법이 아니었다.

얼마 동안 혼자 바에 앉아서 경마장 내부의 사람들을 진짜 부자와 졸부 두 그룹으로 나누면서 재밌는 시간을 보냈다. 부자와 졸부, 그 사이에 낀 중간 그룹도 있는 것 같았다. 일명 '상공 회의소', 즉 절반은 진짜 부자고 나머지는 졸부인 그런 단체. 사람들의 옷차림을 보면 파악이 가능했다. 부자들은 대개 그로테스크 풍의 기이한 옷을 입었고, 졸부는 호화롭고 굉장히 스타일리시한 옷을 입었고, 상공 회의소 급은 에디와 상당히 비슷한 옷차림이었다. 진짜 부자들의 옷은 한결같이 독특했다. 부자들이 매는, 직접 무늬를 그린 수제 넥타이는 공장에서 찍어낸 것보다 이상했는데, 특히 그 넥타이를 펄이 들어간 회색 정장과 감치기 바느질이 되어 있는 새하얀 셔츠에 곁들이면 더 기이해 보였다. 그리고 몇 안 됐지만 트위드 재킷을 입은 사람도 간혹 있었다. 여자들은 중년이어도 대개 괜찮아 보였다. 그들 대다수가 옷을 화려하게 차려입고 매니큐어를 꼼꼼하게 바른 스타일이었고, 에디는 늘 그들에게 비뚤어진 매력을 느꼈지만, 그들이 경마장 같은 공공장소에 모습을 드러내기를 좋아한다는 것 외에 그들에 대해 아는 바가 없었다. 그 순간 새라의 블라우스 아래에 숨겨진 아담한 가슴이 떠오르며 그녀가 마흔이 되면 어떤 모습일지 그려지기 시작했다. 아마 트위드를 즐겨 입고 엉덩이가 펑퍼짐한 여자가 되어 있겠지. 그때까지도 아파트에 살면서 책을 쓰고 있을 수도 있다. 어쩌면 에디에 대한 얇은 책이나 시를 쓸지도 모른다. 엉덩이가 두둑해져서 대학 교수와 결혼을 하고, 그녀의 친구들에게 한때 동거했던 범죄자 당구 허슬러에 대해 말하면서 자기 자신을 독특하고 중요한 존재라고 느끼며 살아가고 있을 것이다. 물론 아닐 수도 있다. 그는 아직 그녀를 잘 알지 못했다.

마침내 점원이 그를 발견했다. 그는 더블 스카치를 주문했고, 그 뒤 바(Bar)로 급하게 돌아가는 여자 점원의 다리를 은밀하게 훔쳐보았다. 그런데 바 앞에 흥미로워 보이는 남자가 서 있었다. 점원이 바텐더에게 주문을 넣는 동안 에디는 그 남자에게 집중했다.

남자는 키가 크고 호리호리했다. 얼굴이 희멀건하고 어딘가 방탕한 느낌이 나면서도 이상하게 젊어 보였다. 보통 남자들과 비슷하게 한 40대, 또는 그 이상 정도 되어 보였다. 틀림없이 부자였고, 왠지 동성애자일 수도 있겠다는 생각이 들었다. 그러나 여성스러운 면이 보이지는 않기 때문에 그냥 젊어 보이고 관능적인 느낌의 사람일 가능성도 있었다. 그는 짙은 색 정장을 입고 있었다. 정장이 좁은 어깨를 섬세하게 감싸고 있는 것만 봐도 무척 비싼 옷이란 걸 알 수 있었다. 그리고 손에는 아주 멋지고 고급스러워 보이는 카메라가 매달려 있었다. 그는 쌍안경을 든 어떤 시끄러운 부자와 대화를 하는 중이었고, 두 사람 모두 웃고 있었는데, 동안인 그의 웃음에는 즐거움이 담겨 있지 않았다.

드디어 점원이 에디의 술을 갖고 왔다. 1달러 50센트였고, 그녀는 어떻게든 팁을 받으려고 일부러 거스름돈을 만지작대며 팬스레 허둥댔다. 그러나 에디는 거스름돈을 기다리며 희망의 불씨를 아예 없애 버렸다.

경마에 거는 내기가 끝났다는 벨이 쩌렁쩌렁 울리자 점원이 바로 자리를 떠났고, 사람들은 대부분 바를 떠나거나 창가에 모여 경기장을 지켜보았다. 하지만 카메라를 든 그 남자는 경주가 시작되었다는 걸 인식하지 못했는지 계속 바에 머물러 있었다.

나팔 소리가 들리더니 1분 뒤 말들이 달리는 소리가 울렸고, 고성과 열광적인 비명이 이어졌다. 에디는 술을 마저 마셨다.

버트가 들어와 그를 찾아내고 자리에 앉았다.

에디가 몸을 쭉 늘리며 담배에 불을 붙였다. "어떻게 됐어요?"

"괜찮았네."

"이겼어요?"

"응."

에디가 고개를 절레절레 저었다. "당신은 항상 이기는군요?"

버트는 생각에 잠긴 듯했다. "일반적으로는 그렇지." 그가 바 쪽을 흘긋했다. 곧바로 그의 눈썹이 올라갔다. "자," 그가 말했다. "저기 누가 오는지 보게!"

아까 에디가 봤던 그 호리호리한 남자였다. 그가 그들의 테이블로 다가와 느긋하게 자리에 앉았다. 그러고는 버트에게 미소를 지었다. "안녕하세요." 그의 목소리는 부드럽고 번지르르했다. "오랜만입니다."

"안녕하세요." 버트가 희미한 미소를 띠며 입술을 오므렸다. "여기 오랜만에 왔거든요. 자, 여기가 에디 펠슨입니다.
여기는 제임스 핀들리이고."

에디는 얼굴에 아무 감정도 드러내지 않았다. "만나서 반갑
습니다." 그가 말했다.

"저도요." 핀들리가 카메라를 테이블에 올렸다. "당신 얘기
를 들어 본 것 같군요, 펠슨 씨. 포켓볼을 친다고요?"

에디가 빙긋 웃었다. "네, 여기저기에서 치죠. 당신은요?"

"저도 가끔 칩니다." 그가 웃었다. "물론 지는 걸 두려워하
긴 하지만요."

"에디도 그래요." 버트가 말했다.

"아, 전 거의 이깁니다." 에디가 핀들리를 보며 말했다. 젊
어 보이는 그의 얼굴은 어쩐지 마스크 같기도 하고, 아니면
화장을 아주 진하게 한 중년 여성의 얼굴 같기도 했다. 마치
무언가가 피부가 무너지거나 부패하지 않게 팽팽하게 잡고
있는 듯한 느낌이었다.

핀들리의 목소리와 눈에는 남을 얕보고 우쭐해하는 느낌
이 담겨 있었다. "분명 그럴 겁니다, 펠슨 씨. 당신이 그럴 거
라는 거에 내 돈을 베팅하죠."

에디는 계속 미소 짓고 있었다. "얼마요?"

핀들리는 가소롭다는 듯 놀란 척하며 눈썹을 올렸다. 그리
고 버트에게 고개를 돌리고 말했다. "버트, 펠슨 씨가 일을 꽤

잘 처리할 것 같군요."

"그럴 겁니다." 버트가 말했다.

핀들리가 에디 쪽으로 고개를 돌려 미소 지었고, 에디는 잠깐이지만 그 상황을 즐겼다. 핀들리는 그의 방문 목적을 확실하게 알고 있고, 만약 허슬이 계획되어 있지 않다면 버트와 에디가 핀들리와 함께 이야기를 나눌 리 없었다. 그런 핀들리의 모습에 에디는 그가 본능적인 졸부이자 서투른 배우 같다는 생각이 들었다. "저기, 펠슨 씨," 그가 말했다. "언제 저녁에 저희 집에 올래요? 당구 한 게임 한번 했으면 좋겠는데."

에디는 포켓볼을 그냥 '당구'라고 부르는 걸 별로 좋아하지 않았다. 그러나 그를 보고 웃으며 "언제요?"라고 물었다.

핀들리가 냉랭하게 웃었다. "굉장히 직설적이군요, 펠슨 씨."

"맞아요." 에디가 싱긋 웃었다. "언제요?"

"음," 핀들리는 가죽 케이스에서 끝에 코르크가 달린 담배를 꺼내고 손등 위에 부드럽게 톡톡 두드렸다. "오늘 밤에 올래요? 8시?"

에디는 버트에게 고개를 돌렸다. "어때요?"

버트가 자리에서 일어나더니 테이블 아래로 의자를 집어넣었다. "거기로 가겠습니다." 그가 말했다.

19

핀들리의 집의 외관은 올드 피츠제럴드 광고 같았고, 누군가에게는 '귀족적인'이라는 단어를 의미하는, 그런 느낌의 대저택이었다. 진입로를 따라 한참 운전해 들어가야만 짙은 색 벽돌로 된 큰 집에 다다를 수 있었다. 집 앞에 커다란 하얀 기둥이 우뚝 세워져 있고, 사방에 관목들이 우거져 있었다. 아스팔트가 깔린 진입로에 작고 독특한 흑인 금속상이 있었는데, 기수 유니폼을 입은 흑인이 밝은 레이스가 달린 한 쌍의 하얀 철제 재질의 판사석 쪽으로 철 고리를 내밀고 있는 그 금속상은 누군가를 조롱하려는 건 아니지만, 켄터키가 올드 사우스에 한 번도 속해 있지 않았다는 사실을 암시하고 있었다. 그 독특한 금속상은 하나의 장식품일 뿐이었다.

집의 안쪽 공간은 칼버트 리저브 광고와 더 비슷했다. 관자

놀이 부근이 백발이 되어 가는 남자가 가죽 의자에 앉아서 위스키 잔을 들고 있을 듯한 느낌의 장소 같았다. 뒤편으로 가 보니 책들과 그림으로 가득한 방이 보였고, 가죽 안락의자들도 여러 개 있었는데 그 의자들은 핀들리가 누구와 함께 있든 그를 돋보이게, 남들과 쉽게 구별되게 만들 수 있는 물건이었다. 에디는 문득 이 집주인이 당구대 위로 허리를 숙이면 어떤 모습일까 궁금해지기 시작했다. 생각만으로도 흥미로웠다.

지하실은 벽이 마호가니로 덧대어져 있었는데, 에디의 눈에는 끔찍해 보였다. 심지어 요즘 자주 보이는, 군데군데 옹이가 박힌 소나무 무늬의 반들반들한 합판보다 더 형편없었다. 방 뒤쪽 구석에 보일러가 숨겨지지 않은 채 훤히 드러나 있었는데 그 모습은 마치 거대한 마호가니 오징어가 철제 팔을 벌리고 있는 것 같았다. 보일러 옆에는 바(Bar)가 있고, 바 앞에는 당구대가 있었다. 당구대의 초록 천이 먼지 낀 회색 커버로 덮여 있고, 그 위로 갓이 씌워진 전등들이 줄 맞춰 매달려 있었는데 아직 불이 켜져 있지는 않았다.

그들은 바에 앉았다. 핀들리가 두 사람을 위해 스카치에 소다를 섞었다. 에디가 앉은 바의 끝 쪽에 높이가 60센티미터 정도 되는 나무 조각상이 있었고, 남녀 한 쌍이 사람들이 즐겨하는 실내 스포츠 중 하나를, 다시 말해 당구를 치고 있는 모습이었다. 에디는 정말 저런 일이 가능해질까 생각하며 나무 조각을 관심 있게 쳐다보았다. 언젠가는 가능하겠지만 쉽지 않은 일일 터였다. 바 위에 외설적이고 참신한 일본풍의 그림이 걸려 있었다. 스카치는 맛이 아주 훌륭했다. 최고였다.

핀들리가 가벼운 대화를 계속 이어 갔다. 대부분 별 의미 없는 내용이었다. 어느 순간 그가 말을 멈추고 조용해지더니 술을 다 털어 넣었다. 그에 맞춰 에디는 가죽 케이스를 열기 시작했다. 큐대를 꺼내 상대와 하대를 돌려서 조이고 단단하게 연결되었는지 확인했다. 큐팁과 덧대진 가죽을 만져 보니 수도 없이 계속 친 샷으로 인해 끝이 약간 단단하고 반들반들해져 있었다. "사포 있어요? 파일이나?"

핀들리는 마치 자기가 도움이 되길 간절히 바라는 것처럼 활짝 미소 지었다. "물론이죠. 어떤 걸로요?"

"파일이요."

핀들리가 기꺼이 벽에 설치된 캐비닛으로 가서 문을 열고 이미 연결되어 있는 본인의 큐대와 파일을 꺼낸 다음 에디에게 파일을 건넸다.

에디는 파일을 받아 들고 파일 측면으로 큐대의 팁을 조심스럽게 두드려 가며 큐팁의 탄력성이 조금 되살아나게, 그리고 초크 칠이 더 잘 먹게 만들었다. 그런 다음 핀들리가 자기의 큐대를 신중하게 보며 큐대의 견고함과 직진도를 분주하게 확인하고 있는 모습을, 이 저택의 주인을 흘긋 바라보았다. 그의 두 가지 모습이 에디는 흥미로웠다. 어떤 의미에서는 이미 벌어진 결투를 위해 점잖게 무기를 준비하는 신사 같아 보이기도 했다.

핀들리가 의식을 다 치르자 에디가 말했다. "하시죠." 그러면서 그는 자리에서 일어났다.

"물론이죠."

당구대를 덮고 있던 커버가 한쪽 구석으로 걷어진 그 순간 에디는 무언가를 보고 동요했다. 당구대에 포켓이 없었다. 포켓볼이 아니라 캐롬 당구 전용 테이블이었다. 즉시 버트 쪽으로 시선을 돌렸다. 버트가 입술을 오므리고 있는 걸 보니 그도 확인한 모양이었다.

에디가 핀들리를 바라보았다. "포켓 당구를 치는 줄 알았습니다."

핀들리는 재미있는지 눈썹을 쓰윽 올렸다. "포켓볼도 치죠. 그런데 여기에선 아니에요. 무섭거든요."

에디는 아무 반응도 하지 않았다. 그러나 계속해서 핀들리와 함께 커버를 접고 근처 벽에 설치된 선반에 올려놓았다. 머릿속으로 지금 벌어지고 있는 일을 빠르게 저울질했다. 캐롬 당구 경기 법을 그는 알고 있었다. 어쨌든 포켓 당구와 겹치는 부분이 많긴 했다. 두 게임 모두 무엇보다 스트로크가 좋아야 했고, 공의 움직임에 대한 지식이 필요했다. 하지만 차이점 역시 뚜렷했다. 공이 포켓볼 공보다 약간 더 크고 무겁기 때문에 수비 경기를 할 때는 전략적으로 완전히 다를 수밖에 없었고, 가장 중요한 점은 주로 큐볼로 진행된다는 것이었다. 내가 친 공이 어디로 가는지에 대해선 신경을 그렇게 많이 쓸 필요가 없지만, 그다음 샷에서 큐볼로 뭘 해야 하는지는 정확하게 파악해야 했다. 포켓볼 선수가 이런 부분에 익숙해지기는 여간 어려운 일이 아니었다. 게다가 긴장도가 높은 경기이기 때문에 체스 같은 게임처럼 두뇌 회전과 배짱 그리고 요령에 따라 달라지는 경우가 많았다.

에디가 다시 핀틀리를 바라보았다. "어떤 당구를 치시나요?"

"쓰리 쿠션*인데, 아시나요?"

그나마 다행이었다. 쓰리 쿠션에 대해서는 에디도 아는 게 좀 있었다. 아무튼 일방적으로 진행되는 경기는 아니었다. 경기에서 자신에게 무슨 일이 벌어지고 있는지 모르면 에디는 이길 수가 없었다. 만약 핀레이가 아주 지독하게 잘 친다면, 절대 이길 수 없었다.

에디가 버트를 바라보았다. 버트는 고개를 젓고 있었다. "안 돼."

에디는 그에게 슬쩍 미소를 보이고 어깨를 으쓱 들어 올렸다.

---

* 큐볼로 쿠션을 세 번 이상 맞히고 두 개의 공을 맞혀서 득점하는 경기

그러고는 핀레이 쪽으로 시선을 돌리고 말했다. "쓰리 쿠션 한 게임에 얼마가 적당하다고 생각하시는지? 25요?"

핀들리가 손으로 가느다란 머리칼을 부드럽게 쓸어 넘기며 웃었다. "100달러는요?"

에디는 버트를 쳐다보았다. "어때요?"

버트의 얼굴이 경직되었다. "별로 좋지 않네, 에디. 꼭 경기를 할 필요는 없어."

"왜요?"

"자네는 어떤 당구를 쳐 왔나? 살면서 이런 당구는 한 번도 쳐 본 적 없을 텐데."

"오, 이제는." 핀들리가 끼어들었다. "펠슨 씨도 자신이 무얼 하는지 분명하게 알고 있을 거예요, 버트. 그리고 그걸 확인하는 데 100달러 정도는 충분히 댈 수 있지 않겠습니까?"

"그럼요, 물론이죠." 에디가 답했다. 그러고는 하얀 공을 래깅 포지션에 놓고 빨간 공을 당구대의 반대편 끝에 두었다. 세팅을 마치고 버트를 바라보았다.

버트의 얼굴에서는 아무런 감정이 느껴지지 않았다. 에디는 큐팁에 초크 칠을 했다.

"음," 그가 핀들리에게 말했다. "시작하시죠."

그들은 래깅을 했고, 에디가 큰 차이로 졌다. 공들이 무겁고 큼직하다는 것이 고스란히 느껴지는 걸로 봐서는 재질이

상아인 것 같았다. 에디가 사용해 온 합성 소재의 공들보다 더 컸기에 다루기가 힘들었다. 공에 익숙해지려면 시간이 좀 걸릴 터였다. 일단 그 부분이 첫 번째 문제일 것이리라.

게다가 당구대도 문제였다. 당구대가 너무 컸다. 어디선 가 들었는데, 처음에 유럽에서 당구가 고안되었을 때 길이가 480센티미터나 되는 당구대를 사용했다고 한다. 이 당구대는 가로 150센티미터, 세로 300센티미터 정도였지만, 위에서 내 려다보면 최소 510센티미터도 더 되어 보였다. 그리고 레일 도 이상하게 단단한 편이었다. 초록 천도 달랐는데 짜임이 더 섬세한 듯했고, 그는 그런 천을 좋아하지 않았다. 하얀 공을 쳤을 때 공의 크기와 묵직함이 느껴졌는데 그것이 큐대의 미 는 힘을 저항하는 것 같았다. 마치 공의 밑부분이 천에 붙어 있는 느낌이었다.

핀들리가 래깅을 이겨서 오프닝 샷을 쳤다. 그의 얇은 입 술이 집중으로 인해 우아하게 찌그러졌다. 그는 엉덩이에 두 손을 대고 서서 아주 주의 깊게 공을 바라보다가 마침내 상체 를 숙이고 샷을 쳤다. 그는 왼손의 짧은 손가락을 몇 번 움찔 대다가 손을 초록 천 위에 안착시키고 브리지를 정교하게 만 들었다. 기품 있어 보이게 스트로크를 준비했지만, 큐대 아래 부분을 너무 높게 든 채 멀리 잡고 있다가 거칠게 급강하했 다. 팔의 움직임 또한 불규칙하고 부자연스러웠다. 그러나 마침내 큐볼을 치자, 큐볼이 빨간 공을 때리면서 레일 세 군데로 적절하게 뱅크되었고 또 다른 하얀 공을 깔끔하게 맞혔다. 1점이었다.

"자," 그가 에디를 보고 미소를 지었다. "이런 느낌은 언제나 좋지 않나요?"

에디는 답하지 않았다.

그다음 핀들리는 쓰리 쿠션 뱅크 샷을 쳤다. 즉 큐볼을 레일에 부딪혀 반동을 세 번 준 다음 다른 공 2개를 치게 했다. 그는 조금 전과 똑같이 집중한 척 괜스레 입술을 씰룩대며 작은 손가락을 흔들대다가 또다시 급강하하는 스트로크로 샷을 탁 마무리했다. 그의 매너리즘을 보고 있으니 에디는 혐오감이 들었다. 그러나 그는 연속으로 두 번 점수를 냈다.

에디는 샷을 칠 차례에 감정에 휘둘리지 않고 차분히 경기에 임하려 노력했고, 다행히 부드럽고 괜찮은 스트로크로 큐볼을 깔끔하게 쳤다. 하지만 다른 공들을 치지는 못했다.

다시 핀들리의 차례가 돌아왔고, 그는 하얀 공을 당구대 끝한구석에, 다른 두 공은 반대쪽 끝에 두며 수비 경기를 했다. 곧바로 새로운 난관에 봉착했다. 에디는 그 포지션에서 어떻게 수비 경기를 해야 하는지 정확히 몰랐다. 그래서 짜증 난 상태로 샷을 거칠게 쳤고, 결국 공은 멀리 굴러가고 말았다. 큐볼이 한쪽 코너에서 툭 굴러 나와 손 쓸 수 없는 위치에 떨어졌다. 그렇게 되면 핀들리가 쓰리 쿠션 횡단 샷을 쉽게 할 수 있을 것이었다.

두 사람은 계속 게임을 이어 갔고, 얼마 뒤 에디가 한 번씩 점수를 내기 시작했다. 하지만 공이 제대로 다뤄지지 않는지 좀처럼 경기 자체와 당구대에 익숙해지지 못했다. 결국 핀들리가 에디를 이겼다. 25 대 11. 게임이 끝나자 버트가 핀들리에게 100달러 지폐를 주었다. 아무 말 없이.

"고마워요, 버트." 핀들리는 그렇게 말하고 에디에게 돌아서서 그 특유의 거만하고 불쾌한 미소를 지었다. "한 게임 더 할래요?"

다음 게임에서 에디는 교묘한 잉글리시*을 피하며 간단한 샷들에 집중하려 노력했다. 그리고 적합하게 발견된 샷들은 그게 무엇이든 확실하게 쳐 내려 애썼다. 그러나 이번에도 졌다. 그래도 핀들리가 승리하기 전까지 15점이나 따냈다. 그는 침묵했다. 핀레이가 이기기 위해, 단지 승리만을 위해 꼴사납게 집중하는 척하며 똥폼이나 잡는 형편없는 방식에 화가 나긴 했지만, 마음을 차분히 가라앉히려 지속적으로 노력했다. 또 에디는 자기가 샷을 칠 때마다 버트의 시선이, 자신의 스트로크와 공들이 굴러가는 걸 지켜보던 중 못마땅해서 번득

---

* 공이 굴러가고 바운스 할 때 추가적인 변수를 더해 주는 회전 샷

이는 버트의 시선이 느껴졌다. 하지만 더는 버트를 돌아보지 않았다. 그저 현재 하고 있는 것에만 집중하려 애썼다.

네 번째 게임에서 이윽고 에디는 공과 당구대에 대한 감각을 올바르게 느끼기 시작했다. 오래전부터 이어져 온 이 괜찮은 감각은 늘 그랬듯 얼마 지나지 않아 그에게 밀려왔고, 이제 이길 때가 됐다는 걸 알려 주기도 했다. 긴장이 조금씩 풀리면서 스트로크를 할 때 손목 움직임에 힘이 더 실리기 시작했다. 비록 그런 움직임이 아직은 통증을 일으켰지만. 마침내 그는 간신히 핀들리를 이겼다.

다음 게임에서도 에디가 이겼다. 그러자 핀들리는 마호가니 바 뒤로 가더니 술을, 도수가 센 술을 만들었다. 에디는 그제야 긴장이 풀리고 기분이 좀 나아지기 시작했다. 이제 그를 제압할 타이밍이었다. 딴 돈을 생각해 봐야 할 순간이었다. 에디는 공이 당구대 위를 활보하는 걸 보면서, 샷을 성공할 때마다 울려 퍼지는 공들의 매력적인 소리를 즐기면서 게임에 빠져들고 있었다.

계속 이어진 여섯 경기 중 에디가 네 경기를 이겼고, 두 사람은 다시 동점이 되었다. 손목시계를 확인하자 10시 15분 전이었다. 이제 막 저녁이 시작되었다. 그래도 최소한 그의 본질로 돌아간 것 같아 기분이 좋았다. 핀들리의 과장된 경기 운영 스타일은 이제 우스워 보일 뿐이었고, 지금이야말로 에디에게는 그 모든 걸 쉽게 무시할 수 있는 기회였다.

에디가 경기를 이기고 돈까지 벌게 되자 핀들리는 바(Bar)로 가서 술을 또 제조했고, 에디는 버트에게 다가가 조용히 물었다. "판돈은 언제 올려요?"

버트는 가만히 고심했다. "글쎄."

바에서 얼음이 달그락대는 소리가 들렸다.

"이제 펜들리가 내 손안에 들어온 것 같아요." 에디가 말했다.

"그렇게 생각하면 안 돼."

"알겠어요, 보스." 그는 재밌다는 듯 버트를 보고 씨익 웃었다. "저 사람이 내 손에 들어왔다는 걸 나는 이미 느끼고 있어요. 그러니까 이제부터는 계속 이길 겁니다."

버트는 신중한 눈으로 에디를 바라보았다. "내가 직접 보여줄게요." 에디가 덧붙였다.

그리고 다음 게임에서 에디는 또 이겼다. 에디의 담배에 불을 붙여 주려 라이터를 내밀고 찰칵 소리와 함께 뚜껑을 닫더니, 핀들리는 놀랍게도 이런 말을 꺼냈다. "판돈 올릴래요, 펠슨 씨?"

에디는 잠시 그를 바라보다가 버트에게 돌아섰다. "괜찮아요?"

버트의 목소리는 어정쩡했다. "이길 수 있겠나?"

"그럼요, 그렇고 말고요." 핀들리가 웃으며 말했다. "펠슨 씨는 당연히 나를 이길 수 있을 거라 생각할 겁니다, 버트, 그렇지 않다면 나와 경기를 하지 않았을 거라고요. 맞죠, 펠슨 씨?"

"네, 맞아요." 에디가 그를 보고 미소 지었다.

"나는 에디에게 당신을 이길 수 있냐고 물어본 게 아닙니다." 버트가 말했다. "에디가 당신을 이길 거란 걸 나도 이미 알고 있어요. 에디에게 물어본 건 당신을 *이길 거냐*는 질문이었죠. 에디에게는 이 두 가지가 다르거든요."

에디는 아무 말 없이 버트를 바라보았다. 그러다가 단조로운 말투로 답했다. "이길 겁니다."

버트는 별 감흥이 없었는지 입술을 오므렸다. "어디 한번 보지." 그리고는 핀들리에게 물었다. "얼마로 할까요?"

"음⋯⋯." 핀들리가 조심스레 턱을 문질렀다. "500달러 어때요?"

즉시 에디의 뱃속이 팽팽해졌다. 기분이 마냥 좋지만은 않았다. 이제부터 진짜 비즈니스가 시작될 테니까.

"좋습니다." 버트는 제안을 받아들였다.

에디는 핀들리의 손을 보다가 그의 손톱이 잘 관리되어 있다는 걸 알아챘다. 당구를 치고 난 뒤였는데도 그의 손톱은 흠잡을 데 없이 깨끗하고 완벽하게 손질되어 있으며 은은하게 반짝였다.

핀들리가 에디를 이겼다. 점수는 비슷했다. 이전 경기들보다 핀들리도 더 잘 친 것 같지 않았고, 에디 역시 더 못 치지 않았다. 그러나 핀들리가 점수를 더 많이 땄다. 버트는 500달러를 내야 했다. 그는 아무 말 없이 돈을 건넸다.

그다음 게임에서 에디는 또 같은 방식으로 졌다. 핀들리의 경기는 여전히 과장되어 있고 형편없어 보였지만, 그럼에도 그가 승기를 가져갔다.

그리고 경기가 진행되는 동안 무척 의미심장한 샷이 한 번 있었는데, 그 샷이 경기의 전체적인 측면을 바꿔 놓았다. 그 샷은 핀들리의 샷이었고, 그 샷으로 인해 공들이 아주 교묘한 위치로 퍼져 나갔다. 보기에는 단순하고 쉬운 배치 같았지만, 사실 공들은 키스가 불가피한, 즉 2개의 공이 서로 잘못 충돌할 수밖에 없는 위치에 자리 잡고 있었다. 실력이 없는 선수라면 그 상황을 잡아내지 못했을 것이다. 핀들리처럼 실력이 없는 선수라면.

그러나 핀들리는 너무 빠르게, 예측 가능하게 샷을 치지 않았다. 큐볼에 역회전을 강하게 넣어 사이드 레일 쪽으로 미끄러지게 한 다음 당구대를 두 번 횡단하고 세 번째 공 중앙으로 그대로 굴러가게 만들었다. 언뜻 보기에 그 샷은 그렇게 영향력 있는 것 같지 않았다. 하지만 에디는 곧바로 그 샷이 무엇을 염두하고 있는지 눈치챘고, 그 인식은 뚜렷한 충격으로 이어졌다. 굉장히 전문적인, 당구를 아주 잘 아는 사람의 샷이었다.

"음," 에디가 조용히 말했다. "내가 한 수 배워야겠는데요."

핀들리가 부드럽게 웃었다. 그러나 아무 말도 하지 않았다.

에디는 그를 자세히 살피기 시작했고, 그의 스트로크에 무언가 있다는 걸 알아챘다. 덜거덕대고 어딘가 어색한 스트로크였지만, 그 계산된 샷에는 다른 사람들 샷에 없는 은은한 부드러움이 있었다.

받아들이기 어려웠다. 특히 에디에게는 그 사실을 목구멍으로 넘기기가 여간 어려운 일이 아니었다. 그가 허슬을 당했다. 다시 말해 속아 넘어간 것이었다.

게임이 끝난 뒤 핀들리가 그들에게 술을 더 만들어 주겠다고 제안했지만, 에디는 "이번엔 그냥 넘어가겠습니다."라고 말했다. 그렇지만 바(Bar)로 다가가 핀들리 옆에 서서 가볍게 몸을 기댄 채 그가 술을 만드는 모습을 지켜보았다. 머릿속에서 무언가 막연하게 움직이고 있었다. 핀들리가 술을 섞을 때 에디는 그의 두 눈에 시선을 고정하고 꼼꼼하게 살폈다. "핀들리 씨, 당구를 많이 쳐 봤나 봐요."

핀들리가 거만한 말투로 "뭐…… 가끔요."라고 대꾸했을 때, 에디는 핀들리의 얼굴에서 보고 싶었던 표정을 보고야 말았다. 강한 자의식과 기만. 그 표정 위에 약점과 쇠퇴라는 별다를 거 없는 것도 드러나 있었다.

그럼에도 에디는 다음 게임에서 그를 이기지 못했다. 에디는 당구 실력에서 비롯된 자신감으로, 차분한 자신감으로 경기를 이어 나갔다. 그런데도 패배했다. 다음 게임에서도 마찬가지였다. 그렇게 2,000달러를—버트의 돈 2,000달러를—내놓고 말았다.

그런 식으로 몇 게임이 진행되는 동안 에디는 버트와 이야기를 나누지 않았다. 마지막 게임에서 패한 뒤 핀들리가 다시 바(Bar)로 가는 걸 지켜보았다. 그러고는 버트에게 돌아서서 말했다. "이번에는 내가 이깁니다."

버트가 그를 냉랭하게 쳐다보았다. "손은 어떤가?"

사실 에디는 손에 대해 전혀 신경을 쓰지 않고 있었는데, 불쑥 통증이 격렬하게 느껴졌다.

"그렇게 좋진 않아요."

버트는 그를 계속 쳐다보더니, 이내 잔잔하게 웃음을 지었다. 하지만 아무 말이 없었다.

에디는 얼굴이 훅 달아오르는 걸 느꼈다. "잠, 잠깐만요……."

"그 입 닥쳐." 버트가 내뱉었다. "이제 가지."

그 순간 에디는 머리가 어지러웠다. "알겠어요, 알겠어요." 그리고 당구대로 돌아서서 큐대의 나사를 풀고 두 부분으로 분리시켰다.

그러다가 돌연 우뚝 멈추었다. 이건 아니었다. 옳지 않았다.

에디는 버트에게 돌아서서 그를 똑바로 쳐다보았다. "싫어요." 그가 말했다. "안 간다고요. 이번에 당신이 날 잘못 판단했어요. 나는 저자를 이길 수 있다고요."

버트는 말을 하지 않았다.

"나는 이길 겁니다. 그가 날 속였어요. 아주 더럽게 엿 먹였다고요. 그는 허슬을 어떻게 하는지 알고 있었고, 나는 전혀 예상하지 못했어요. 아마 당신도 속였을 거예요. 만일 누군가 당신을 속일 수 있다면, 그게 바로 저 사람이라고요. 하지만 난 훨씬 더 잘할 수 있어요. 내가 이길 수 있다니까요." 그러고는 "저 사람은 패배자예요, 버트."라고 덧붙였다.

버트의 목소리는 단조로웠고 날이 서 있지도 않았다. "나는 자네를 믿지 않아."

갑자기 에디가 그에게서 돌아서서 바 쪽을 바라보았다. 바 위의 외설적이고 뚱뚱한 나무 조각상이 눈에 들어왔다. "좋습니다." 에디가 말했다. "집으로 가세요. 나는 내 돈으로 경기할 테니." 그러고는 핀들리에게 큰 소리로 소리쳤다. "여기 화장실이 어딥니까?"

핀들리가 계단 쪽으로 고개를 까닥였다. "위에 있어요, 펠슨 씨. 오른쪽에요."

에디는 무겁고 생기없는 발걸음으로 계단을 저벅저벅 올라갔고, 지금은 아무도 없는, 천장이 높은 거대한 응접실로 들어섰다. 두툼하고 차분한 카펫을 지르밟으며 응접실을 지나 빛줄기가 빼꼼 쏟아지는 욕실 안으로 들어갔다.

자그마한 욕실은 고풍스러웠고, 라벤더색 줄무늬 벽지가 발라져 있었다. 그는 변기로 다가가 가장자리에 조심히 걸터앉아 몇 분간 멍하니 있었다. 그러고는 세면기에 뜨거운 물을 채우고 비누와 수건을 가져와 얼굴과 손을 닦았다. 얼굴 주름을 벅벅 문지르고 손목의 초록색 얼룩을 지우고, 세면대 끝자락에 있는 솔로 손톱을 깨끗하게 씻었다. 그리고 세면기를 다시 차가운 물로 채워 얼굴과 손, 손목을 헹궜다. 평소에 머리를 빗곤 했던 주머니 속 빗으로 깔끔하고 신중하게 머리를 손질했다. 그런 다음 수전 밖으로 흐르는 물로 입을 헹구고 세면기에 뱉었다.

다시 변기에 걸터앉아 엄지손가락을 구부리기 시작했다. 처음에는 조금만 구부렸다가 점점 더 많이 구부렸다. 아팠다. 하지만 그렇게 많이 아프지는 않았다. 몇 분 전에 손가락으로 치닫던 통증만큼은 아니었다. 견뎌 내지 못할 정도로 아프지도 않았다. 전혀. 이건 핑계일 뿐이야. 그가 속으로 생각했다. 그리고 예전에 쳤던 쓰리 쿠션에 대한 기억을 쥐어짰다. 꽤 여러 해 동안 제법 많이 쳤었다. 게다가 핀들리의 실력이 아주 좋은 것도 아니었다. 이것 역시 또 다른 핑계였다. 에디는 자리에서 일어나 거울 속 자신을 들여다보았다. 깔끔하고 생기 있어 보였다. 나는 취하지 않았어. 그러고는 계속 자신을 바라보며 큰 목소리로 차분하게 말했다. "너는 아래층에 있는 저 개새끼를 이길 거야. 너는 최고의 에디 펠슨이니까." 그 뒤 화장실 밖으로 나가서 지하로 내려갔다.

다시 지하실에 돌아오니 상쾌한 느낌이었다. 머릿속이 상쾌했다. 그리고 아주 경미한, 너무 미세해서 감지할 수 없는 감각이, 가느다랗고 팽팽한 무언가가 느껴졌다. 힘의 기운이.

핀들리는 세련되고 날씬한 몸으로 바 옆에 서서 손에 술 한 잔을 들고 있었다. 당구대 위의 환한 조명을 받은 그의 얼굴은 언제라도 부서질 것 같았다. 입가의 옅은 미소가 가장 먼저 산산조각 나고 그다음 눈 아래에 기다랗고 들쭉날쭉한 금이 생기면 회반죽처럼 얼굴이 조각날 때까지 아래로 퍼지다가 턱까지 내려가 부서져 바닥으로 떨어질 것 같았다. 버트는 올곧은 식물이 단단하게 뿌리박은 듯한 모양으로 여전히 의자에 앉아서 그만의 공간을 유지하고 있었다.

에디는 당구대로 다가가 큐대를 집어 들고 잠시 그대로 멈춘 다음 신중히 살폈다. 기쁜 마음으로 광택이 나는 큐대의 기다란 부분과 비단결같이 감싸져 있는 큐의 아랫부분, 그리고 하얀색 상아와 작은 파란색 가죽 팁을 살폈다. 그러는 내내 내면의 작은 목소리가 이렇게 말하고 있었다. 너는 이미 540달러를 땄어. 첫 번째 게임에서 지면 어쩌려고? 하지만 그는 그 목소리를 듣지 않았다. 들을 이유가 없었으니까.

그는 핀들리를 훑어보고, 핀들리의 머리 너머의, 남자 한 명과 여자 둘이 잔디밭 위에서 나체로 분홍빛 살갗을 드러내고 있는 그림을 보았다. 그러고는 핀들리를 향해 싱긋 웃었다. "하시죠." 에디가 제안했다.

핀들리는 오프닝 샷을 잘 해냈다. 그러나 다음 샷은 제대로 치지 못했다. 에디가 당구대로 다가와 허리를 숙이고 주의 깊게 시선을 고정하며 스트로크를 한 다음 공을 탁 쳤다. 그다음에도, 또 다음에도 샷을 이어 갔다. 그는 방어적으로 게임을 했다.

그가 샷을 치기 전에 핀들리가 은근슬쩍 말했다. "이번에는 비즈니스를 하는 것 같군요."

"맞아요." 에디가 받아쳤다.

핀들리가 샷을 칠 때, 비록 스트로크 준비 과정에서 손가락에 작은 통증의 물결이 계속 찰랑댔지만, 에디는 핀들리의 정교한 게임 진행에 크게 신경을 쓰지 않았다. 그러나 핀들리의 샷이 제대로 먹혔고 그다음 샷도 마찬가지였다. 하지만 세 번째 샷에서 1인치도 안 되는 틈 때문에 점수를 놓치고 말았다.

핀들리도 비즈니스를 하는 것 같았고, 에디는 아주 흡족해하며 생각했다. *지금이 클러치야. 내가 옳았어.* 그리고 주의를 기울이며 스트로크를 했다. 1점을 땄다. 그러나 비통하게도 마지막에 키스가 나면서 점수를 내지 못했다.

두 사람은 방어적으로 경기를 했고, 세세한 부분에 굉장한 집중력을 보였다. 에디는 지금까지 치렀던 쓰리 쿠션 경기들 중 최고의 경기를 선보였지만, 경기가 끝났을 때는 핀들리가 승리해 있었다. 그는 에디보다 겨우 2점 앞섰다. 에디는 핀들리에게 500달러를 건네고 그를 바라보며 말했다. "이게 전부예요. 이제 빈털터리입니다."

핀들리의 눈썹이 살며시 올라갔고, 에디는 그런 그의 행동에 배를 발로 뻥 걷어차고 싶었다. "아," 핀들리가 돈을 받아 들고 손가락으로 반듯하게 폈다. "그거 참 안됐군요, 펠슨 씨."

에디는 그를 차갑게 쏘아보았다. "누구한테요, 핀들리 씨?" 그러면서 큐대의 연결 부위를 풀기 시작했다.

그러자 그의 뒤에 앉아 있던 버트가 말했다. "계속하지, 에디. 핀들리와 계속 경기해. 한 게임당 1,000달러로."

에디는 천천히 뒤로 돌아서 버트의 얼굴을 뚫어지게 바라보며 옅은 미소의 흔적을 찾았다. 그러나 미소는 없었다. 아무것도. "갑자기 무슨 이유로 이래요?" 그가 물었다.

버트가 입술을 오므리고 핀들리를 쳐다보더니 다시 에디에게 시선을 돌렸다. "승률이 바뀐 것 같아서."

"내가, 내가 뭐 경주마라도 됩니까?"

"어떤 의미에서는, 맞지."

"자, 이제야," 핀들리가 끼어들었다. "뭘 좀 알게 된 것 같군요, 버트. 나도 이제부터 조심해야겠는데요? 당신이 그렇게 만들고 있잖아요."

"내기에서 판돈이 올라가면 보통 그런 현상이 나타나죠." 버트가 말했다.

"그래서 뭐 좀 아시나 봐요?"

버트가 미소 지었다. 그것도 아주 옅게. "포커에서도 똑같아요, 핀들리 씨. 그걸 알아내려면 돈을 지불해야 할 겁니다."

핀들리는 잠시 그를 응시하다가 손을 저었다. "오, 어쩌면 지불할 필요가 없을 수도 있어요, 버트. 어쩌면 나도 뭘 좀 알 수도 있거든요."

버트는 여전히 미소를 띠고 있었다. 그의 모습은 작고 두툼한 손에 보드지 재질의 카드 다섯 장을 쥐고서 커다란 원형 테이블에 앉아 있던 모습과 정확히 똑같았다.

"그럼 찾아봅시다." 그가 말했다.

에디는 버트를 계속 지켜보다가 순간적으로 그의 등을 어루만져 주거나 술 또는 다른 마실 거라도 사 주고 싶다는 생각이 들었다.

핀들리가 말했다. "좋습니다, 버트. 같이 찾아보죠. 한 게임에 1,000달러." 그는 술을 다 마시고 술잔을 바 테이블의 끝자락에, 조각상 옆에 조심히 내려놓았다.

핀들리가 얇은 손가락으로 한 조각상의 서로 뒤엉켜 있는 몇 사람들 중 어떤 남자의 배를—당구대 위의 환한 조명 빛을 받고 있는, 배꼽이 깊이 파인 작고 불룩한 배를—가리키며 말했다. "버트, 당신 눈치챘어요? 여기에 있는 이 녀석, 놀라울 만큼 당신과 닮았어요. 아니 글쎄, 당신이 꼭 이 조각가의 모델이었던 것 같다니까요."

버트가 입술을 오므렸다. "그럴 수도 있죠."

에디는 그날 처음으로 웃었다. 그는 아주 크게 한참을 웃었다. 그러고는 "당신 코미디언이네요, 버트. 진짜 코미디언."

핀들리는 에디가 웃는 동안 즐거운 표정으로 그를 쳐다보았다. 에디가 웃음을 멈추자 그가 말했다. "당구 칩시다, 펠슨 씨."

첫 번째 샷에서 에디는 자신이 상대를 손에 넣었다는 걸 알았다. 초록 천 위의 공 3개가 이제 정교하게 연마한, 광택이 나는 보석처럼 도드라져 보였고, 공에 대한 느낌도 완전하게 그에게 들어와 있었다. 기다란 당구대 역시 마찬가지였다. 이제 기다란 당구대도 좋았고, 묵직한 공들이 오랫동안 굴러가는 것도, 그 공들이 레일과 다른 공에 부딪히며 테이블 위를 우직하게 가로지르게 하는 자신의 거침없는 샷도 좋았다. 쓰리 쿠션은 체스처럼 차분하고 훌륭한 게임이었고, 그는 그 게임이 무슨 게임인지 이제야 정확히 확인했다. 쓰리 쿠션은 그가 이해하고 제어할 수 있는, 결국엔 그가 이길 수 있는 게임이라는 걸 알게 되었다.

에디가 이겼다. 그리고 그다음 게임도 이겼다. 점수 차이가 거의 없었던, 팽팽했던 그 게임을 마친 후에 어떤 이성적인 목소리의 작은 속삭임이 들리기 시작했다. *이제 안심해도 돼. 그렇게 중요한 일이 아니야.* 그는 그 목소리를 닥치게 했다. 그런 다음 더욱더 경기에 전념하도록, 더욱더 집중하도록 자신을 몰아세웠고, 그제야 버트가 개성에 대해 한 말이 진실의 일부분일 뿐이라는 사실을 선명하게 깨달았다. 버트가 부분적으로 보았을 뿐인, 그와 부분적으로 소통했을 뿐인 또 다른 것들이 더 존재했다. 그건 게임에 대한 확고하고 변하지 않는 목적이었다. 바로 승리. 상대를 이기는 것. 상대를 완전히, 가능한 한 처절하게 이기는 것. 이것이 당구라는 게임의 깊고 변치 않는 진정한 의미였다. 그런 생각을 하는 순간 에디에게 당구 게임은 그 의미 이상으로, 야망과 욕망이 가득한 가로 150센티미터, 세로 300센티미터 축소판 그 이상으로 느껴졌다. 그는 모든 이들이 이걸 알아야 한다고 생각했다. 왜냐하면 인간 삶의 거대한 복잡함 속에, 모든 만남과 활동 속에 이것이 존재하기 때문에.

미치광이의 목소리가, 신중하게 중립을 유지하려는 자아의 목소리가 그 일은 중요하지 않다고 그에게 말했다. 그는 핀들리를, 허영심이 그득하고 관능적인 그의 얼굴을, 교활하고 묘한 그의 두 눈을 바라보았다. 그 남자를 이기는 것이 얼마나 중요한지 모르고 있었다는 사실에 에디는 흠칫 놀랐다.
그 일은 중요한 문제였다. 아주 중요한 문제였다.

누가 이기는지, 그리고 누가 이기지 못하는지는 아주 중요
했다. 항상, 어디서나. 모든 이들에게…….

*

에디가 세 번째 게임을 이긴 뒤, 1,000달러짜리 게임을 세
번 이긴 뒤, 무언가 기묘하고 대단한 것들이 보이기 시작했
다. 핀들리가 무너지고 있었다.

그는 술을 더 많이 마셨고, 샷 중간중간 더 오래 앉았다. 샷
을 치기 위해 일어날 때마다 그의 움직임에 오만한 피로감 같
은 것이 배어 있었다. 간혹 새라가 그랬던 것처럼 씁쓸하게
웃기도 했는데, 그의 웃음소리 사이에서 에디는 마치 자신에
게 했던 것 같은 말이 들리는 듯했다. '별 차이 없어. 별 차이
없다고. 누가 이기든 간에 내가 저 사람보다 나으니까.' 에디
는 자신이 지금 미네소타 뚱보가 봤던 것을, 다시 말해 그때
압박과 자기애에 짓눌려 부서졌던 자신의 모습을 보고 있다
는 걸 깨달았다. 지켜보고 있으니 넋이 홀연히 나갈 것 같았
고, 구역질 나고 몸서리가 쳐졌으며, 경멸스러웠다. 핀들리는
멈추지 않았고, 에디는 그가 그럴 줄 알고 있었다. 핀들리에

게는 그만둘 수 있는 방법이 없었으니까. 그는 당구라는 약물에 취해 있었으며, 경기가 거듭될수록 점점 더 깊게 취해 갔다. 마치 무슨 일이 일어날 것처럼, 어찌 됐든 전부 거짓인 무언가 밝혀질 것처럼. 그리고 그가 평화롭고 행복하고 중요한 모든 것에서 벗어났다는 것이 밝혀질 것처럼.

핀들리는 무너지고 도망치고 떨어지고 짓이겨졌다. 그는 하찮아지고 우스워졌다. 하지만 오랜 시간이 지나도 그는 그만두지 않았다. 그가 게임을 그만뒀을 때는 아침 9시가 다 된 시각이었고, 12만 달러 이상 넘게 잃은 상태였다.

핀들리가 그들을 위층으로 안내하며 힘없이 웃었다. "즐거운 저녁이었습니다." 그는 몹시 노쇠해 보였다. 특히 얼굴이.

에디는 잠시 그를 골똘히 쳐다보았다. 어쩐지 애처로움이 느껴졌지만, 핀들리의 얇은 입술에는, 지금은 핏기가 거의 없는 입술에 번진 희미한 미소에는 간절함이 엿보였다. 그리고 고개를 돌렸다. "그렇고 말고요." 에디가 말했다.

그 후 에디와 버트는 집을 나섰고, 밖을 걸으며 기가 막힌 햇살과 축축한 잔디의 냄새 속으로 들어갔다.

*

버트는 차를 출발시키기 전에 딴 돈 중 에디의 몫을 계산

했다. 3,000달러였다. 지폐는 오래된 마법의 색처럼 아름다웠다. 그리고 에디는, 그의 감각은 아직까지도 너무 예민해져 있어서 볼 수 있는 게 아무것도 없었지만, 지폐의 정교함과 흠잡을 데 없이 세밀하게 새겨진 라인의 깊이, 세세한 부분의 날카로움, 그리고 모서리의 고상한 숫자들에 반응을 보였다. 그리고 주머니에 돈을 집어넣었다.

핀들리 차의 창밖에 희미한 습기를 품은 공기가 상쾌하고 시원했다. 해는 밝았지만 아직은 낮게 걸쳐 있었다. 새소리가 조화를 이루지 못하고 비현실적인 감각에 힘을 보탰다. 나뭇잎 위에 스며든 오렌지색과 노란 빛깔이 보였고, 공기의 가장자리가 느껴졌다. 여름이 끝나가고 있었다. 무슨 일이 목전에 닥친 것 같은, 근사하면서도 기묘한 아침이었다.

에디가 버트를 보고 물었다. "이제 뭘 하죠?" 이제 버트가 자기에게 더 가르칠 게 없을 거라는 생각이 들었다. 그는 이번 게임에서 통증 속에서도 손과 팔이 교훈과 의미를 기억하고 있다는 사실을 배웠다. 그리고 버트에게서 독립해 자유가 되는 것 말고는 그와 할 일이 없다는 사실을 알게 되었다.

버트가 답하지 않자 에디가 그를 쿡 밀며 말했다. "이제 내가 뚱보랑 겨룰 준비가 됐을까요?"

"엄지손가락은 어떤가?"

"엄지는 이제 괜찮아요."

두 사람은 마을로 이어지는 도로 위에 있었고, 버트는 아무 말 없이 둘을 침묵 속으로 몰아넣었다. 그러고는 한참 후에 말했다. "지금 준비가 안 됐다면, 앞으로 절대 준비되지 않을 거네."

에디는 손을 동그랗게 모으고 담배에 불을 붙였다. 몸이 팽팽해지는 것 같기도 하고 동시에 이완되는 것 같기도 했다. 어쨌거나 그의 태양은 따뜻하고 기분 좋았다. "나는 준비됐습니다." 그가 말했다.

20

북쪽으로 출발한 후 처음 3시간 동안 에디는 아무 말도 하지 않았다. 오전의 중간 즈음 그들은 오하이오를 지나고 있었다. 교통량이 거의 없었다. 가을 아침에 이런 큰 차를 타고 있다는 것이 무척 이상했다. 지난밤의 치열했던 경기 때문에 몸이 욱신거리고 눈앞이 어슴푸레했지만 정신만큼은 초롱초롱했다. 그들은 시카고 방향으로 가는 중이었다. 두 달 전에 찰리 페니거와 시카고로 갔었던 것이 굉장히 오래전의 일처럼 느껴졌다. 찰리는 지금 뭘 하고 있을까? 오클랜드에서 당구장 문을 열고 당구대를 청소하고 있을까? 찰리는 꽤 오랫동안 그의 친구였으며, 수년 전에는 찰리를 존경했고, 그가 일류 당구 선수라고 생각했었다.

그러면 버트는? 버트는 어떤가? 찰리처럼 버트 역시 에디

에게 선생이자 지도자였다. 당구 치는 법을 알려 주는 지도자
는 아니지만 도박에 대해 알려 주었다. 버트는 도박 세계에서
바퀴가 돌아가는 방식과 얽히고설킨 상황을 다루는 법을 알
았다. 버트 같은 사람의 의도가 무엇인지, 그가 정말 어떤 사
람인지 정확히 파악할 수 있는 사람은 결코 없을 것이다. 하
지만 버트는, 에디가 오로지 그의 지능과 강인함만을 원한다
면 반드시 필요한 사람이었다. 다른 예를 들어, 에디의 내면
세계가 뒤틀리고 혼란스러웠던 시기에 새라가 그에게 꼭 필
요한 사람이었던 것처럼 말이다. 새라는—에디는 그녀의 다
리보다 더 뒤틀린 본인의 생각 때문에 나약하게도 그녀를 잃
었다—그에게 엄청나게 필요한 사람이었다. 아니면 새라는
패배자였던 걸까? 단순히 원칙을 몰랐기 때문에 그의 당구를
받아들이지 않았던 걸까? 하지만 그 원칙을 대체 누가 안단
말인가. 그걸 아는 사람이 있다면, 버트일 것이다.

물론 원칙은 존재했다. 에디가 스스로 배워야만 했던, 아마
도 유일했을 진정한 원칙. 사실 버트가 그에게 가르쳐 준 적
이 없었던 그 원칙은, 핀들리와 경기를 하면서 한층 명확해졌
으며 명령과 다름없었던 그 원칙은, 승리였다. 그것이 버트가
말했던 개성의 의미일 것이다. 승리에 대한 욕구. 경기를 사
랑하는 것 그 자체는 좋은 것이다. 살아가는 이유인 예술을
사랑하는 거니까. 예술에 마음을 쏟는 경우는 무척 많다. 예

술에 대한 설렘과 난해함, 기술의 활용 등등. 그러나 그런 것들을 위해서만 예술에 몰두하면 핀들리와 같아질 것이었다. 포켓 당구를 치려면 오로지 승리만을 원해야만 했다. 변명과 자기기만 없이 승리만을 원해야 했다. 그래야만 그 게임 자체를 사랑할 권리를 갖게 되었다. 그리고 더 멀리까지 도달할 수 있었다. 에디는 지금 욱신대는 몸으로 버트의 차에 앉아서 승리에 대한 욕구는 인생 어디에나, 모든 활동과 소통에, 사람 사이의 관계에 존재한다는 걸 마음 깊이 처절하게 깨닫고 있었다. 그리고 그 생각은 그에게 일종의 시금석이, 또는 세상 속에서의 경험을 의미하는 열쇠가 되었다.

한편 햇살이 내리쬐는 눈앞의 도로 위를 달리면서 균일한 출렁임이 계속되자 점점 더 피곤해지더니 무력해져 갔다. 동시에 인식과 통찰력이 희미해지면서 늘 그렇듯 새로운 생각 몇 가지와 편견만이 의식 속에 남겨졌다. 자기 인생에 대한 고민도 희미하게 남았다.

몇 분 깜빡 졸고 난 뒤 에디는 버트에게 물어보고 싶은 게 생겼다.

"저기," 그의 목소리가 나른했다. "뚱보는 재정 지원을 어디서 받아요?"

순간 에디는 버트가 절대 대답할 리 없다고 생각했고, 그래서 다시 질문을 하려 하는데 때마침 버트가 입을 열었다. "뚱보가 사창가 운영자인 티베이라는 사람한테 3만 6천 달러를 따는 걸 본 적이 있지. 티베이는 뚱보에 대한 소문을 듣고 난 후 그와 원 포켓을 겨뤄 보고 싶어 했거든. 한 여덟 달 전에." 그는 기억 속으로 침잠했다. "티베이는 1년에 한 번 정도 뚱보에게 연락을 했어. 최강자와 돈내기 게임을 하고 싶은 사람은 늘 있기 마련이니까." 에디는 버트의 미소가 슬며시 번지는 걸 볼 수 있었다. "자네 같은 사람은 늘 있다는 거지. 뚱보가 자네한테서 얼마를 땄지?"

"6,000달러요."

"그렇게 많은 줄은 몰랐군."

"아닐 수도 있어요. 내 파트너가 갖고 있었거든요. 뚱보는 1년에 얼마나 벌어요?"

"딱 잘라 말하기 어렵네." 버트가 말했다. "자네가 그자에 대해 모르는 한 가지는, 그는 브리지에서도 허슬을 한다는 사실이야. 그리고 재산이 꽤 있다는 거. 한번은 그 사람과 같이 그의 소유인 중국식 레스토랑에 갔었는데, 나름 괜찮았지." 버트는 앞만 바라보며 운전하면서 한동안 침묵했다. "뚱보는 똑똑하다네. 잘 먹고 잘 살지."

"당신처럼요?"

"아마도." 그러고는 입술을 오므리고 전방에 시선을 고정했다. "뚱보는 나보다 더 잘 살아. 내가 가지지 못한 무언가를 갖고 있을 거야."

"그게 뭔데요?"

도로에 차가 없는데도 버트는 운전에 굉장히 주의를 기울이는 것 같아 보였다. 그가 입을 뗐다. "뚱보는 아주 재능 있는 사람이네. 언제나 그래 왔지."

한참이 지나도록 에디는 침묵을 지켰다. 두 사람은 차를 세워 가게에서 샌드위치와 맥주를 산 뒤 다시 차로 돌아왔다. 버트가 말했다. "자네는 왜 뚱보에 대한 질문만 하나? 그의 자리를 대신하고 싶은가?"

에디가 희미하게 미소 지었다. "정확히 말하면 대체는 아니고요. 그 사람의 클럽에 들어가고 싶거든요."

"들어가기 어려운 클럽이야. 그 지역에서 당구로 생계를 이어가는 일류 허슬러는 50명도 되지 않지."

50이란 숫자가 적은 수처럼 들렸다. 그러나 맞는 말이었다. "그렇겠죠." 에디가 답했다. "어디 한번 보자고요."

*

시카고에 도착하자 버트가 먼저 말을 꺼냈다. "어디에 내려주는 게 좋겠나?" 오후 3시였다.

에디는 잠깐 생각하다가 "어디에 머물 거예요?"

"집. 설리반가(街)."

에디는 집이라는 단어에 충격을 받아 그를 응시했다. "결혼했어요?"

"12년 됐네." 버트는 한 손으로 안경을 고쳐 쓰고 다른 손으로 운전대를 잡았다. "딸이 둘이고, 학교에 다니지."

"와! 상상도 못했네요." 에디가 내뱉었다. 그러고는 "나는 호텔에 내려 줘요. 아무 호텔에나요. 루프 근처에 있는 호텔이면 돼요."

*

호텔은 에디에게 익숙하지 않은 동네에 있었다. 그가 차에서 내려 이렇게 물었다. "내일 베닝턴으로 올래요?"

"몇 시에?"

"글쎄요. 점심 이후요?"

"알겠네." 버트가 답했다. "여기에서 오후 2시에 보지. 그리고 조지를 만나러 같이 가세."

"조지요?"

"그래, 조지 헤게르만. 미네소타 뚱보."

"아, 그 사람 잘 아나 봐요? 조지 헤게르만?" 에디가 물었다. "좋아요. 2시에 만납시다." 그는 짐 가방과 작고 둥근 가죽 케이스를 챙겨서 호텔로 들어갔다.

주머니에 3,000달러를 꽂은 채 호텔 로비로 걸어 들어가는 행동은 보통 그에게 꽤 괜찮은 기분을 선사하곤 했다. 그러나 이번엔 어딘가 모르게 불편했고, 그는 새라가 자기를 기다리고 있을지에 대한 궁금증을 외면할 수 없었다.

체크인을 마치고 짐을 풀고 나자 이제 뭘 해야 할지 몰랐다. 샤워를 하면서 따뜻한 물과 비누 그리고 시원한 물이 몸에 닿자 곧바로 기분이 한결 나아졌고, 그 사실이 새삼 놀라웠다. 느낌이 너무 좋아서 면도까지 하기로 했다. 쉐이빙 로션을 발랐더니 얼굴이 따끔거렸다. 양치를 한 다음 손톱을 깨끗하게 정리하고 신발에 광을 냈다. 깨끗한 속옷을 입고 나서 가방을 뒤져 세탁된 셔츠와 슬랙스를 찾아보았다. 없었다. 하는 수 없이 입었던 옷을 입어야 했다. 옷을 좀 사야겠다는 생각이 들었다. 사실 그래야만 했다. 아주 좋은 생각이었다. 그 길로 호텔을 나가 옷 가게를 찾아다녔다.

지금의 상황을 즐기며 신중하게 옷을 구매했다. 손에 쥔 돈이 줄 맞춰 나열된 정장들과 선반 위의 넥타이, 부드러운 울과 실크, 면 재질의 옷 등 모든 걸 아우르고 있는 힘이 마음에 들었다. 어깨가 좁게 나온 외줄 단추의 짙은 회색 정장과 회색 슬랙스, 그리고 짙은 갈색 슬랙스도 하나 집어 들었다. 셔츠 여섯 장과 양말 여섯 켤레, 속옷, 마지막으로 신발 두 켤레도 샀다. 전부 다 최고급이었다. 쇼핑을 마치자 점원이 활짝 웃었고, 에디는 켄터키에서의 어딘가 기묘하면서도 무척 흡족했던 한 주를 보낸 후 마땅히 누려도 될 법한 감정을 느끼고 있었다. 일종의 열반에 이른 것 같았다. 점심 식사 전 아침에 내내 위스키를 마실 때 느껴지는 감정과 비슷했지만, 위스키를 마실 때와 달리 이 감정은 찝찝함과 불쾌감으로 분해될 것 같지 않았다. 그러나 이 감정 또한 내일이면 결은 다르지만 조금 더 나은 어떤 일이 뒤따르면서, 의외의 고요한 즐거움으로 인해 차츰 희미해지는 일반적인 감정이 될 터였다. 모든 것에는 즐거움과 인생이 녹아 있다. 그리고 그 모든 것이 샤워를 한 후 저녁 시간에 비싼 옷을 사는 동안 예기치 않게 찾아왔다.

옷값은 300달러 가까이 나왔다. 에디는 남자 점원에게 5달러를 추가로 주고 바지를 다리 길이에 맞게 지금 바로 수선해 달라고 했다.

에디는 수선을 기다리는 동안 나머지 물건을 옷가게에 두고 밖으로 나와 주변을 걸어 다녔다. 한가하게 가게 유리창을 들여다보며 현재의 감정과 즐거움을 만끽했다.

그러다 주얼리 가게에 다다랐다. 유리창 안에 결혼반지와 약혼반지들이 진열되어 있었다. 디스플레이 조명의 푸르스름한 빛을 받아 반짝이는 보석들에게 최면이 걸린 것처럼 한

참 동안 반지들을 가만히 쳐다보았다. 200달러면 아주 괜찮아 보이는 반지를 살 수 있었다. 진열된 반지들은 왠지 200달러보다 더 비싸 보였다. 지금 그에게 200달러는 그렇게 큰돈이 아니었다. 전혀.

생각의 연장선상에서 어딘가 이상했던 부분은 그가 새라 생각을 아예 하지 않았다는 것, 그리고 그녀에게 반지를 주는 행위의 부조리함을 생각하지 않았다는 것이었다. 또한 반지가 들어 있는 작은 벨벳 케이스를 내밀며 "결혼하자."라고 말하는 상황, 또는 그런 순간에 할 만한 말을 전혀 생각하지 않았다. 그저 그자리에 그대로 서서 반지만 구경하고 있을 뿐이었다. 그러다가 가게 안으로 불쑥 들어갔다.

마음 상태가 이상야릇했지만, 그는 바보가 아니었다. 결국 200달러짜리 여성용 손목시계를 사고 하얀색 작은 케이스에 포장했다.

옷가게의 옷이 다 준비되어 그는 호텔로 돌아갔다. 옷을 갈아입기 전에 샤워를 한 번 더 할까 싶었지만, 세수만 하기로 마음을 바꾸고 거울을 들여다보았다. 제법 괜찮아 보였다. 눈도 맑았고 피부도 깨끗했으며 머리에는 윤기가 흘렀다. 새것 냄새가 나는 깔끔하고 질 좋은 옷을 입으니 노래도 부를 수 있을 것 같은 기분이었다. 그에게 무슨 일이 일어난 걸까? 새 옷을 입는다는 행위가 마치 세례를 받는 거나 오르가슴을 느끼는 것처럼 무척 기분 좋게 느껴졌다. 전날 밤, 핀들리와 밤이 새도록 당구를 쳤고 그때부터 지금까지 눈을 붙인 거라고는 긴 거리를 지난하게 이동하는 중에 깜빡 졸았던 게 전부였으니 지금은 몹시 지친 상태였다. 그에게 스며드는 활력 저 밑에서 피곤함이 느껴졌다. 하지만 그가 기억하는 한 인생에서 지금보다 더 생기 넘치며 의식과 통찰력이 또렷하고 행복했던 적은 없었다. 그는 옷을 다 입은 다음 구깃구깃한 셔츠와 바지를 쓰레기통에 쑤셔 넣었다.

그러고는 시계가 든 하얀색 작은 케이스를 주머니에 넣고 밖을 나섰다. 택시를 부르고 기사에게 새라의 주소를 건넸다.

새라의 아파트 계단을 오르던 중 에디는 문득 긴장이 되었다. 현관문은 닫혀 있었다. 그는 망설이다가 노크를 했다.

문이 열리고, 새라가 에디를 올려다보았다. 그녀는 한 손에 책을, 다른 한 손으로는 문손잡이를 잡고 있었다. 머리칼이 얼굴선을 따라 가지런히 내려와 있었다. 안경을 낀 그녀는 새로 산 어두운 색 블라우스를 허리춤에 단정히 넣어 입고 있었다.

"안녕, 에디." 그녀가 차분히 말하고, 뒤로 물러나 "들어와."라고 했다.

아파트는 깨끗했다. 여태 봐 왔던 것보다 더 깔끔했다. 광대 액자들에도 먼지가 싹 없어져 있었다! 책들과 컵들도 여기저기 널브러져 있지 않았다. 소파에 앉아 주위를 둘러보았다.

그리고 그녀를 바라보았다. 그러나 그녀는 그를 보지 않았다.

그의 얼굴을 마주하지 않은 채 그녀가 물었다. "술 좀 줄까?"

"물론이지. 고마워."

새라는 주방에서 얼음 트레이를 열며 물었다. "렉싱턴은 어
땠어?"

"좋았어." 에디가 답했다. "생각보다 괜찮았어."

그녀는 거실로 들어와 그에게 술을 건네고 돌아서서 "그거
잘됐네." 라며 그의 맞은편 안락의자에 앉았다.

그는 여전히 기분이 좋았다. 방도 시원하고 몸과 옷도 아주
깨끗했다. 위스키의 따뜻한 손길이 텅 빈 그의 배 속을 부드
럽게 어루만졌다.

그는 그녀가 별로 개의치 않을 거라 예상했다. 그래서 더
즐거웠다. 그러나 할 말이 없었다. 술을 다 먹고 자리에서 일
어났다. "저녁은? 아직이야?"

그녀가 순간적으로 그를 흘긋했다. "아직 안 먹었어."

"같이 나갈까? 지난번에 갔던 데로?"

그녀가 숨을 몰아쉬었다. "글쎄."

"부탁이야."

"당신이 그런 말을 하다니, 어색하네."

"그렇지. 다시 말해 줄까?"

새라가 자리에서 일어났다. "그럴 필요 없어." 그녀는 다 마

시지 않은 술을 커피 테이블에 내려놓았다.

그러고는 침실로 들어가서 문을 닫았다. "금방 나갈게."

15분이 걸렸다. 새라는 신경 써서 단장하지 않았고, 그래서인지 이전에 입었던 드레스를 입은 그녀의 모습은 처음 봤을 때만큼 멋져 보이지 않았다. 그럼에도 여전히 세련되어 보였다. 렉싱턴의 매춘부가 잠시 머릿속을 스쳤다. 두 사람이 밖으로 나설 때 그가 그녀의 팔을 지그시 잡았고, 그는 손에 닿는 그 느낌이 생각보다 괜찮다고 느꼈다.

그녀는 저녁 식사 전에 마티니 한 잔만 홀짝였는데, 결국 마지막까지 다 마시지 못했다. 그리고 말도 많이 하지 않았다.

그는 버번을 섞은 하이볼을 두 잔 마셨고, 두 번째 잔을 마시고 나자 점점 희미해지고 있던 즐거운 감정이 다시 찾아오기 시작했다. 그러나 그 즐거움은 조금 달랐다. 경직된 즐거움이었고 그렇게 강력하지도 않았다. "학교는 어때?" 그가 물었다.

"학교는 끝났어. 9월까지였거든."

두 사람은 레어로 익힌 로스트비프를 먹었다. 정말 맛있었다. 식사하는 내내 대화를 거의 하지 않았고, 식사가 끝나자 에디는 새라에게 담배를 건네고 불을 붙여 주고 나서 이렇게 말했다. "당신 주려고 뭘 좀 샀어."

그녀는 희미한 미소만 띨 뿐 입을 열지 않았다.

그가 코트 주머니에서 작은 상자를 꺼내 그녀에게 주었다.

그녀는 상자를 받아 들고 슬쩍 보더니 의아한 표정으로 그를 올려다보았다. "사과하는 거야?"

"글쎄. 그럴지도."

그녀는 상자를 열고 시계를 꺼내 손에 들었다. 가느다란 검정 띠가 둘러진 순은 시계였다. 고급스러운 분위기가 나길래 골랐었다. 그녀는 시계를 가만히 살펴보더니 손목에 찼다. "너무 예쁘다." 그녀가 말했다.

에다가 음료를 마시며 말했다. "원래는 반지를 사려고 했었어."

갑자기 그녀가 시계에서 눈을 떼고 그를 빤히 쳐다보았다. 눈을 휘둥그레 뜨고서. 시간이 조금 흐른 후 마침내 그녀가 천천히 입을 뗐다. "어떤 반지?"

"어떤 반지라고 생각하는데?"

그녀는 당황한 표정으로 그의 얼굴이 뚫어질 듯 바라보았다. "진심을 말하는 거야?" 그녀가 물었다. "아니면…… 허슬인가? 그러니까, 날 속이는 거야?"

"가끔 나에게는 그 2개가 똑같은 것이기도 하지." 그가 담배에 불을 붙였다. "하지만 나는 당신에게 거짓말을 하지 않아. 정말 반지를 사려고 했었어."

"알겠어. 그러면 왜 안 샀는데?"

이유를 확실히 알지 못했기 때문에 그는 그녀에게 굳이 답을 하지 않았다. 대신 이렇게 물었다. "만약 반지를 샀다면?"

그녀가 고개를 숙여 시계를 바라보았다. "모르겠어. 어쩌면 안 산 게 옳은 일이었을지도 몰라." 그러고는 미소를 지었다. 그녀의 두 눈에서 당황한 기색이 사라졌다. "어쨌든 멋진 시계야. 받으니까 기분도 좋고."

그는 잠시 그녀를 바라보았다. 그녀의 얼굴과 목선을 따라 어깨까지 시선이 내려갔다. 그녀는 아주 여리고 부드러워 보였다. 그리고 자리에서 일어났다. "집에 바래다줄게."

*

두 사람은 말없이 걷기만 했고, 그는 그녀 구두의 독특한 또각또각 소리를 들으며 걸었다. 절뚝이는 발걸음이 만들어 내는, 규칙적이지 않은 소리였다. 그들은 버스 정류장을 지나갔고, 그는 무슨 말을 하려다 고이 접어 삼켰다. 길을 건너면서 그녀의 팔을 잡아 주었는데, 따뜻하고 부드러운 맨살이 손에 닿자 흥분이 되었다. 하지만 그녀는 그를 쳐다보지 않았다. 그가 힘을 주어 잡는데도 반응을 보이지 않았다. 그는 무언가 잘못되고 있는 것 같다는 생각이 들었지만, 도통 무엇인지 알 수가 없었다. 술기운이 차츰 사라져 가고 지난 며칠간의 힘들었던 일과 피로감이 그를 쫓아와 서서히 따라잡기 시작했다. 아주 먼 거리를 걸은 듯 발걸음이 투박해졌다.

새라의 아파트 계단을 오르기는 무척 고됐다. 발에서 불이 나고 어깨에 납덩이가 올라와 있는 것 같았다. 정상에 다다랐을 땐 현기증이 났다. 문득 휴식을 취한 지 너무 오래됐다는 생각이 들었다. 어디서부터인가 즐거운 감정이 뚝뚝 떨어져 내려가더니 이내 사라져 버렸다. 빨리 호텔로 돌아가서 대자로 누워 의식 없이 늘어지게 자고 싶은 욕구가 불쑥 솟아났다. 조용한 호텔방은 말할 것도 없이 굉장히 포근할 것이다. 머리가 지끈대기 시작했다.

그녀가 문을 열었다. 하지만 안으로 들어가지 않은 채 문간에 서서 그를 바라보았다. 그리고는 천천히 말을 꺼냈다. "한 잔하고 싶으면 술을 사 와야 해, 에디." 그녀의 목소리는 지쳐 있었으나 불친절하지는 않았다. "남은 술이 얼마 없거든."

"화요일은 이번 달 첫날이잖아." 그가 말했다. 순간 두 사람 모두에게 그가 짐 가방을 가져오지 않은 사실을 몰랐다는 생각이 번뜩 들었다.

"나한테 수표가 있긴 해." 새라가 씁쓸하게 웃었다. "학교 등록금에서 술값을 빼서 쓸 수밖에 없었거든. 가을 학기 등록금." 그녀는 그에게서 시선을 돌리고 문손잡이를 자세히 살피고 있었다. "괜찮다면 스카치 한 병 사 와. 같이 마시면 되지."

"코카 콜라 잔에?"

그녀는 고개를 들지 않았다. "당신이 원한다면."

그는 그녀의 얼굴을 살피고 있었다. 은은한 거실 조명에 비쳐 반짝이는 그녀의 피부는 매혹적이었다. 하지만 새라의 집 벽에 걸린 하얀 액자 속 광대를 볼 때처럼 감탄스러운 매혹일 뿐, 그 외에는 무엇도 느껴지지 않았다. 그에게 어떤 할 말이 있는 것 같았던 광대. "당신 오늘 마티니도 다 마시지 않았잖아." 그가 말했다.

"맞아."

"좋은 신호일 수도 있겠네." 그는 자신이 아닌 누군가 다른 사람이 그녀에게 말하는 것처럼, 마음만큼은 이미 호텔방 침대에 혼자 누워 있다고 느끼며 잔잔하게 덧붙였다. "그러고 보면 당신도 완전히 술에 빠져 사는 사람은 아니야."

"당연히 아니지." 그제야 그녀가 그를 올려다보았다. "앞으로도 그럴 것 같지는 않아. 스카치 사 올 거야?"

"아니. 오늘은 피곤해. 그리고 내일 중요한 약속이 있어."

"들어올래? 술이 좀 남긴 했는데."

그는 그녀의 얼굴을 바라보았다. 현명하고 단호하며, 당황해하는 두 눈을. "호텔로 돌아가는 게 좋겠어." 그가 말했다.

그녀는 그날 밤 처음으로 그의 눈을 똑바로 마주 보았다. 그의 눈 속에서 무언가를 찾으려는 것 같지는 않았다. 그저 바라보고만 있었다. "시계 고마워."

"당신 마음에 든다니 다행이야." 그는 돌아서서 계단을 내려갔다.

"행운을 빌어, 에디." 그녀가 그의 뒤에서 부드럽게 외쳤다. "내일 있을 일 말이야."

"고마워." 그는 그녀의 현관문이 닫히는 마지막 딸각 소리를 들으며 층계참까지 천천히 내려갔다. 아무 소리도 들리지 않았다. 층계참에 도착한 후 뒤로 돌아 위층을 다시 올려다보았다. 새라가 아직 그 자리에 서서 그를 바라보고 있었다. 그녀의 뒤편, 열린 문간에 조명이 있어서 그녀의 얼굴이 제대로 보이지 않았다. "새라." 그가 부드럽고 묘한 목소리로 그녀를 불렀다. "나 정말 반지를 사려고 했었어……."

그녀는 대답하지 않았다. 그는 그 자리에 서서 꽤 오랜 시간 그녀를 바라보았다. 그러나 그녀의 모습을 알아볼 수 없었다. 다시 돌아서서 계속 계단을 내려갔다.

더는 걷고 싶지 않아서 호텔로 가는 택시를 잡았다. 그리고 침대 속으로 들어갔지만 곧바로 잠에 들지 못했다.

21

 베닝턴은 변하지 않았다. 아니, 이곳은 애초에 무언가가 바뀔 만한 장소가 아니었다. 오후 2시였고, 에디와 버트는 엘리베이터에서 내려 거대한 문을 통해 당구장 안을 가로질렀다. 당구장 안은 아주 고요했다. 당구를 치는 사람도 없고, 남자들 여덟아홉 명이 무리 지어 앉아 있거나 벽에 기대어 서 있을 뿐 사실상 아무도 없는 거나 마찬가지였다.

 에디는 그들 대부분과 낯이 익었다. 그들 중 한 사람은, 덩치가 아주 크고 고깃덩어리같이 생긴 안경 쓴 남자는 에디가 아는 바에 의하면 당구장 매니저 고든이었다. 에디는 그들의 이름을 거의 몰랐다. 딱 한 사람만 빼고. 무리 가운데 앉아 있는, 누구와도 이야기를 나누지 않는 그 사람. 그자는 미네소타 뚱보였다. 그는 손톱용 파일로 손톱을 다듬고 있었다.

에디와 버트가 안으로 들어오자 고든이 고개를 들었고, 그
순간 다들 이야기를 멈추었다. 에디 귀에 라디오 소리가 희미
하게 들렸다. 그것 말고는 아무 소리도 들리지 않았다. 뚱보
를 쳐다보았지만 뚱보는 고개를 들지 않았다. 배 속에 무척
낯선 느낌이 몰아쳤다. 어떤 느낌이라고 해야 하면 좋을지 감
이 잡히지 않았다. 라디오의 우아한 목소리가 무슨 말을 하더
니 노래가 흐르기 시작했다. 사랑 노래였다.

버트는 계속 걸으며 그 무리 끝자락에 자리를 잡았다. 몇몇
남자들이 그에게 고개를 까딱이자 그도 고개를 끄덕이며 답
했지만, 입을 여는 사람은 없었다.

에디는 당구장 한가운데에 있는 테이블 옆에 멈춰 섰다. 그
곳에 선 채 가죽 재질의 큐대 케이스를 조심스레 열기 시작했
다. 그러면서 미네소타 뚱보를 계속 쳐다보았다. 달덩이 같
은 얼굴과 번들거리는 곱슬머리, 지금은 푸른색 실크 옷으로
감싸져 있는 산만 한 배를 보았다. 옅은 파란색 셔츠가 뚱보
의 배를 감싸 팽팽하게 덧대어져 있고, 얇은 벨트 위로 뱃살
이 접힌 부분만 주름이 잡혀 있었다. 그리고 그의 작은 발에
는 갈색과 흰색이 어우러진 티 없이 깔끔한 신발이 신겨져 있
고, 그 신발은 육중하고 거대한 엉덩이를 받치고 있는 의자의
아래쪽 발걸이에 가지런히 기대어져 있었다.

에디가 케이스에서 큐대를 꺼내 상대와 하대의 나사를 돌

리며 뚱보를 지켜보고 있는 동안, 뚱보는 규칙적으로 얼굴을
홱 찡그리기만 할 뿐 두 눈을 올려 에디를 바라보지는 않았다.

뚱보는 하던 일을 다 마친 뒤 손톱용 파일을 셔츠 가슴 주
머니에 넣고 그를 보며 눈을 깜빡였다. "안녕하신가, 패스트
에디." 그가 텅 빈 어조로 말했다.

이제 큐대가 단단하게 조여졌다. 에디는 버트에게 다가가
케이스를 건네고 큐대를 손에 든 채 뚱보에게 다가가 앞에 멈
춰 섰다.

"음," 에디가 말했다. "한 게임 하러 왔습니다."

뚱보의 얼굴에 묵직하고 애매모호한, 어쩐지 미소와도 닮
은 듯한 표정이 지어졌다. "그거 좋지." 그가 말했다.

에디는 아무 말 없이 돌아서서 남자들 무리 앞에 놓인 아무
것도 없는 당구대에 공들을 세팅하기 시작했다. 래크를 마친
뒤 차분하게 초크 칠을 하기 시작했다. "스트레이트 풀로 할
까요? 한 게임당 200달러로?"

의자에 앉아 있는, 실크와 가죽으로 둘러진 고깃덩이의 두
툼한 언덕배기 어딘가에서 웃음소리가 짧고 부드럽게 그러나
폭발하듯 튀어나왔다. 그러더니 눈을 깜박이며 그가 말했다.
"1,000달러로 합시다, 패스트 에디. 한 게임당 1,000달러."

당연했고, 생각한 그대로였다. 하지만 충격이었다. 뚱보는
이제 에디를 잘 알았다. 에디의 경기 방식을 알았고, 그러니

에디를 속이려 하지 않을 거고, 특유의 배짱과 자본으로 에디를 빠르게 눌러 버리려 할 것이었다. 뚱보에게는 신의 한 수였다.

에디는 대답하지 않은 채 허리를 숙이고 큐대로 큐볼을 부드럽게 톡 쳐서 큐볼이 당구대를 가로질렀다가 다시 돌아오게 했다. 손가락이 부들대지 않게 하기 위해 큐대를 쥐고 손을 계속 바쁘게 움직였다. 큐볼이 당구대 위아래를 굴러가는 동안 주머니에 있는 2,500달러와 어느 정도는 차분해진 손의 통증, 엄지손가락 관절과 손목의 뻣뻣함을 떠올렸다. 그리고 지금 그의 뒤에 앉아 턱을 움찔대며 그를 지켜보고 있는, 그 기이하고 거대한 남자의 돈과 배짱, 경험과 기술에 대해 생각해 보았다.

만약 뚱보가 에디를 속이면, 에디는 승률이 떨어질 것이다. 곧바로 버트를 다시 떠올렸다. 버트는 절대 승률이 떨어지게 두지 않을 터였다. 문득 고개를 들어 버트를 바라보았다. 버트는 높은 의자에 가만히 앉아서 그를 내려다보고 있었다. 그의 얼굴에는 구름이 잔뜩 껴 있었고 두 눈에는 못마땅함이 서려 있었다. 아니다. 버트가 떨어지는 승률을 두고 볼 리가 없다.

에디는 당구대에서 몸을 일으킨 다음 누구와도 눈을 마주치지 않은 채 말했다. "동전 던져요, 뚱보. 누가 브레이크를 할지 봅시다."

뚱보가 브레이크를 했다. 브레이크 샷은 예술이었다. 스트로크는 경이로웠다. 기적과도 같은 경기 운영, 그리고 육중하고 역겨운 몸뚱이의 우아한 움직임은 불가능의 복합체이자 천부적인 능력의 혼합체였다. 그가 에디를 이겼다. 뚱보는 그를 한 번만 이긴 게 아니었다. 연달아 세 경기를 이겼다.

점수는 비슷했지만, 너무 순식간에 벌어진 일이어서 에디는 두 손 놓고 당한 것 같은 기분이었다. 공들은 이리 뛰고 저리 뛰며 포켓 안으로 미끄러지듯 굴러들어 갔고, 그전에 뚱보는 여기저기 두문불출하면서 음악가처럼 선녹색빛 손가락으로 큐대라는 바이올린 활을 움직여 모호한 협주곡을 연주하듯 쳐다보지도 않고 빠르게 샷을 쳤다.

마지막 경기의 마지막 20분 동안 에디는 아무것도 하지 않았다. 그저 뚱보가 공을 살살 움직여 쳐 내고 신경 써서 구슬리며 경기를 해 나가다가 93점을 한 번에 만들어 내더니 게임을 끝내는 모습을 지켜볼 뿐이었다. 에디가 그에게 1,000달러를, 마지막 1,000달러를 주었을 때, 그는 손에서 땀이 흘렀고 눈은 여전히 당구대에 고정하고 있었다. 에디의 머릿속 어딘가에서 울리는 소리가 났다. 그때까지도 그는 무슨 일이 벌어졌는지 인식조차 하지 못하고 위를 올려다봤다.

에디는 사람들 무리 사이에 있었다. 사람들이 당구대 주위에 둘러앉아 모두 그를 지켜보고 있었다. 그 말고는 아무도 당구를 치지 않았다. 이제 늦은 오후였다. 커다란 당구장 안으로 가을 햇살이 비스듬히 쏟아졌다. 굉장히 고요했다. 웅웅대는 라디오 말고는 아무 소리도 들리지 않았다.

처음에는 사람들 얼굴 하나하나를 아주 잘 구별할 수 없었다가 서서히 뚜렷해졌다. 그는 버트를 찾고 있었다. 이유는 그도 잘 몰랐다. 버트가 딱히 보고 싶은 건 아니었지만, 어쨌든 그를 찾았다. 그런데 그때 찰리가 눈에 들어왔다.

그는 눈을 꿈벅였다. 찰리였다. 다른 누군가가 아닌 찰리가, 관자놀이 쪽 머리가 벗어진 투실투실한 그가 무표정한 얼굴로 한쪽 벽 앞의 의자에 앉아 있었다. 에디는 그가 어디에 있다가 나타났는지, 거기에서 무얼 하고 있었는지 물어보려고 찰리 쪽으로 다가갔다. 그러나 발걸음을 멈추었다. 찰리의 얼굴 표정이 순간적으로 간파되었기 때문에.

찰리는 그를 비웃기 위해, 그가 또 지는 걸 보려고 온 것이었다. 찰리는 버트처럼 속내를 드러내지 않는 자제력이 있는 사람이고, 신중하며, 비웃는 걸 잘하는 사람이었다. 어쩌면 뚱보도 그런 사람일지 모를 일이었다. 버트와 찰리, 뚱보 이렇게 셋은 여유 있으면서도 빠른 남자, 즉 에디의 약점을 찾아내고—갑자기 에디는 자신이 병들고 약해 빠진 나사로(죽음에서 부활한 사람)처럼 느껴졌다—한 남자의 몰락을 소리 없이 즐거워하는 분홍빛 살덩이의 삼 형제일 수도 있다. 어쩌면 그

셋은 공공의 적이자 재능 있는 그 남자가, 에디가 바닥에 나자빠져 토를 할 때까지 그를 철저하게 밀어붙이고 뒤틀면서 고통스럽게 만들 만한 장소를 찾은 걸 수도 있었다.

찰리를 보고 있자니 에디는 문득 자신이 십자가에 못 박힌 남자처럼 느껴졌고, 찰리는 유다(배반자) 같다는 생각이 들었다. 눈물이 흐를 것 같아서 주먹을 움켜쥐었다. 고통 때문에 비명이 나올 것 같을 때까지 세게 쥐어 비틀었다. 그때 시야의 가장자리에 버트가 보였다. 곧장 감각을 일깨우고 그가 뭘 하는지 보았다. 그는 패배자의 게임이자 자기 연민의 게임, 많은 대중들이 좋아하는 그 실내 스포츠를 하고 있었다.

찰리가 의자에서 내려오더니 뒤뚱대며 다가왔다. 그의 얼굴은 진지했고, 목소리는 차분했다. "이봐, 에디." 그가 말했다. "지금 막 자네가 여기에서 경기를 한다는 이야기를 들었네."

"왜 오클랜드에 안 있고요?"

찰리는 미소를 지으려 노력했다. 그 노력은 허사였다. "있었지. 지난주에 자네가 걱정이 되어서 다시 돌아왔어. 자네를 찾아다녔지. 당구장들을 돌아다니면서."

"뭐 때문에요?" 에디는 그를 응시했다. 찰리가 그에게 이야기하는 방식에 어딘가 경직된 구석이 있었다. "나한테 뭘 원하죠?"

찰리는 처음에는 답이 없다가 바지 뒷주머니를 더듬더니

접힌 수표장처럼 생긴 걸 꺼내 그에게 내밀었다. "이거 자네 거야."

에디는 수표장을 받아 들고 열었다. 여행자 수표가 잔뜩 있었다. 한 장당 액면가가 250달러였다. "아니, 이게 무슨 말도 안 되는……." 에디는 당황했다.

찰리의 목소리가 미네소타 뚱보의 만화 캐릭터처럼 표현력이 부족한 원래의 목소리로 회귀했다. "전에 자네가 여기에서 술에 취했을 때, 돈 때문에 나를 들이받았잖아. 그때 내가 일부러 돈을 주지 않았지. 여기 있어. 5,000달러 조금 안 될 거야." 그러고는 얼굴을 일그러뜨리더니 그로서는 극히 드문 미소를 지었다. 물론 아주 찰나였지만. "10퍼센트는 당연히 빠져 있고."

에디는 엄지손가락으로 푸른 빛깔의 두툼한 수표의 가장자리를 넘기며 고개를 저었다. 당연한 일이었다. 그러나 믿기 어려웠다. 그는 이제 막 무덤 밖으로 나왔다. "그런데 이걸 지금 나한테 왜 줘요?" 에디가 물었다. "내가 지는 모습을 보려고요?"

찰리의 목소리는 부드러웠다. "아니." 그가 말했다. "줄곧 생각해 봤어. 이제는 자네가 저자를 이길 준비가 되지 않았을까. 어쩌면……. 나도 모르겠네. 어쨌든 자네는 해내야 해."

"알겠어요." 에디가 말했다. 그는 찰리를 보고 빙긋 웃었다.

오래전부터 지어 온 매력적인 미소였다. 여유 있으면서도 빠른 남자, 에디의 미소. "우리는 해낼 거예요."

에디는 경기를 계속 기다리고 있는 것 같은 뚱보를 흘긋하고는 돈을 세어 보았다. 여행자 수표가 4,500달러 있었고, 현금은 700달러 정도였다. 그의 판돈이었다. 자, 해 보자고. 여유 있으면서도 빠른 남자, 에디 펠슨.

그가 뚱보를 보고 말했다. "어이, 뚱보 양반." 속으로는 이 뚱보 새끼야, 라고 읊조리는 것도 잊지 않았다. "게임당 5,000달러 걸고 합시다."

뚱보가 그를 보며 눈을 끔벅였다. 그의 턱이 홱 움찔거렸다. 그러나 말은 하지 않았다.

"하시죠, 뚱보 양반." 그가 살살 긁어 댔다. "5,000달러. 그게 바로 당구 허슬러들의 게임 아니겠습니까. 내 전 재산 다 겁니다." 그는 수표장이 야기할 고통을 감지하지 못한 채 수표장을 또다시 휙휙 넘기며 눈으로 찰리를 찾았다. 찰리의 얼굴에는 아무 감정이 없었다. 그러나 눈빛은 기민하고 초롱초롱했다. 에디는 그런 그의 모습을 의아하게 생각하며 그가 자신과 함께 있다고 생각했다. 그다음 버트를 바라보자 버트는 옅은 미소를, 그러나 꽤 흡족해하는 미소를 짓고 있었다. 무척 아름답고 기이한 얼굴이었다.

"왜 그러는데요, 뚱보 양반?" 에디가 비아냥거렸다. "당신은 한

판만 이기면 돼요. 그리고 나는 캘리포니아로 돌아갈 겁니다. 딱 한 게임만 하자고요. 당신 이미 세 게임이나 이겼잖아요."

뚱보가 눈을 꿈벅였다. 지금 그의 얼굴은 아주 깊은 생각에 잠겨 절제하는 중이었고, 눈은 언제나처럼 음흉하고 미묘했다.

"좋소." 뚱보가 답했다.

판돈을 변경했으니 브레이크 샷을 정하기 위해 동전을 다시 던졌고, 뚱보가 또 졌다. 그가 세심하게 큐에 초크 칠을 하며 옆으로 가 당구대 쪽으로 올라가서 초록색 천에 손을 올리자 반지들이 번쩍댔고, 곧이어 그는 샷을 쳤다.

브레이크 샷은 훌륭했지만 완벽하지는 않았다. 공 하나가, 5번 공이 래크된 공들 사이에서 몇 인치 떨어져 나와 보호되지 않은 상태로 풋 레일 쪽에 자리를 잡았다. 큐볼은 맞은편 풋 레일에 프로즌되어 있었다. 승산이 없는 샷이자 갈 곳이 없는 공이었다. 에디의 첫 대응은 자동적이었다. 안전하게 수비 경기를 하면서, 상대가 100점을 올릴 수 있는 상황을 만들어 주면 안 되었다. 큐볼을 풋 레일에서 빼내 코너 볼들 중 하나를 살살 밀어낸 다음, 그 공을 풋 레일로 돌려놓아 상대가 파악할 수 있게 만드는 전략이 가장 적절했다. 그게 경기를 운영하는 올바른 방법이자 안전한 수비 방식이었다.

그러나 에디는 샷을 준비하기에 앞서 그대로 멈춘 채 공을 내려다보았다. 아주 어려운 샷이기는 해도 왠지 해낼 수 있을 것 같았다. 큐볼을 똑같은 속도로 깎아 쳐서 회전을 최대한 먹이기만 하면 공이 포켓으로 들어갈 터였다. 그리고 큐볼이 래크된 공들을 흩어뜨리면 이 게임 자체가 한순간에 활짝 열릴 것이다.

이보다 안전하게 방어적으로 경기를 운영하는 편이 더 영리한 방법일 것이다. 하지만 방어 경기는 버트가 하는 경기이고, 뚱보가 하는 경기이고, 차분하게 신중을 기하며 치르는 내기 경기였다. 그러나 전에 버트가 "선수들 중에 생계를 위해 게임을 해야만 한다는 걸 알게 된 내기 선수들도 많지."라는 말을 했었다.

그는 큐에 가볍게 초크 칠을 하고 능숙하게 스트로크를 세 번 했다. 그러고는 "5번 공 코너."라는 말과 함께 허리를 숙이고, 숨죽여서 주의 깊게 목표물을 겨냥한 다음 샷을 쳤다.

그러자 큐볼이 빠르게 당구대 아래쪽으로 굴러가 5번 공 가장자리에 탁 부딪히고 풋 레일에서 다시 뒤로 굴러 삼각형 모양으로 모인 공들을 정확하게 때려 부드럽게 흩어지게 만들었다. 당구대 위에서 그런 일들이 벌어지는 동안 숫자 5가 적힌 작은 주황색 공은 테이블 위를 차분하게 가로질러 레일을 따라 구르다가 포켓 바닥 틀에 부딪혀 날카롭게 탕 소리를 내며 코너 포켓 속으로 들어갔다.

남은 공들이 아름답게 흩어져 있었다. 큐볼은 공들 사이에 있고, 에디는 샷을 하기 전에 느슨하게 흩어져 있는 아름다운 당구대 위의 전경을 바라보며 생각했다. 공들이 포켓으로 연달아 들어가는 모습을 보면 얼마나 즐거울까?

그건 쾌감이었다. 마치 큐볼이 줄에 매달린 그만의 작고 하얀 마리오네트가 된 듯, 그가 큐대로 부드럽게 쿡 찔러 갈 길을 전하면 초록색 천 위 여기저기를 누비고 다닐 것 같았다. 하얀 공의 움직임을 지켜보는 것과 하얀 공이 다른 공들을 툭 밀어 흩어뜨리며 정면을 때리는 모습을 지켜보는 것, 공들이 깊숙한 포켓으로 떨어질 때 울려 퍼지는 부드럽고 둔탁한 소리를 듣는 것은 관능적이고 감각적인 쾌감을 선사했다. 그리고 하얀 마리오네트를 조작하면서, 공을 부서지기 쉬운 곳에 배치하면서 그는 자신의 내면에서 강화되는 힘과 내구력을, 드럼 비트처럼 쿵쿵 울리는 그 힘과 내구력을 인지했다. 래크되어 있던 공들을 실수 없이 포켓에 넣었다. 하나씩 그리고 또 하나 더, 계속 더 많이, 점수 계산을 할 수 없을 때까지.

그렇게 그가 당구대의 공들을 싹쓸이한 뒤 그자리에 그대로 서서 래크 보이가 공 14개를 세모 틀 안에 다시 넣기를 기다리고 있을 때, 이미 래크가 끝나 있을 거라고 생각했는데 아직 아니었을 때, 마침 터무니없는 생각이 머릿속을 때렸다. 어쩌면 그가 이미 게임을 이겼을지도 모른다는 생각. 그리고 뚱보가 한 번도 샷을 치지 않았던 것 같다는 생각.

그는 버트가 앉아 있는 의자를 바라보았다. 뚱보가 버트 옆에 서 있었다. 그는 돈을 세고 있었다. 셀 수 없이 많은 100달러짜리 지폐를. 뚱보는 지갑에서 말도 안 되는 액수를 꺼내는 것 같았다. 에디는 버트의 얼굴을 보았고, 버트는 안경 너머로 에디를 돌아보았다. 구경하는 사람들 중 누군가 기침을 하자 그 기침 소리가 아주 크게 울려 퍼졌다.

뚱보가 저쪽으로 걸어가 당구대 레일 위에 돈을 올렸다. 머리 위의 조명을 받아 그의 반지가 번쩍 빛을 내뿜었다. 뚱보는 의자로 다가가 느릿느릿 자리에 앉았다. 순간 그가 턱을 셔츠의 칼라 쪽으로 홱 움직이더니 말했다. "당신 돈이요, 패스트 에디." 그는 땀을 흘리고 있었다.

뚱보는 지금까지 계속 게임을 했다. 공 125개를 실수 없이 처리했고, 경기마다 15번째 공으로 14개의 공이 모여 있는 래크를 브레이크하고 흩어뜨리기 위해 아홉 번의 샷을 쳤다.

에디는 아무 말 없이 돈이 있는 곳으로, 두둑한 돈뭉치로 다가갔다. 본능적으로 손에 묻은 먼지를 바지 옆쪽에 슥슥 닦은 다음 돈을 만졌다. 그리고 돈을 집어 들어 초록색 종이들을 둘둘 말아서 주머니 속으로 찔러 넣었다. 뚱보를 쳐다보았다. "내가 운이 좋네요." 에디가 말했다.

뚱보의 턱이 아래로 빠르게 홱 움직였다. "그럴 수도." 그리고는 래크 보이에게 지시했다. "공 세팅해."

다음 네 경기에서 에디는 세 번 이겼고, 한 번 졌다. 딱 한 번 패배했을 때는 뚱보가 갑자기 엄청난 활약을 선보이며 90점을 따내 점수를 확 올렸기 때문이었다. 그때 뚱보는 억지로 꾸민 듯한, 어딘가 부자연스러운 방식으로, 기지와 불안을 함께 내비치며 경기를 이어 나갔고, 한 번에 60점에 조금 못 미치는 점수로 에디를 쥐락펴락했다. 그러나 뚱보는 그 정점을 유지하지 못했다. 승기를 유지하기 위해 애를 쓰며 자신의 경기 방식과 힘겨루기를 하다가 결국에는 그 방식에서 한 발 물러나더니 나가떨어졌고, 그래서 그다음 게임에서는 이전 경기 때보다 힘이 훨씬 약해져 있었다.

무엇보다 뚱보의 승리는 에디에게 영향을 미치지 않았다. 에디는 이제 그런 것들에 휘둘리지 않는 위치에 자리했고, 그 자리에서 이제 뚱보의 어떤 행동도 자신을 동요하게 만들지 못한다고 느꼈다. 그는 더 이상 여유 있으면서도 빠르게 행동하는 에디 펠슨이 아니었다. 그는 이제 영리하고, 대단히 영향력 있고, 돈이 많은 사람이었다. 에디 펠슨은 팔꿈치에 볼베어링이 장착되어 있었다. 그리고 초록 천과 색색의 단단한 공들, 광을 내는 공, 보라색, 주황색, 파란색, 빨간색 공 그리고 줄무늬 공을 지켜보는 두 눈이 있었다. 그 공들의 기하학적인 롤링과 더불어 포켓 속으로의 하강, 그리고 멋진 회전을 보기 위한 두 눈이 있었다. 그리고 공들끼리 맞부딪치며 찰칵 탁탁 소리를 울리게 하는, 공을 타격하는 굉장한 발사력을 탑재한 손가락을—초크를 세심하게 문지르고, 매끈한 큐대를 단단하게 감싸며, 초록색 펠트 위에 살포시 닿는 그런 손가락을—지니고 있었다. 또한 경기장은 언제나 준비되어 있고, 기다란 직사각형은 늘 빛이 났다. 그 사랑스럽고 수수께끼 같은 초록색 직사각형은 돈의 색을 품고 있었다.

에디가 게임을 이겼다.

뚱보가 담배에 불을 붙이면서 에디의 뱃속에서 느껴지는 듯한 말을 음울하게 뱉어 냈다. "이제 그만하지, 패스트 에디."라고. "나는 자네를 이길 수 없소."라고.

에디는 당구대 너머의 그를 바라보았다. 그의 뒤에 있는 수많은 구경꾼들을 보았다. 미네소타 뚱보가, 조지 헤게르만이, 덩치는 말도 안 되게 크지만 섬세하고 우아한 그 남자가 거기에 서 있었다. 이 나라 최고의 당구 선수, 조지 헤게르만이.

뚱보는 느릿느릿하게 당구대를 돌아와서 에디에게 100달러짜리 지폐 50장을 건넸다. 은행에서 막 가져온 새 돈이었다. 그는 당구대 앞쪽에 큐대를 내려놓은 다음 초록색 철제 사물함 안에 조심스레 넣었다. 그러고는 돌아서서 에디에게 눈길조차 주지 않고 버트를 바라보았다. "버트, 당신 당구 선수 하나 잘 골랐군." 그의 셔츠 겨드랑이 부위에 짙은 얼룩이, 땀으로 인한 얼룩이 번져 있었다. 일순간 그의 두 눈이 에디의 얼굴로 향했다. 경멸하는 듯한 눈빛이었다. 그리고 다시 돌아서서 밖으로 나갔다.

남자들이 자리에서 일어나 몸을 쭉 펴고 몇 시간 동안 공간을 잠식한 긴장감을 누그러뜨리며 대화를 시작했다. 에디의 귓가에서 웅웅 소리가 번졌고, 오른쪽 팔과 어깨는 비록 은은하게 욱신대긴 했지만 물 위에 뜬 것처럼 가볍게 느껴졌다. 에디는 뚱보가 버트에게 한 말의 의미가 무엇인지 궁금했다. 뒤로 돌아서서 버트를 보고 싱긋 미소 지었다. 귓가에서는 여전히 웅웅 소리가 났고, 손에는 녹색 신권 다발이 아직도 쥐어져 있었다.

작은 몸집의 버트는 흐트러짐이 없는 자세로 앉아 있었다. 그는 멘토이자, 황야의 가이드였다. 무테안경을 쓴 그는, 의기양양하고 지나치게 점잔 빼는 얼굴을 한 그의 손길은 부드러우며 확신에 차 있고 재빨랐다. 도박꾼의 눈을 지닌 그는 비록 속마음을 드러내지 않고 대부분 멍해 있었지만, 절대 실수하는 법이 없었다. 그게 바로 버트라는 사람이었다.

베닝턴 당구장에는 이미 사람들이 거의 다 빠져나가고 없었다. 틀림없이 아주 늦은 시각일 터였다. 에디는 돈다발을 돌돌 말아 통통한 원통 모양으로 만들고 계속 버트를 바라보며 주머니 안으로 조심스레 밀어넣었다. 눈언저리 저만치에 앉아 있는 찰리가 보였다. 그는 빅 존의 방 앞에 있었다. 빅 존은 시가를 문 채로 생각에 잠긴 듯 큐대의 팁을 자세히 살펴며 선반에서 큐대를 꺼내고 있었다. 버트 뒤에 안경 쓴 덩치, 고든이—고든은 항상 베닝턴에 있었다—무릎 위에 손을 포개고 앉아 있었다.

에디는 버트를 보고 지쳤다는 듯 씨익 웃었다. 기분이 아주 좋았다. "술 마시러 갑시다." 그가 제안했다. "내가 살게요."

버트가 입술을 오므렸다. "내가 사지." 그리고 덧붙였다. "자네가 나한테 빚진 돈으로."

에디가 눈을 꿈뻑였다. "무슨 돈이요?"

버트가 순간 그를 응시하더니 답했다. "30퍼센트." 그가 얇은 입술을 꽉 다물고 미소 지었다. "4,500달러."

에디는 굳은 얼굴로 그를 뚫어지게 쳐다보았다. 그리고 부드럽게 말했다. "그게 지금 무슨 말 같지도 않은 소리예요?"

"농담 아니야." 간신히 짓고 있던 미소가 버트의 얼굴에서 자취를 감추었다. "나는 자네 매니저야, 에디."

"언제부터요?"

버트의 두꺼운 안경 너머에 있는 눈빛이 얼마나 강렬한지 확신할 순 없었지만, 굉장히 강렬한 눈으로 그를 노려보는 것 같았다. "내가 처음 자네를 고용했을 때부터. 두 달 전에 월슨에서. 내 돈으로 자네를 후원하기 시작했을 때부터, 그리고 내가 자네에게 내기 당구에 대해 가르쳐 줬을 때부터."

에디는 날카롭게 숨을 몰아쉬었다. 숨을 다 내뱉은 후 평온하고 냉랭한 목소리로 말했다. "이런 좆만 한 돼지 새끼, 당신이 나한테 빌어먹을 내기 당구를 가르쳤다고? 전혀 아니야."

버트가 입술을 오므렸다. "이기는 방법은 가르쳐 줬지." 그가 받아쳤다.

에디가 그를 노려보더니 갑자기 웃었다. "이 개자식아, 그건 네 생각이지." 그는 돌아서서 떨리는 손으로 큐대 아랫부분을 단단히 잡고 나사를 풀었다. "내가 당신한테 1센트라도 빚졌다는 것 역시 마찬가지로 당신 생각이라고."

버트는 대답을 하지 않았다. 에디가 큐대를 마저 정리하고 돌아섰더니, 이제 고든이 두 팔을 등 뒤로 넘겨 뒷짐 지고서 버트의 의자 옆에서 에디를 바라보며 살짝 미소를 보이고 있었다. 마치 스포츠 용품 판매원처럼.

"그럴 수도 있겠군." 버트가 답했다. "하지만 나한테 돈을 주지 않으면 고든이 자네의 엄지손가락을 또 부러뜨릴 텐데. 다른 손가락들도. 웬만하면 오른쪽이 좋겠지? 서너 개 정도." 그 순간 에디는 자신이 무얼 하고 있는지 인식조차 되지 않았다. 그는 본능적으로 뒷걸음질 치며 당구대에 몸을 기대고, 오른손으로 큐대의 묵직한 아랫부분을 꽉 움켜잡았다.

버트는 아직도 그를 응시하고 있었다. "에디," 그가 차분하게 말했다. "날 때리면, 자네는 죽어." 고든이 두툼하고 커다란 손을 양옆으로 내린 채 버트가 앉아 있는 의자보다 한 발 앞에 서 있었다. 에디는 꼼짝할 수 없었다. 하는 수 없이 큐대를 잡은 손아귀에 힘을 풀었다. 재빠르게 주위를 둘러보았다. 찰리는 냉담한 얼굴로 아직도 그자리에 앉아 있었다. 빅 존은 그쪽에 전혀 관심을 두지 않고서 앞쪽 당구대에서 빨간 공을 레일 위아래로 굴리며 연습을 하고 있었다. 거대한 출입문 위에 시계가 있었다. 새벽 1시 반이었다. 에디는 고개를 숙여 손에 있는 큐대 아랫부분을 내려다보았다.

"자네는 절대 그렇게 못 해, 에디." 버트가 말했다. "그리고 고든만 있는 게 아니야. 우리 뒤에는 더 많은 사람들이 줄을 서 있지. 고든이 하지 않으면, 그들 중 하나가 할 거네."

에디가 그를 노려보았다. 머릿속이 웅웅대고 어지러웠다. "우리?" 그가 반문했다. "우리라고?" 버트는 갑자기 웃기 시작했다. 당구대 위로 큐대의 아래쪽을 쿵 떨어뜨리고 덜덜 흔들리는 손으로 당구대 레일을 붙잡아 마구 웃었다. 에디는 자신의 목소리가 이상하고 아득하게 들렸다. "이게 뭔데? 영화야, 뭐야? 신디케이트*냐고. 뭐, 버트 연합 조직이라도 되나?" 드디어 웅웅 소리가 에디의 귓가를 떠나는 것 같더니 시야에 흐릿함이 사라지고 이내 선명해졌다. "그게 바로 당신의 실체였

* 범죄를 수행하기 위해 여럿이 합동해 결성한 조직

군, 버트. 신디케이트 맨."

버트가 그 말에 반응을 보이기까지는 1분 정도의 시간이 걸렸다. "나는 비즈니스맨이야, 에디."

믿을 수 없었다. 무슨 멜로드라마 같은 꿈이거나 텔레비전 프로그램, 또는 잘 만든 게임 같았다. 그러니까 이건, 어떤 실내 스포츠였다.

경기 중 클러치를 하고 난 후에 가끔씩 그랬던 것처럼, 버트가 갑자기 목소리를 부드럽게 다듬고 말했다. "우리는 함께 큰돈을 땄네, 에디. 여기저기에서 말이지. 정말 많이도 땄지."

에디는 여전히 당구대에 몸을 기댄 채 입을 열지 않았다. 이상하게 몸의 근육이 이완되면서 꿈속에서의 청명함처럼 마음이 맑아졌다.

그러자 찰리가 말했다. "저자에게 돈을 주는 게 나을 거야, 에디."

에디는 고든에게, 특히 그의 손에 시선을 고정하고 있을 뿐 찰리를 쳐다보지 않았다. 에디의 목소리는 침착하고 억눌려 있었다. "당신은 한패 아니죠, 찰리?"

찰리는 잠시 답을 하지 않다가 입을 열었다. "응. 나는 아니야. 절대 아니지. 하지만 저들은 한패야. 그러니까 자네는 돈을 줘야만 해."

에디는 고든의 손에서 버트의 얼굴로 시선을 옮겼다. "뭐,

어쩌면." 그가 말했다.

"아니." 버트가 끼어들었다. "어쩌면이라니. 그건 아니지."
그가 입술을 오므리고 안경을 매만졌다. "하지만 지금 당장
돈을 줄 필요는 없네. 며칠 더 생각해 보게."

에디는 계속 당구대에 기대어 서 있었다. 담배에 불을 붙였
다. "내가 이 동네를 떠나면?"

버트가 다시 안경을 고쳐 썼다. "그러면," 그가 말했다. "그
리고 큰 도시들을 피해 다닌다면, 다시는 당구장에 발을 못
들이겠지."

"돈을 주면?"

"다음 경기는 한 일주일 뒤에 있을 거야. 재키 프렌치랑. 그
자와 이미 이야기를 해 놓았네. 자네하고 한번 겨뤄 보고 싶
다더군. 그리고 다음 달쯤에 다른 도시에서 사람들이 들어올
거야. 그때 그들 중 몇몇과 자네를 겨루게 할 생각이고."

에디는 이제 깊은 안정감을 느꼈다. 웅웅 소리도 귓가에서
완전히 사라졌고, 덜덜대는 손떨림도 없어졌다. "30퍼센트는
말도 안 되잖아요, 버트." 그가 말했다.

버트가 그를 빠르게 흘긋했다. "누가 그래? 말이 안 된다고
누가 그랬나?"

에디의 목소리가 차분하고 신중해졌다. "어이, 이봐요. 당
신과 고든, 이런 폭력적인 비즈니스를 할 거면 밖으로 나가서

술주정뱅이들이나 벗겨 먹지 그래요?"

버트가 침착하게 웃었다. "술주정뱅이한테는 돈이 없지. 그리고 자네가 하는 비즈니스가 얼마나 괜찮은지 아나?" 그러더니 자리에서 일어나 바지를 슥슥 문지르며 주름을 폈다. "자, 이제 나가서 술이나 마시자고."

"혼자 가시죠, 버트." 에디가 말했다. 그리고 당구대에서 큐대를 집어 들고 가죽 케이스에 넣기 시작했다. 그가 고든을 올려다보았다. "당신 여기 운영하잖아, 안 그래, 고든?" 그가 가죽 케이스를 딸깍 닫고 고든에게 던졌고, 고든은 아무 말 없이 케이스를 받았다. "그거 넣어 둘 보관함 하나 준비해." 그러고는 버트를 보며 "당신은 지금 집으로 가는 게 좋겠네요. 아내와 아이들에게로, 버트."

"물론." 버트가 그를 뚫어지게 응시하며 단조롭게 말했다. "하지만 기억하게, 에디. 자네가 그들 전부를 이길 수는 없다는 걸."

에디가 그를 보고 싱긋 웃었다. 아주 환하고 산뜻하게. "그럼요. 하지만 당신도 마찬가지예요, 버트."

버트는 한동안 그를 계속 지켜보았다. 그리고 말없이 돌아서서 참나무 재질의 거대한 출입문 사이를 결연한 발걸음으로 천천히 빠져나갔다.

*

약 20분이 지난 뒤 에디와 찰리만 남겨졌고, 당구장 관리자인 헨리가 회색 천으로 당구대를 덮기 시작했다. 그는 일을 다 마친 후 창문을 닫고 두툼한 커튼을 쳤다. 그러자 광대한 내부 공간이 묘지처럼 극도로 고요해졌다. 그는 문을 잠그기 전에 멈춰 서서 그날 밤 영원히 끝나지 않을 빅 존의 연습 샷을 지켜보고 있었다.

빅 존은 당구장을 나설 채비를 했다. 분홍빛 팔로 차분하고 확실하게 스트로크를 하고 흔들림 없이 체념의 샷을 치면서 이름 모를 호텔의 어둠 속 침대로 돌아갈 준비를 했다. 큐팁이 큐볼을 쳤고, 큐볼은 빨간색 3번 공을 때리고 초록색 당구대 위를 구르다가 레일에 부딪힌 다음 부드럽게 굴러서 코너 포켓 속으로 들어갔다.

허슬러

초판 1쇄 2024년 7월 17일

지은이 월터 테비스
옮긴이 나현진

책임편집 이정
표지디자인 [★] 규

펴낸이 차보현
펴낸곳 어느날갑자기
출판등록 2017년 8월 31일 제2021-000322호
연락처 070-7566-7406, dayone@bookhb.com
팩스 0303-3444-7406

허슬러 © 월터 테비스, 2024
ISBN 979-11-6847-841-1 03840